此书为教育部社会科学规划基金项目（11YJA751035），此书获得曲阜师范大学古代文学重点强化建设学科的资助。

文史哲研究丛刊

词体诗化、曲化的
批评解读与词史进程

李冬红　著

上海古籍出版社

图书在版编目(CIP)数据

词体诗化曲化的批评解读与词史进程／李冬红著.
—上海：上海古籍出版社，2016.12
（文史哲研究丛刊）
ISBN 978-7-5325-8291-4

Ⅰ.①词… Ⅱ.①李… Ⅲ.①诗词研究—中国②散曲
—文学研究—中国 Ⅳ.①I207.2

中国版本图书馆 CIP 数据核字（2016）第 264301 号

文史哲研究丛刊

词体诗化曲化的批评解读与词史进程

李冬红 著

上海世纪出版股份有限公司
上 海 古 籍 出 版 社 出版

（上海瑞金二路 272 号　邮政编码 200020）
（1）网址：www.guji.com.cn
（2）E-mail:guji1@guji.com.cn
（3）易文网网址：www.ewen.co

上海世纪出版股份有限公司发行中心发行经销
浙江临安曙光印务有限公司印刷

开本 890×1240　1/32　印张 8.625　插页 2　字数 216,000
2016 年 12 月第 1 版　2016 年 12 月第 1 次印刷
印数：1—1,300
ISBN 978-7-5325-8291-4

Ⅰ·3121　定价：36.00 元

如有质量问题，请与承印公司联系

前　　言

　　词与诗、曲一样皆为韵文文学样式,都具有抒情言志的文学功能和多样的风格类型,但又各自形成独特的文体特性。同样的题材用诗、词、曲分别表达,便会呈现出不同的韵致,散发出相异的味道,这种现象的出现与一种文体习用的语言样式、表现手法、风格类型等有直接关系,也正体现出文体所具的独特性。每一种文体的形成发展都是一个动态的演变过程,而在一种文体发展演变的前期或末期,即处于尚不成熟或已然衰落的时期,人们对它的认知,或尚在模糊探索过程中,或试图以他体加以改造以挽救颓势,此时期最容易受他体的渗透或影响。

　　即如词体而言,唐五代北宋初期,词处在一种承袭前体、试立体制的阶段。文人们普遍认定其娱人遣兴的艳科俗体特质,属小道末技,对之进行毫不留情地批评和贬斥,并未视之为一独立文体。然而,带着与生俱来的好奇追新心态,他们一方面用自己最为熟悉擅长的传统诗歌技法模仿新兴世俗之词,另一方面又尝试着运用不同于诗体的语言风格来表达情感、进行娱乐,于是文坛上呈现出诗词一体化的创作态势,然诗词二者的分界线已逐渐明晰,词体舞台也开始慢慢拉开序幕,诗词分界线已初步划定。

　　北宋中后期至南宋,文人大量进入词体创作队伍行列,词体雅化程度日益加深,传统的诗歌题材、成熟的诗歌语言和规范的诗歌表达方式等都习惯性地介入词体,所谓“以诗为词”的现象层出不穷,并日渐突出。随着词体的趋于成熟和人们对词体认知的逐步全面,词体亦开始排斥他体的渗透,努力呈现出自己的个性特点,从而达到了它的发展高峰时期。与此同时,词体也对传统诗体进行潜移默化的渗透,故出现了诸如秦观的"诗如小词"的现象。

元朝建立,随着新兴诗体——散曲的出现和兴盛,词又开始受到曲体的冲击,当然这与词、曲更为相近的共通的音乐属性有密切的关系,文坛又产生了词体曲化的现象。明代,词已成为纯案头文学,又居于发展繁盛的曲体阴影之下,呈现出衰退之势。与之相对,经过长期积累沉淀、定型成熟后的散曲,不可避免地将其某些文体属性向词体转移,于是出现众多词体曲化现象。随着清朝盛世的出现及朴学的兴起,文人内心固有的诗教精神、雅俗之辨及文体尊卑观念,牵引着他们对元明词的曲化现象做出否定批判的判断,并全面加以反思,重新定位词体,以尊体的面目将词从曲体中拉回到诗歌轨道,带来了清词的中兴局面。

由此可见,词体具有强大的包容性,正是由于它既与诗、曲有着不同的个性特质,又存在天然的联系,是一母同胞,故它在与二者保持距离、固守个性的同时,亦不可避免地与二者发生着联系,词正是在诗和曲二者的挤压和融通中发展演变的。从诗、词、曲共生互摄及排挤背离的文体关系的角度来认知词体发展历史,是一个全新的角度,亦是一个更接近于词体发展真实状态的视角,可有助于深化对词体的认识,有益于辨析词学理论,从而更加全面而准确地观察和了解词体发展史。

回顾百余年来的词学研究,在诗、词、曲的关系问题及词史构建方面上出现了丰硕成果,主要集中在以下几方面:

一、词与诗、曲的文体辨析。诗、词、曲同属韵文,又自具面目,凡涉及三者研究的论著与文章多少都会谈到三种文体的异同,如俞平伯《论诗词曲杂著》、王易《词曲史》、赵山林《诗词曲艺术论》、缪钺《诗词散论》、赵义山《元散曲通论》及大量的学术论文,皆有对三者之文体特征的探析。这些研究大多着重于从文体的外在样式及读者的主观感悟方面分论三者之差异,往往聚焦于三者的辨析上,对它们之间的交融互通多只是简略言及,先后延承,如音乐性、抒情性等,缺乏深入探讨,长期以来形成一些较为统一且基本定式的观点。

二、"以诗为词"与"词之曲化"的内涵与价值探寻。古今论者从各自不同的价值判断标准出发,对"以诗为词"和"词体曲化"的理解和判断颇为复杂,既有对这一词学命题的肯定,也有对它们的否认,虽各有可取之处,却导致二者的内涵至今模糊不清。

就"以诗为词"而言,学界多认为是创作者将诗歌的语言字句及表现方式带入词体,如崔海正先生认为诗人句法是"以诗为词"的核心,但不宜以此一概念去涵盖东坡词的基本特色①,刘石先生则认为"以诗为词"多是将诗词字句在作品中的借用和相似性作为判断标准,此种判断具有过强的主观兴感的倾向,故而质疑了"以诗为词"的存在价值和命题意义②。对"词之曲化"问题,一般认为是词的散曲或剧曲化,或者说是人们用曲的概念、风格、语言亦或综合因素加入到词体创作中,从而形成的词体在文体特征上向曲的偏移。如洪静云先生认为曲化即以曲的声情填词③,胡元翎先生言曲化是词的音乐文学化,非单纯的曲体因素入词等④。

当然,也有不少学者将"以诗为词"和"词体曲化"纳入具体的历史语境中加以考察,如诸葛忆兵先生提出要辨明"以诗为词"的含义,必须回到宋人的语境之中,诗词之辨的实质在于教化与娱

---

① 崔海正《东坡词研究》,山东大学出版社,1992年,第21页。
② 刘石《试论"以诗为词"的判断标准》,《词学》第十二辑,华东师范大学出版社,2000年,第20—33页。
③ 洪静云《明词曲化现象述评》,《韩山师范学院学报》2008年第4期。
④ 胡元翎《"词之曲化"辨》,《文学遗产》2009年第2期。

乐①。彭玉平先生认为"以诗为词"在强调词体之独立和本色的同时，应通过诗人句法来体现词中的情感力度和壮阔风格，其内涵及其演变在唐宋语境中才可以得到准确阐释②。胡元翎、扬钊二位先生等则从杨慎等具体词人的作品中对"词之曲化"进行分析③。可谓角度各异，观点众多，争议颇大。

　　在这样的认知基础上，学者们对二者之价值进行了探讨，并普遍认定："以诗为词"是词体开拓题材、提升文体的主要途径，虽一定程度上损害词体的本体特征，总体持肯定态度；"词体曲化"是元明词衰落的最重要因素，或是明词变革的一种尝试等。然而如果我们把它们放入更大的文化社会背景中去审视，词之诗化与曲化其实有多重内涵。上述种种论述稍显平面简单化，未能真正探寻到词与诗、曲互动的深层内涵，也就不能准确地认知它们在词体发展进程中的存在价值与词学意义。

　　三、词史构建一直是词学界的一个研究热点，众多词史著作应运而生，如刘毓盘《词史》、王易《词曲史》、杨海明《唐宋词史》、陶然《金元词通论》、张仲谋《明词史》、严迪昌《清词史》、刘扬忠《唐宋流派史》等，既有通代词史，亦有断代词史，从近代学者对词史的简单描述到现当代研究者对词体发展脉络的全方位建构，越发清晰地呈现出词体的发展进程。综观诸多词史专著，大多是以时间为线索，按照词人的时代先后、性行里居的考订、梳理和叙述，观察角度与构建方式较为单一，从而使得词史发展进程的展现过于平面化和模式化。

　　四、近年来，有学者开始转换视角，从诗词互动的角度考察词

---

　　① 诸葛忆兵《"以诗为词"辨》，《北京大学学报》2011 年第 1 期。
　　② 彭玉平《唐宋语境中的"以诗为词"》，《复旦大学学报》2009 年第 5 期。
　　③ 胡元翎、张笑雷《论杨慎词曲的互融互异兼及明词曲化的研究理路》，《文学评论》2011 年第 5 期；杨钊《杨慎"以曲入词"辨》，《四川师范大学学报（社科版）》2010 年第 3 期。

体发展进程,如王兆鹏先生以唐宋时期不同时段诗词离合的状态差异展示词体的变化进程①,之后李定广先生把王文中未能完全展开论述的唐五代诗词关系所带来的词体进程作了进一步的阐述②。两篇文章以高屋建瓴的宏观视野演绎了唐宋诗词离合的基本规律,无疑具有学术开拓和导向的意义。木斋先生的《宋词体演变史》则以大文学史观的学术理念与多元开放的研究视角,在历史文化参照体系的介入中,在创作者与接受者二律制约的驱动中,演绎诗词互动的词体运行轨迹。他们都认识到词体演进过程中诗体参与的重要作用,以期寻求词史发展进程中的诗学因素,建构诗词同构的词史框架。

　　总之,诗、词、曲文体互融现象的讨论已成现今学界的常谈话题,但论析较为混乱,又常人云亦云、惯性因袭,观点稍显片面和守旧,又多聚焦于苏轼与杨慎等少数文人,且研究视角与论述方式呈现重复倾向,内涵的探讨较为笼统宏观,缺乏对词体某一特定发展时段的具体考察与不同时段的差异比较。与此同时,在对诗、词、曲互动关系的研究中,大多是将之做为单纯独立的研究对象,未将它们融入词学与词史研究中,或仅仅局限于某一时代或某一阶段,未能从整个词史的发展角度去发掘词之诗化与曲化的价值与意义,形成研究视野的狭窄与观念的陈旧,尚无从宏观领域对词之诗化、曲化现象与整个词史进程和词学发展的关系问题的深入探讨。如上所述,词与诗、曲的互动问题已开始进入人们认知词体发展史的视野,但研究还处于初始阶段,尚无专门而系统的研究成果。

　　鉴于上述研究现状,本文运用跨学科、文体学和史料学的理论和方法,以词体为研究中心,解读词之诗化和曲化的内涵,围绕词与诗、曲的离合关系展现词体的发展历程,分析词之诗化与曲化的

①《从诗词离合看唐宋词的演进》,《中国社会科学》2005年第1期。
②《由诗词关系审视唐五代词的演变轨迹》,《文学评论》2008年第2期。

创作现象以及引发的批评话语，探寻创作与评价背后的深层原因，讨论这些创作方式和理论观点在词史与词学的价值与意义，进而探讨文学发展进程中文体互动的一般规律。

大体包括以下几方面的内容：

一、词之诗化与曲化的内涵辨析。无论是词的诗化和曲化，亦或是诗和曲的词化，都是在词学史上引起相当争论的话题，反映的是在不同词学观指导下所作的或褒或贬的价值评论。然而，这些命题不是单纯用文体因素就能阐释清楚的，其理论内涵、适用对象、判断标准等都还缺少较为耐心与细致的寻绎。对一个理论命题本身而言，准确合理的解读既是题中应有之义，也是恰当地运用它们去进行有效的文学研究活动的必要前提。故这一部分旨在前人研究成果的基础上，结合发展时段、存在语境、文体要素等多方面因素，力图真实而全面地审视并探析词体的诗化与曲化的根本内涵。其实，无论对"以诗为词"还是"词体曲化"的内涵辨析，都应以诗、词、曲不同文体的差异性为前提，结合彼此之间的渗透与融通，并最终落实到词体在韵致格调及整体风格上的变化。

二、诗、曲参与的词史进程的梳理。这一部分主要通过对唐宋以来词体创作的全力搜集和整理，找寻并着力突出其中所存在的大量诗化或曲化的具体作品，结合作者的创作思想与写作方式，对它们进行细致的分析与认真的比对，以期展现诗、曲在词体演变过程中的作用。故这一部分遵循总体概述与个案研究并行的论述原则，力求全面化呈现处于不同发展阶段的词体与诗、曲离合的创作方式和表现形态，以此角度展示词史进程，说明词体是在诗和曲二者的挤压和融通中发展演变的。在这一由诗与曲共同参与的词史中，词体充分显现出其强大的包容性和丰富的文体色彩。

三、词之诗化与曲化的成因与词史意义的探寻。如上一部分所述，整个词史正是在诗化与曲化等文体相参互融的内外推进力的作用下逐渐展开的。从这个意义上来讲，词体的发展演变并不完全取决于其自身的发展规律,更关涉到它与诗、曲的密切而微妙的文体关系。之所以会出现词体的诗化与曲化现象,关系到时代氛围、文坛风气、作者身份、创作惯性、文体观念、审美情趣等诸多因素,更是词体与生俱来的诗性与曲性内质所决定的。

从文体角度而言,词是对近体诗的进一步的音乐化与格律化,决定了词最终成为更注重声律的别样诗体,具有文人诗歌所固有的传统雅文化基因,而词体初起时歌唱表演的性质和娱宾遣兴的功能,使词同时带有曲体俗文学的基本质素,这种种基因必定会随着时代文坛的风云际会被人适时地挖掘出来,或淡化退缩,或膨胀凸显,或两相平衡,呈现出诗化与曲化的不同色彩,这实际上也是词体在不同的时代文化背景下对更为适合本体发展路径的主动寻求。

词体诗化或曲化的做法有意无意消弭了前人经年摸索而后形成的词体独具的特性,打破了词与诗、曲之间的畛域,一定程度上破坏了词体的文体特性,消解了词体的独立性,从本质上而言是对词体的不公,不利于词体的发展,不应把它们作为一种常规创作方式加以提倡。但词体同所有文学体裁一样,在其发展过程中,随着内容题材的扩大、艺术表现手法的成熟、表现功能的增强等,形成了丰富多样的艺术面貌,不仅作品风格因人而异,姿态纷呈,即便是同一个词人的作品也会呈现不同的格调与韵味,甚至是截然相反的风格类型。这本是文学发展的自身规律和常态,只要立足于词体的特质,基于力主文体独立、提倡文体特性的立场,对诗、曲的借鉴和应用,不超越一定的限度,不破坏或丢失词体的文体特质,无论是"以诗为词"还是"词体曲化",都不能否定它们在丰富词体文学上的贡献,必须承认它们在词史上的存在价值。

四、词之诗化与曲化创作现象的批评解读。唐宋时普遍存在的诗词相通的现象,令人们在诗词辨体时十分纠结。经过元曲冲击后的明代词学,又强化了词曲关系的探讨。于是,如何定义词之

"上不似诗,下不似曲"的尴尬地位,成为清代词学反思的一项重要使命。在辨体基础上,历代学者针对以"词之诗化与曲化"为核心的破体问题做出了或融通或矛盾的评价。

通览词史发展过程,在诗词关系中,词更多倾向于诗,如"以诗为词",这种创作方式易为文人接受并获得较多肯定,认为词的诗化增加了词的表现功能,是对词格的提升,亦被看作尊体的表现;词曲关系中,词更多倾向于曲,如词的曲化,常遭致人们的质疑和批评,被认为是词体不尊进而衰亡的重要原因,成为时人乃至后人诟病词作的常用话语。人们努力对之加以改造,最终将词引进雅文化的中心领域,把词重新拉回传统诗教的轨道上。总体而言,诗化常与雅化相伴,向主流文化靠拢,多获得人们的肯定;曲化则与俗化相称,偏离儒教传统,为词学家所否定。词体的诗化与曲化两种创作现象所招致的截然相反的评价态度,在很大程度上受到中国传统文体观念的影响,在一般文人眼里,诗为上、词次之、曲再次的价值定位顺序是不可撼动的。

词居雅诗与俗曲之间,本应努力追诗,尽量避曲,但实际上在词史发展进程中,词既有诗化倾向,又现曲化趋势,说明词体具有巨大的包容性,在与诗、曲的互动中并未完全符合古代文体互参的一般美学原则,即地位较高之文体可渗入低位之文体,而低位之文体则不可上缘高位之文体。词体这种复杂的文体地位变化和曲线的整体运行走势,不仅关涉到文体的表现内容、功能作用、审美理想等内在因素,与文体的发展阶段、所处语境、文学观念的变化等外部环境亦有直接关系,带给批评家们诸多困惑与思考,同时也形成了批评走势的多向性。由此引发的丰富的词学批评理论,不仅关系到词学尊体、正变、雅俗等核心问题,而且涉及一个文学理论命题,那就是文体互动过程中的规律遵循与适时背反。

由于本文的研究对象较为复杂,在学界中存在过多的分歧和模糊之处,涉及多种文体和政治、哲学、文化、文学等多个学科领域,需要具备相应的知识储备和融会运用这些知识的能力,如何将表层现象与内涵实质、创作实践与理论思辨进行潜层发掘和深度对接,得出既合乎实际又令人信服的论断,是研究过程中的最难解决的问题点,亦是最具有挑战性的方面。而对词之诗化与曲化创作现象的展示与内涵辨析则是本文的基本出发点,由文体互动的角度重新认知词体的发展进程是重点阐释之处。

要实现上述研究目标,必须将资料的发掘与整理做为依据和前提,熟悉唐宋以来的诗、词、曲作品,尤其是代表作家的作品,并从中解读出具有三者融合现象的作品,通过认真细致的分辨与解析,寻绎整理历代对文体互动现象的评价。同时,由于诗、词、曲三者的互摄现象的内涵丰富复杂,分歧众多,辨析时既要有宏观概括,又要按照词史的演变轨迹做到具体细致,力图得出与文体发展相印合的清晰明了的独立观念。在创作评析与内涵辨析的基础上,始终抓住诗、词、曲三者的互动线索,并适时融入历代词家批评,努力从词与诗、曲的离合中展示词体的演变进程。故在广泛搜集相关文献资料和学界已有研究成果的基础上,运用文献实证与逻辑分析相结合、总体架构与个案研究相结合的具体方法,力求对研究对象进行实事求是的分析。

由于本文以词体为研究中心对象,故主要探讨诗与曲对词体发展的影响,分析词的诗化和曲化问题,至于诗、曲的词化现象将在今后的学习工作中加以补充研究。

目　录

第一章 词体诗化与曲化的内涵辨析

文体风格论是中国古代一个非常重要的理论命题，人们常把一种文体的主要艺术风格以"体""体制""大要""势"等范畴进行说明。文体风格是指在长期的创作过程中，不同文学体裁的作品经过文人们的实践摸索后逐渐形成，并定型下来的某种相对稳定的独特风貌，是一种文学样式经过历史积累和沉淀后最终形成的、具有共性的、为多数人所认同的艺术倾向，包含着深刻的文化和审美传统。大体而言，文体风格的形成和文体的外部形式、社会功能、表现对象、特定的表达方式等因素都有关系。从古至今，每一种文学体裁都具有其特殊的功能和独有的风格。人们在进行文学创作或文学批评时，往往会先考虑体制问题，即文体风格，只有把握住文学样式的体性特质，才能创作出优秀作品。而一种文学体裁的文体风格，只有在与他种体裁的具体参照比较中才能凸显出来。

中国是诗歌的国度，作为中国古典诗体的三种代表形式的诗、词、曲，历来备受学者重视。尽管兴起之初它们都同属合乐歌辞，但成熟定型后各具特色，并由此出现分疆划界的现象，产生众多实际创作和理论批评问题。主张严守诗、词、曲畛域的，自唐以降，代有其人。盛唐时代，诗歌经过历代诗人的不断探索，体制日益完备，技巧渐趋成熟，蔚为一代之文学，而词体始告确立，唐末的温庭筠开始彰显诗、词之别，词与诗遂呈平行交叉态势进展，却始终被视为诗余和小道。北宋中期，苏轼以诗为词，突破花间藩篱，打破诗、词界域,引起众多时人学者的热烈争论。陈师道《后山诗话》讥之曰:"虽极天下之工,要非本色。"李清照则称之为"句读不葺之诗"①,胡寅、胡仔、王灼等人却对苏轼新词风加以褒扬,称"一洗绮罗香泽之态,摆脱绸缪宛转之度,使人登高望远,举首浩歌,而逸怀浩气,超然乎尘垢之外。"②这两种针锋相对的看法,对宋以后的诗词创作和理论产生了极大影响,并随着人们对词体认识的深化,在各个历史阶段呈现出不同程度的融合趋势。

　　元代文坛上除了传统的诗、词外,又有了散曲的加盟,并以其新兴文体的强大生命力向诗、词发起冲击,诗、词、曲在韵文领域鼎足而三,词之诗化与曲化问题同时出现于文坛,引发众多争议。至明代,词体曲化成为词坛上重要的创作现象,亦成为后世对明词特点的定位和贬责的主要原因,往往被看作词体衰亡的重要因素。清人由此展开对明词的痛斥与反思,带来词体创作与词学批评的再度繁盛。人们对诗、词、曲三者的体性之别,进行了诸多讨论。如李渔言:"作词之难,难于上不似诗,下不类曲,不淄不磷,立于二者之中",并从腔调即风格上作了区别,"诗之腔调宜古雅,曲之腔调宜近俗,词之腔调,则在雅俗相和之间。"③近人吴梅、宛敏灏、任二北等先生于此亦有经典论述④。

　　无可置疑,诗、词、曲的文体差异是客观存在的,这是人们热衷于对三者进行文体辨析的重要原因。然而,不同文学艺术的发展除了纵向的历史继承,还有横向的交融与吸收,即如诗、词、曲而言,它们在抒写题材、表现手法、语言情调和艺术规范诸方面表现

---

　　① 李清照《词论》,胡仔《苕溪渔隐丛话》后集卷三十三引。

　　② 胡寅《酒边词序》,施蛰存主编《词籍序跋萃编》,中国社会科学出版社,1994年,第169页。本文凡引该书者皆出自此版本,不再一一标注。

　　③ 李渔《窥词管见》,唐圭璋《词话丛编》,中华书局,1986年,第549页。本文凡引该书者皆出自此版本,不再一一标注。

　　④ 参见吴梅《词学通论》、宛敏灏《词学概论》、任二北《散曲概论》等。

出相近或相似的特点，在发展过程中难免会有互动相参的现象，并促成三者在文体功能、语体风格、审美情趣等诸多因素的变化，学界常把这种创作行为称为"破体"，进而产生了所谓的"变体"。正因如此，在进行文体研究时，辨体与破体就成为批评家们首要的话题，也是不可回避的话题，在这方面，词尤其显得特别。缘于词体的文学地位、兴盛时间与文体风格皆介于诗、曲之间，极易与二者产生互参现象，这已为词史所印证，并引起历代学者词家的热烈讨论。

从千年词史的发展看，词体实际上是一个动态的概念，随着创作环境和词体观念的变化，词体形态一直在不断地演化着。其中，词体与其他文体的交互成为其变化的重要成因。诗、词、曲都隶属广义之诗歌，具有诗歌体裁的共同特点，同时又具有彼此生发的密切关系，词在与诗和曲的不断交融、对抗，以及自身的竭力独立中，显示出其个性魅力。

本章主要分析词体的诗化与曲化的具体内涵。正如刘石先生所说，无论是词之诗化，还是词之曲化，这些命题都是建立在诗、词、曲的差别上，诗、词、曲的文体差异性是词之诗化与曲化观念提出的前提。[①] 所以在分析词之诗化与曲化之前，先大致谈谈诗、词、曲不同的文体特点。

第一节　词的文体辨析

文体风格是有关文学内部规律的一个重要问题，刘勰《文心雕龙·定势》篇所说的"即体成势""形生势成"，即是说明一种文体趋向成熟的标志，就是它的文体风格的定型和独特。纵观文学发展的历史，一种新的文学体裁从孕育萌生、发展壮大，到最终成为一

---

① 刘石《试论"以诗为词"的判断标准》，《词学》第十二辑，华东师范大学出版社，2000 年，第 20—33 页。

种独立文体,正是因为它具有与其他文学体裁相区别的独特个性和强大生命力,其中自然包括文体风格。我们谈论某一文体的相关问题时,首先要解决的是对它的文体风格的基本界定。因此,辨体是一项很重要的基础工作。辨体是对一种文体的体貌特征,以及与之相关的社会文学功能等方面的辨别,是一个极为丰富而复杂的领域,包括外在之体式、语言、结构及内在之表现手法、情思格调、审美风格等多种因素,主要指文体的本色形态,即所谓正体,也就是一种文学体裁在体制和功用等各方面所完成了的,并已成熟定型且获得较为一致认同的艺术状态。正如罗宗强先生所言:"辨体的首要工作是辨别正体的功用、体制和基本体貌要求。"①

　　词最初产生于民间,虽然现存敦煌曲子词中"言闺情及花柳者尚不及半",但随着唐代文人们的模仿和尝试,至晚唐五代,词就成了以艳曲为主的诗客曲子词,其婉约柔艳的独特风格也大致定型为词体的基本文体风格。之后,历代文人在题材上有了一些新的开拓,在创作手法上有了多样化的调整,艺术风格也产生了些许变化,但以温庭筠为代表的晚唐五代的花间作品中所呈现出来的审美情趣,并未在历史发展进程中被舍弃,却成为文人心目中词体的本色形态。词在宋代受到人们的广泛喜爱,引发了极大的创作热情,名家辈出、佳作如林的繁荣盛况使词成为可与唐诗并驾齐驱的一代之文学。创作兴盛的同时,宋人开始了对词的文体风格的探讨。如北宋李之仪《跋吴思道小词》指出:"长短句于遣词中最为难工,自有一种风格,稍不如格,便见龃龉。"李清照《词论》更明确指出词"别是一家",对词体的独立特性给予肯定,然而他们只是点出了词具有一种他体所不具备的特殊风调,未能告知我们词体特殊风调的具体呈现,尚未清晰地说明词的文体特点。

　　从宋至清,人们热衷于并始终未能停止对诗、词、曲的辨析,但

---

① 罗宗强《寻源、辨体与文体研究的目的》,《学术研究》2012 第 4 期。

对于三者的界限,古今学者多作模棱两可之谈,多持填词须"上不类诗,下不类曲"之说。如谢元淮言:"词之为体,上不可入诗,下不可入曲。要于诗与曲之间,自成一境。守定词场疆界,方称本色当行。"①谢章铤亦说:"文则必求称体,诗不可似词,词不可似曲,词似曲则靡而易俚,似诗则矜而寡趣,均非当行之技。"②人们在评词时常谓谁的词为本色、谁为别调,那么本色到底是什么特点呢,似乎并未达成一致。同时,在概念称谓上,亦不清晰。人们称词为诗余,亦谓之长短句,称曲为词余,又与词同称为乐府,表现出对词体认知的模糊性。作为一种从产生到成熟,发展了几百年的一代标志性文体样式,词体在格律形式、语言模式、表达方式、题材选择、表现功能、审美风格等诸方面呈现出与诗、曲的不同,形成了其自身独特的文体特质,具有强大的艺术魅力。随着后世词体创作实践的不断丰富,又通过与诗、曲的比较,人们获得了对词的体性特征更多的认识。

诗、词、曲都是韵文文学,都天然地具有韵文文学的某些共有特性,如言志、抒情、叙事的表达方式,广阔丰富的题材选择,或豪放、或婉约、或缠绵、或真挚的多种风格情调,类型极为多样化。我们将词放在与诗、曲的比较中进行审视,有一个基本前提,即是三者都是文人创作的成熟并定型的文体。在各自形成发展的过程中,诗、词、曲又带上了明显的个体特征,也在与他体的互动中发生变异,产生了正体与变体之别,所以我们在考察词与诗、曲的文体差异时,应以历代文人学者所普遍认同的三者最一般特性作为辨析对象,以千百年来人们约定俗成的各体文学的一般形态特质作为考察中心。本节主要通过与诗、曲的对比,辨析词体"自成一境"的本色当行的文体特征。

---

① 谢元淮《填词浅说》,《词话丛编》,第 2509 页。
② 谢章铤《赌棋山庄词话》卷八,《词话丛编》,第 3425 页。

（一）重娱乐、长言情的文学功能

诗歌来自民间，自其产生之日起，即有言志抒怀之用途，亦有自娱乐人的功能，也就是说，诗、词、曲在社会功能方面大致相似，并不矛盾。然而，如果再细究之，词与诗、曲的表现功能相比，还是有自己的偏嗜。

自孔子以《诗》教学，言"诗可以兴、观、群、怨"，学诗可达厚人伦、美教化、观风俗、知得失、明美刺、倡敦厚的目的，诸侯之外交场合的赋《诗》言志便渐渐成为了诗歌最主要的社会功能。随着儒家大一统局面的形成和稳固，诗文的言志载道之功用越发得以重视，诗歌遂成为文人学士展示胸襟抱负、炫耀博学多才的主要工具，言志抒怀也被认定为诗歌最重要的文学价值所在。与此相对，被称为"曲子""诗余"的词是随着燕乐在社会中的日渐流行而生成的，本就是用于酒席欢宴，进行侑觞佐酒的唱词，具有以乐娱人、以词扬己的消遣作用，是作为一种娱乐性表现形式为大家所喜爱的，原不必承担文学的载道言志，甚至是缘情的功能，其所抒写的内容自然与社会、人生、政治、民众等无涉或关系不大，又因多是为女性歌者代言之作，故男性文人在进行词体创作时极少有抒发个人情感的主观意识。

晚唐时期，面对衰败末世的文人们失去了中兴之志，多沉湎于个人享乐消遣，社会风尚趋于世俗娱乐，文坛中软媚艳情之风气成为主流。文人们更是以好奇游戏的态度，尝试着创作或改造民间流行唱词。温庭筠是其中的佼佼者，其词多创作于歌宴饮席环境之中，主要提供给宴会上的侑酒歌女进行演唱，以起到劝嬉助兴之用，带有强烈的游戏娱乐色彩。正如欧阳炯所言，词的功能局限于"使西园英哲，用资羽盖之欢。"①基于应歌、应制之由，词中很少主

---

① 欧阳炯《花间集序》，《词集序跋萃编》，第631页。

观情感的表达,更多是女性姿容及宴饮环境的客观模式化描写,乐调与唱词皆谐婉美艳,极为适合席中演唱,风靡一时,此种词风成为五代文人极力模仿的范本。宋代社会安定富足,文人儒雅多才,待遇极好,整个社会自上而下弥漫着一种娱乐享受的氛围,为词体的发展提供了优越的社会条件,故全民传唱柳词,周词流传广布,人们热衷于谈词作词,词成为一代文学之代表。在这样的发展环境中,词在娱乐功能方面表现出极强的气场,这也是人们认定它们为词体最具本色色调的原因之一。

至元明,词乐渐失很大程度上损减了词的演唱功能,而曲的兴盛则基本上取代了词的唱词角色,词渐入案头文学之列,与唐宋词有了很大区别。相对诗歌而言,曲与词在娱乐功能上走得更近,二者在乐声配合上虽有些不同,如乐系的差异、字声韵律的区别等,但都带有很强的娱乐演唱功能。然而,从总体上来看,随着词的成熟定型,其娱乐对象渐渐成为文人雅士宴席上的同僚,娱乐范围多限定于雅集文会,娱乐作用多集中于文人们的交际唱酬,应歌的同时,应社功能有了很大的加强,这也是词不断雅化和诗化的原因之一。曲则带有更浓的世俗气,市民大众化程度更高,受众面更广,其娱乐功能较词更全面、更强大。清人在批判明词、反思曲化的背景下,希望重塑词体,努力增强歌词的言志抒怀的社会功能,词之娱乐性全失,俨然一种“长短句之诗”了。在此过程中,词不断调整自己的社会功能,丧失了其应歌的本体性功能,并逐渐完成了自己的娱乐使命,朝着诗歌之文学功用靠拢,不再是严格意义上的词了。

除了娱乐功能之外,词体与诗、曲相比,更突出的还有它的抒情功能。宋代张炎《词源》说:“簸弄风月,陶写性情,词婉于诗。”清代沈谦说:“词不在大小浅深,贵于移情。‘晓风残月’‘大江东去’,体制虽殊,读之皆若身历其境,惝恍迷离,不能自主,文之至也。”[①]

————————

① 沈谦《填词杂说》,《词话丛编》,第 629 页。

主张词之最强文学功能是言情。词与诗比较,是一种更自由、更精致的抒情小诗。与曲相比,词是一种更含蓄、更委婉的抒情唱词。正是由于词长于言情的特点,才使得宋人将大志广怀、才学哲思赋予诗歌,而将"欢愉愁怨之致,动于中而不能抑者,类发于诗余"①,从而成就了宋词。也正是由于词长于婉言人情,故元明人将愤怒激放、愁怨沉闷之情直白地交之于散曲,并时常随性地将之附注于词,从而造成了浓重的曲化色彩。

　　词与诗、曲一样,都是因合乐而生成,原是更多地诉诸于人们的听觉,带给人以乐词双重的美感享乐,其音乐性居于首位。词之所以不同于诗、曲,也是因为音乐,即其所依曲调不同,它既不为南北朝以前之乐府,又不为金、元以后之南北曲,由于音乐体系的因革变易,词乐逐渐失传,词亦与音乐产生游离,音乐属性退而居文学属性之下,成为供人阅读吟咏的案头文学。同时,随着时代的推移和社会生活的演进,人们的抒情要求愈趋丰富强烈,审美情趣不断发生嬗变,再加上文人积极地参与创作,作品日益繁多,文人有意无意地会在创作时加入个人所感,尤其是不好言说的个体私人情感,遂使词体的抒情色彩日益浓郁,虽不一定具有社会人生、政治思想等较为深沉厚重的内涵,与传统诗教中长期形成的言志抒怀、表达人生、展示胸襟依然有较大的距离,但词体的表现功能在文人词作中的变化也会多少展示出其创作观念,词的抒情功能愈益增强,抒情主体的特性也愈加显明,逐渐成为一种具有独立审美特质的抒情诗。

　　不过,虽然词与音乐慢慢地脱离开来,填词时不用再遵循乐调,赏词时不需付之弦管丝竹,但词体的长短参差的外在形式结构仍然内蕴着一种与音乐相关的格律因素。如词有词牌,要按谱填词,依然有相当严格的格律的规定性,在音韵方面受到比诗歌更多

---

① 陈子龙《王介人诗余序》,《词集序跋萃编》,第 506 页。

的束缚和制约,使词整体上给人的感觉要更加流丽谐美,极有利于情感的细腻呈现。同时,词与生俱来的长短句式,增加了其在表达意绪时的自由度和层次性,一定程度上扩大了词的抒情容量,使之可适当补充传统诗歌的抒情功能,并由此构成了词体独具的或旖旎绵密、缱绻回环、或激越飞扬、奔泻跳宕的更适宜于歌哭悲欢之情绪宣泄的特性。

事实也是这样,正如严迪昌先生所言:"词的兴于唐、盛于宋、衰于元明而又重振于清,究其大要恰好是词的抒情功能起落消长的同步历程。"①唐宋词由音乐性向文学性的转移,抒情功能得以全面开发,词体盛行一代,元明词之抒情性受到挤压,或移之于诗,或纳之于曲,词体呈颓势。词至清代,呈中兴之势,除时世文学发展的内外部因素外,词体抒情功能得到充分发展,可庄可媚、可豪可婉,空前强大,然此时抒情功能的极度开发破坏了词体的言情婉曲深长之特点,已在整体意义上发展成为与诗完全并立的抒情之体。

总体而言,词在感情的抒写上比诗、曲更加曲折宛转,深细入微。清代查礼说:"情有文不能达、诗不能道者,而独于长短句中可以委宛形容之。"②和诗歌相比,词体的娱悦性、抒情性大大增强,社会思潮和时代心理的不断变化造成个体生命意识、人生忧患意识、享乐意识和爱情意识等空前觉醒,诗文的言志载道功能在词苑中开始让路于遣兴、言情功能,词成为更具个人化、内向化的崭新体制,可谓"情之所钟,正在词林"。王国维比较诗、词在抒情广度和深度方面的异同之后,指出:"词之为体,要眇宜修。能言诗之所不能言,而不能尽言诗之所言。诗之境阔,词之言长。"③可为的论。

---

① 严迪昌《清词史·绪论》,江苏古籍出版社,1999年,第3页。本文所引该书语皆自此版本,不再一一标注。

② 查礼《铜鼓书堂词话》,《词话丛编》,第1481页。

③ 王国维著、滕咸惠译评《人间词话》,吉林文史出版社,1999年,第106页。本文所引该书语皆自此版本,不再一一标注。

（二）私密性的狭深题材倾向

中国传统诗歌起源于民间，来自人们的日常劳动，自产生之日起，就与社会生活密切联系，传达着人们的悲伤喜乐和怨怒哀感。随着文人全面进入诗坛，诗歌成为抒写士人心志的最佳表现手段。自汉以来，独尊儒术的政治文化局面形成，儒家传统诗教的熏染在文人身上越发得以强化，并在文学创造中被全方位地体现出来，成为他们心中根深蒂固的指导思想，从而使诗言志、思无邪等诗教传统浸入人心，并绵延于整个封建时代。于是诗歌成为呈现政治意志、表现社会情感的主要方式，必须展示一个人外在的志士儒者身份，大至江山塞漠、政治感怀、哲理思辩，小到轻风细雨、衰草落花、虚室轻帷，凡所想所见所感皆可入诗，亦多表现人们类型化的社会化的情感。

其实，时至中唐，时局变易改变了部分文人的政治态度和生活方式，白居易、元稹等人已开始用"言志"之诗歌书写自己留连声色、沉溺享乐的荒唐生活，如白居易《江南喜逢萧九彻因话长安旧游戏赠五十韵》细诉自己留连杯酒光景，乃至狎妓的情景，如"寓居同永乐，幽会共平康……旧曲翻调笑，新声打义扬……暗娇妆靥笑，私语口脂香。"这种内容，已经与思无邪、诗言志等的诗学传统有了相当的距离。在他们的引领下，当时诸如此类的所谓"艳诗"充斥文坛。至晚唐，此风更炽，李商隐、韩偓等人的诗歌即多写男女之情、个人失意与人生体悟，虽然其中也或多或少地有着人生失志、理想破灭等时代社会因素，但呈现出集中展示私体化情感的趋势，在题材选择方面，已显示了相比于传统诗歌较为狭窄的倾向。在他们的少量词作中，此类题材更为集中。他们抒深情、崇艳语、造静境、写细物、用曲笔等，已开启词体的艳端，说明当时新兴的文风与"诗言志"的传统观念已然有所背离。

随着时间的推移,文人个体意识的强化,花间尊前、歌舞侑觞环境中的歌词创作逐渐成为作者们宣泄情绪和抚慰心灵的绝佳途径,以歌词寄托情感,更见其才情与风度。他们在歌词创作中逐渐进入个体角色,在词中的抒情、描写形象中融入一己的荣辱得失和喜怒哀乐,不时地流露出他们颓废、脆弱和敏感的一面。在词中,他们可以在一定程度上忘记自己在公共场合所必须扮演的端正不苟、堪为士范的高大形象,从而显露其私人化的一面,或为宦游倦客,或为穷途老叟,或为情场伤心人,或为滑稽多智人等。词的这种于诗歌之外给予作者的情感抒写的弥补作用,成为文人们热衷于词体创作的一个重要因素。

于是,诗歌获得前所未有的全新参照系,词家文士在创作过程中,自觉地将诸如男女私情、羁宦倦意、伤春悲秋、人生感悟等深隐幽微的个人化情感集中地加以表达,逐渐使词体在题材选择上有了一定的偏重,而一些男欢女爱、伤离恨别、思恋怨慕等不便于在诗文中表达的内容,更是在词中找到了一个理想的载体。陈廷焯曾云:"李后主、晏叔原皆非词中正声,而其词则无人不爱,以其情胜也。情不深而为词,虽雅不韵,何足感人?"①即说明了抒情深度在词中的重要作用。

从晚唐五代到宋初,"词为艳科"是一种很普遍的认识,温庭筠"逐弦吹之音,为侧艳之词"②,和凝少年时好为"艳词"③的记载,都反映了人们对词体好写艳情的认定。既属艳科,所写自然多为儿女之情,正所谓"儿女情多,风云气少"④,以表现男女幽会相恋、相思离别为主要内容,进而外展为冶游、艳遇、歌席酒宴之乐,注重女

---

① 《白雨斋词话》卷七,《词话丛编》,第3952页。
② 《旧唐书·温庭筠传》卷一九〇下。
③ 孙光宪《北梦琐言》卷六。
④ 刘熙载《词概》,《词话丛编》,第3710页。

性姿态装扮和室内陈设环境的描写,题材相对集中,较为狭窄,无非是表现一些与宴游娱乐、追求声色的环境气氛相契合的内容。

不过,擅写儿女之情却又不一定仅限于儿女之情,尤其在文人的潜意识中,常常寓含着较为深隐的比兴寄托之意。也许是文人无意中将熟习的诗歌表现手法的自然介入,也许是有意识地将人生失意之悲感思悟以香草美人之笔加以曲笔展现,将儿女之情展现得美艳细腻、缠绵俳侧。正如缪钺先生所言,词最宜于表现"人生情思意境之尤细美者。"① 词体对此种题材的抒写极易引人遐想,常招致后世注家论者的分歧,正因其常以缠绵旖旎的爱情生活、复杂微妙的感情变化、独特细腻的心理感受作为抒写题材,多文人雅士私人化、内向化情感的展示,与中国文化于宋代开始走入内敛化的态势也正相合,这或许也是词体在宋代走向极盛的原因之一。

曲体于元代确立文体,由于其多用于娱乐演唱,为迎合市民大众的欣赏趣味,常选择民众津津乐道的日常生活题材。又因元明曲作的创作者常为失意文人,亦适时表现作者的个性情怀与人生志向,表现题材较为广泛,山水隐逸、讥讽世事、生命忧患、失意情怀、恋情享乐等社会化与私密化内容皆可入之。抒写内容的无限扩大一定程度上弱化了诗歌言志抒怀的传统庄重格调,却比词体已经趋于雅化的言情发感的内容更贴近世俗大众生活。俞平伯说:"词纵故深,曲横故广。""纵""深",说明词的抒写内容虽显狭窄,却是曲折隐晦地呈现,故而写出来意味隽永,适于个体深吟细思,私密化程度更高。曲的抒写内容虽极度扩充,表现方式却是浅白直率,又多适用于公开演唱,故创作个体情绪的私密性不高。由此可知,三种诗歌体裁在题材倾向上呈现出"诗广、词窄、曲阔"的特点。三者相较,词体明显地具有深隐之特征。

---

① 缪钺《诗词散论·论词》,上海古籍出版社,1982 年,第 54 页。

（三）艳语雅言与细物静境的表现方式

　　遍览历代诗词曲话，随处可见类似评语，"词中句法，要平妥精粹"、"词中一个生硬字用不得。须是深加锻炼，字字敲打得响，歌诵妥溜，方为本色语。"①"短句须剪裁齐整，遇长句须放婉曲，不可生硬"。② 此类评论皆是从词之语言运用的角度而生发。这说明词的语言要雅中带俗，且柔婉富艳，应该避戒生硬粗糙的字面。有学者从诗、词、曲的比较中提出对词之用语的要求，如明王世贞说："'寒鸦千万点，流水绕孤村'，隋炀帝诗也。'寒鸦数点，流水绕孤村'，少游词也。语虽蹈袭，然入词尤是当家。"③清李调元云："词非诗比，诗忌尖刻，词则不然。魏承班《诉衷情》云：'皓月泻寒光，割人肠。'尖刻而不伤巧。词至唐末初盛，已有此体。如东坡'割愁还有剑铓山'，巧矣，以之入诗，终嫌尖削。"④近人赵尊岳说"词语尚华贵，虽愁苦之音，亦当以华贵出之。不同诗之郊寒岛瘦，穷而后工也。小山、饮水，六百年间，方轨并驾，首由于此。"⑤通过诗词之比，得出词之语句宜新巧清俊，忌尖刻硬直，宜华贵富艳，忌穷寒酸破。明王骥德《曲律·杂论》则从曲本位的角度进行说明："诗与词不得以谐语方言入，而曲则惟吾意之欲至，口之欲宣，纵横出入，无之而无不可也。故吾谓快人情者，要毋过于曲也。"强调为达"快人情"之目的，曲在创作中多自由随意地采用谐言俗语，诗、词却忌用口语，避免直白分明的表达，尤以词体为甚。

　　温庭筠是词体文体特质形成的关键人物，在他手中，词在文学

---

　　① 张炎《词源》，《词话丛编》，第 258、259 页。
　　② 沈义父《乐府指迷》，《词话丛编》，第 280 页。
　　③ 《艺苑卮言》，《词话丛编》，第 387 页。
　　④ 《雨村词话》，《词话丛编》，第 1390 页。
　　⑤ 《填词丛话》，《词学》第四辑，华东师范大学出版社，1986 年，第 77 页。

功能、语言、意象、风格等诸多方面，都呈现出与传统诗歌相异的地方，以之为鼻祖的西蜀花间词为词体定型作出了突出的贡献，花间词风遂成为后世词家心目中的本色之典范。清陈廷焯《云韶集》说："飞卿词绮语撩人，开五代风气。"绮语是艳词的外在表现，亦是词作首选语言类型，与词体艳情藻思的主要题材内容相适应。然绮语不完全等同于艳语，主要指语句偏重浓艳富丽之色调，喜欢用代字、多用修饰语等，又因词体常为后世文人雅士娱乐抒情的首选方式，创作时有意无意地爱好驱遣典雅的语句，故富艳精致的语言自然成为词之最佳选择。

　　清李调元曾说："黄山谷词多用俳语，杂以俗谚，多可笑之句。如鼓笛令词云：'共道他家有婆婆。……'又云：'副靖传语木大，鼓儿里，且打一和。更有些儿得处啰。'……此类甚多，皆不可解。……皆俗俳语也，元人曲有之，皆不宜入词。"①俚俗之语入曲宜，入词则不妥。更有学者直接以具体语句的对比，说明诗、词用语之不同。如清刘体仁曾把"夜阑更秉烛，相对如梦寐"（杜甫《羌村三首》）和"今宵剩把银釭照，犹恐相逢是梦中"（晏几道《鹧鸪天》）作为对比，认为这就是"诗与词之疆"②，他并不是从两位作家创作时的特定环境和心理状态去分析两件作品的不同意格，而是凭借着不同的语言结构在表达相似内容时带给读者的感受差异进行判断，虽然并未具体明白地说出诗与词之疆界到底为何，我们却在二者或富艳、或平实的语句中能大致感知出来。杜诗深沉凝重，晏词轻灵婉折，将诗的直说，改为词的婉转出之，更见低回往复，耐人回味。清王士禛言："或问诗词、词曲分界？予曰：'无可奈何花落去，似曾相识燕归来'，定非香奁诗。'良辰美景奈何天，赏心乐

---

① 《雨村词话》，《词话丛编》，第 1401 页。
② 《七颂堂词绎》，《词话丛编》，第 619 页。

事谁家院',定非草堂词也。"①也是单纯从语句上的个人体悟中判别诗、词、曲词之异。其实,无论王氏所举例句是词句还是曲语,都与韩偓《春尽》诗中"人间易得芳时损"一样,表达感时伤春之情,具有普泛性,只是从艺术表现来说,诗句写得浑涵简括,含蓄深沉,词句写得曲折低徊,委婉细腻,曲句则写得比较显豁明朗,情溢言表,从而造成三者的意境有所不同。

除了语言运用的差异,在意象组织、意境营造和表现手法方面,词体也表现出与诗、曲的不同,呈现出个性特色。诗中意象无大小刚柔美丑之分,多以入目之物象顺序进行组织,结构较为开放顺畅,形成或气象开阔、或思致悠然、或沉郁哀怨的多种意境,赋、比、兴兼用,虽亦讲究含蓄蕴藉,但情感指向较为明确。曲的意象选择广泛,大都来自世俗生活,常以作者之情感指向加以组织,结构直接简捷,多用赋笔铺陈,自由酣畅,总体呈现出粗放痛快、新巧谐趣的风格,情感走势极为明显。相对而言,词之意象则更多倾向于细柔美艳之物,即使有壮大开阔之物象,也会以空灵静怡之笔将刚性阔大之体性收归轻婉纤细之中,如微风、残花、浮云、细雨、小窗、幽草等,且多以跳跃性、交叉性、递进式结构加以组合,复杂变幻,多用比兴,并擅长将赋笔分解,将之融于描写抒怀中,营造成绵密深远、沉静幽谧的优美意境,引人联想,多义显现,特别适合表达丰富细腻的情感内容。②

清曹尔堪曾曰:"词之为体如美人,而诗则壮士也;如春华,而诗则秋实也;如天桃繁杏,而诗则劲松贞柏也。"③清代画家戴熙说:"高山大河,长松怪石,诗人之笔也。烟波云岫,路柳垣花,词人之笔也。旖旎风光,正须词人写照耳。"④皆以形象的比喻说明词

---

① 《花草蒙拾》,《词话丛编》,第 686 页。
② 可详参赵山林《诗词曲艺术》,浙江教育出版社,1998 年。
③ 田同之《西圃词话》引曹尔堪语,《词话丛编》,第 1450 页。
④ 引自邓乔彬,《论戴熙的习苦斋题画》,《杭州师范学院学报》2000 年第 1 期。

体绮丽柔艳之气格。陈廷焯说:"诗有诗境,词有词境,诗词一理也。然有诗人所辟之境,词人尚未见者,则以时代先后远近不同之故。"①主要是说词境没有诗境那样广袤壮阔,纵横博大。明王世贞论词曰:"'细雨梦回鸡塞远,小楼吹彻玉笙寒','青鸟不传云外信,丁香空结雨中愁','无可奈何花落去,似曾相识燕归来',非律诗俊语乎? 然是天成一段词也,着诗不得。"②清江顺诒曰:"《会真记》之'碧云天,黄花地',非即范文正之'碧云天,红叶地'乎? 诗、词、曲三者之意境各不同,岂在字句之末。"③由此可见,这些句子虽与律诗和曲语相近甚而相同,却是天生的词体妙语,就在于它们选择以细小轻柔之物构成了轻灵邈远、幽微沉静的意境,这正是词境的独特之处。任半塘在《词曲通义·性质》中说:"词静而曲动,词敛而曲放。""静""敛",说明词体意境以沉静为佳,表现方式应婉曲隐晦;曲则直率表达,故而疏放豁朗。李泽厚亦论:"诗境深厚宽大,词境精工细巧,但二者仍均重含而不露,神余言外,使人一唱三叹,玩味无穷。曲境则不然,它以酣畅明达、直率痛快为能事。……诗境厚重,词境尖新,曲境畅达,各有其美,不可替代。"④与诗、曲相较而言,词之最佳处即在于将描写对象柔化,用细密的构思、比兴的手法营造朦胧隐约之意境,"更饶烟水迷离之致"⑤,从而传达出作者幽隐的哀伤、惆怅、无奈和忧怨。

(四) 艳婉绮丽的审美风格

从文学功能、语言运用、意象组织、表达方式等方面,我们找寻

---

①《白雨斋词话》卷八,《词话丛编》,第 3977 页。

②《艺苑卮言》,《词话丛编》,第 388 页。

③《词学集成》,《词话丛编》,第 3285 页。

④ 李泽厚《美的历程》,安徽文艺出版社,1994 年,第 95 页。

⑤ 纳兰性德《渌水亭杂识四》,《通志堂集》卷一八。

了词与诗、曲在创作时的不同选择和细微差异,但它们不足以展示三者的各自独特性,只是为了论述更为简便与清晰,才有意从不同角度细述。其实,这种做法是有失准确和全面性的。如范仲淹《御街行》"都来此事,眉间心上,无计相回避"和李清照《一剪梅》"此情无计可消除,才下眉头,却上心头"看似好像没有什么两样,但细细体会亦有阳刚与阴柔之绝大差别,并未成为诗词之二调,亦皆为词体之佳作。又如晏殊平生最为得意的句子"无可奈何花落去,似曾相识燕归来",在《示张寺丞王校勘七律》和《浣溪沙》一诗一词皆有用到,却各有各的妙处,有人评它情致缠绵,音调谐婉,是倚声家语,却又不可否认放在诗句中亦是好句,因为诗味词韵是要通过结合作品的整体意境才能体悟出来,而并不完全取决于一字一句。正像汤显祖《牡丹亭》中的"良辰美景奈何天,赏心乐事谁家院",被定为"非草堂词也",也是需要和上文的"原来姹紫嫣红开遍,似这般都付与断井颓垣",以及下文的"朝飞暮卷,去霞翠轩,雨丝风片,烟波画船,锦屏人忒看的这韶光贱"联合起来看,才能显出它的特殊风调。词与诗、曲在不同的领域,各有其丰富多彩的园地,很难拘以一格,而且各自构成整体,不应当也不容许分割开来看。要确切地了解或者得出词之独特文体性,归根结底还得看作品的整体审美风格和艺术效果。

虽同是抒情文体,但由于诗、词、曲在文学功能、题材倾向、意象组合、表现方式等方面的差异,形成了各自独特的文体风格。风格是作品命意、取材、设语、组织结构、表达方式、意境营造等诸种因素综合呈现的一种整体艺术面貌。诗、词、曲的文体风格最初都是建立在其音乐与文学的双重属性之上的。诗配雅乐与清乐,庄重和缓,清新明丽,以辞为主,乐为辅;曲配南北乐,聒燥繁杂,活泼明快,以乐为主,辞为辅。词是依附唐宋以来新兴燕乐曲调而生成的新体抒情诗,它的长短参差的句法和错综变化的韵律,适应和配合着作者起伏变化的感情,是音乐语言和文学语言结合得最为紧密的文体。明王骥德《曲律·杂论》云："诗不如词,词不如曲,故是渐近人情。"从人的情感抒发的角度进行分析,认为曲是最能全面彻底抒写人情的文体,无所顾忌,浅俗直白,词稍逊之,更多是展示文人内心较为幽隐的个体情感,含蓄婉约,诗在表情达意方面则更为追求含蓄与正统,多社会性情感,少人性之情。这种现象的产生与三者结合的音乐性质应该有着极大的关联。

黄宗羲《胡子藏院本序》说:"(诗、词、曲)其间各有本色,假借不得,近见为诗者,袭词之妩媚,为词者,侵曲之轻佻。"用"妩媚"与"轻佻"二词概括词、曲的总体风格,认为二者皆违背了传统诗歌的"温柔敦厚",其用词虽不完全准确却也勉强适合。《词苑萃编》引胡殿臣语,说:"庄雅固诗人首推,轻俊实词家至宝。盖诗不庄雅必无风格,词不轻俊必无神韵。……诗与词未易同日语矣。"[1]从传统的诗教观念出发,认为诗应当是端庄典雅,温柔敦厚,怨而不怒,哀而不伤,词却以轻俊妩媚见长。总体而言,词长于抒发个人化、内向化的情感,用词华贵美艳,意境细密深静等特性,与诗歌之大志阔怀、庄重雅致,曲之宽怀泛情、谐趣俗艳皆不同,学界中也大致形成了"诗庄、词媚、曲俗"这一基本共识。如"诗贵庄而词不嫌佻,诗贵厚而词不嫌薄,诗贵含蓄而词不嫌流露,之三者,不可不知。"[2]"呜乎!词虽小道,难言矣。与诗同志,而竟诗焉,则亢。与曲同音,而竟曲焉,则狎。"[3]

然而,妩媚不能流于淫亵,这一点前人也是屡有论述。如:"诗庄词媚,其体原别,然不得因媚辄写入淫亵一路,媚中仍存庄意,风雅庶几不坠。"[4]可见,庄与媚虽有区别,但仍然存在联系,并不是

---

① 冯金伯《词苑萃编》,《词话丛编》,第 1918 页。
② 田同之《西圃词说》,《词话丛编》,第 1452 页。
③ 《叶辰溪我闻室词叙》,《词集序跋萃编》,第 601 页。
④ 王又华《古今词论》,《词话丛编》,第 606 页。

绝对对立的。词虽属艳科,擅写艳情与伤感,以绮丽富艳为美,但绝不等同于低俗与淫靡,是一种艳与雅的和谐,从中传达出文人情趣。清谢章铤言:"词宜雅矣,而尤贵得趣。雅而不趣,是古乐府。趣而不雅,是南北曲。"①可谓的言。古雅庄重之诗有时失之情调,俚俗戏谑之曲有时失之雅致,词体则适其中,兼有雅意与情趣。雅趣结合的真性情正是词区别于其他文学体裁的重要标准。

　　为了更好地呈现词体之美感,富艳精细、雅致婉丽的语言还要配合着词调的声律变化,在组织结构方面表现出与诗、曲的差异。仅拿对偶而言,近体诗的对偶很有规律,如五言、七言、六对八对,中间两联必须对仗等都有一定规则。词与曲则为长短句的形式,句式变化不同,对偶的位置、字数、平仄、字面等方面都没有特别的规定,这就使得词、曲在外在形式方面,较诗歌更为自由流畅。曲在这方面尤为丰富多变,如"小小亭轩,燕子来时帘未卷;深深庭院,杜鹃啼时夜月空"(李好古《驻马听》套曲)的扇面对、"粼粼秋水,丝丝老柳,点点盟鸥"(张可久《人月圆》)的鼎足对,还有重叠对、联珠对、合璧对、隔句对等应有尽有,形成曲之节奏多变、活泼有力的特点。词则基本上是两句对偶,逢双可对,如"肝胆洞,毛发耸"(贺铸《六州歌头》),"山抹微云,天粘衰草。"(秦观《满庭芳》)等,不像曲表达得那样畅快尽情。同时,在用韵、句法上,词与诗、曲也有些许差别。如近体诗押韵有一定之轨,以平韵为原则,形成较为平实整齐之致。曲韵较密,甚至每句韵,且一韵到底,不能转韵,形成急促直下之感。词用韵则平仄韵兼用,但具体至每个词调,平韵或仄韵是不可移易的,不过平仄韵可以进行交替转换,且可换韵,故词韵不如诗那么齐整统一,又不像曲的韵脚那么稠密和紧迫,遂成婉转曲折之独特气质。

　　鉴于词体题材的狭深特点,词人们精心于对情感内容进行细腻

---

① 《赌棋山庄词话》卷十一,《词话丛编》,第3461页。

的展示和委曲的表达，极力留意事物外在的、细部的美，充分调动感官功能，竭力表现出细微之感觉，将诗性思维转为词性表达，尤其在声色表现上极其细致，又因所写多为小景和内景，再加上语辞工致富丽，韵律谐婉幽曲，艺术表现趋于含蓄精致，总体上呈现出优雅美艳之态而达阴柔之极致，体现出香艳绮美、轻柔婉曲的主体特征。

　　从本质上而言，词是在燕乐的基础上对诗体的改造，或者说是对诗歌中已形成的某一种类型的集中展示，故其有诗歌之质性却又有自己明显的创作倾向。词与曲都因社会流行音乐而生，具有与生俱来的俚俗性，皆属雅俗共赏的文体，只是词之俗多与艳合为一体，文人们常能接受词之艳，却排斥词之俗。曲之俗常与民间俚俗相融，摒艳弃媚，与民风世俗的关系更为密切，更是招致文人一致的卑视。作为一种独立的文体，词要上不似诗，下不类曲。黄宗羲曾经指出诗、词、曲"各有本色，假借不得"，他说的本色，就是各文体的本来面目，可理解为文体风格。总之，词与诗、曲的文体区别不仅仅局限于形式格律、语言意象等外在方面，更重要的还是表现在整体的审美风格上。

第二节　"以诗为词"的内涵辨析

　　词后于诗而产生，却成为与诗分庭抗礼的影响深远的文学体裁之一。作为中国古代文学两种重要的韵文形式，诗、词之间比任何文体的关系都要密切。不同文学体裁，外有相异的形式表征，内有各自的艺术特性，本来不易混淆。可对诗、词来说，由于它们之间具有的各种天然的相近点，以及词的文体特征在产生发展过程中对诗歌的移易，彼此之间发生了与其他任何两种文体相比都复杂得多的纠结。直至近现代词家在编纂词集时，还常会困惑于二者之界限的难以明了，如唐圭璋的《全宋词》、张璋的《全唐五代词》

等皆在前言、后记中谈及于此。

诗、词较为难解的关系不仅带来了创作上的混乱与困扰,也造成了理论上的分歧与争执。其中,"以诗为词"是贯穿整个词史的重要创作现象,在词学史上曾引起过相当长期的辩论,亦由此生发了诸多词学命题与批评理论。对"以诗为词"的定义和评价,是宋代词学的一大公案,也是后世词学理论的核心基点。文人学者们对"以诗为词"这一由来已久的论题,从音律、语句、功能、风格等不同角度展开论析,各有解读。由于历代各家的词体观念存在不少差异,对"以诗为词"的判断标准和界定方法也各有不同,从而造成宽严去取原则不一的批评状态,呈现出扬抑褒贬态度相背的价值评判。因此,千百年来词坛上聚讼纷纭,颇难求得一致的见解。本节即在诸多前辈学者的研究基础上,对"以诗为词"的内涵进行分析和归纳,以为本论题的展开张本。

(一) 判断标准

在文学史研究过程中,经常存在这样一种现象,即拥有不同文学观念的学者们,会从各自的角度和立场出发,对于一种创作现象或理论主张做出不同甚至完全相反的评价,"以诗为词"即可作为一个典型代表。作为词学史上的一个重要命题,"以诗为词"最早是针对苏轼提出的。"苏门六君子"之一的陈师道在《后山诗话》中谈道:"退之以文为诗,子瞻以诗为词,如教坊雷大使之舞,虽极天下之工,要非本色。"从文体独立性的角度,在认可苏词工致的前提下,将苏词纳入别调之列。对此,苏轼并未否认,更进一步提出诗、词同源一体的观点,并不断地以具体作品来弘扬他"以诗为词"的创作主张。此种创作方式和理论观念虽然在当时词坛不占主流,未能引领一派,却对词体形成一定的冲击,被后人视作革新词体的先导和标志,引起当时及后人的众多讨论。

　　有鉴于此,对"以诗为词"的探讨,自古及今,多集中于苏轼身上,尤其关注其对词乐的突破和内容的拓展:即"曲子中缚不住者"和"无意不可入,无事不可言"。也有学者从此角度对相关词人词作进行评论,如晁补之言:"黄鲁直间作小词,固高妙,然不是当行家语,是着腔子唱好诗。"①张炎论辛派词:"辛稼轩、刘改之作豪气词,非雅词也。于文章余暇,戏弄笔墨,为长短句之诗耳。"②皆是凭借个人观念感受和词体创作现状作出的判断。近代词学大师郑文焯先生评阅东坡词《江城子·梦中了了醉中醒》及《鹧鸪天·林断山明竹隐墙》,说:"读东坡先生词,于气韵格律并有悟到。空灵妙境,匪可以词家目之,亦不得不目为词家。世每谓其以诗入词,岂知言哉!""论者每谓坡公以诗笔入词,岂审音知言者?"也从自身的诗、词观念出发,凭对具体作品的直观感受而得出的结论,说明对"以诗为词"的认识与判定具有极大的主观性。

　　那么,何谓"以诗为词"?"以诗为词"的判断有什么标准或原则呢?判定一个作家是否"以诗为词",首先要确立判断"以诗为词"的标准,以诗词有别的观念作为其提出的前提③。王水照先生在《宋代文学通论》中,指出"以诗为词"就是把诗的作法、风格引入词中,但须以词"别是一家"为前提,也就是"承认诗与词具有不同的体制特征,即诗之为诗,词之为词的质的规定性"④。刘、王二先生皆认为,对"以诗为词"正本清源之辨析,首先是一个文体学的问题。

　　其实,文体性本身不是一个具有特定实指性的文学范畴,它包括文体的外部形式与内在精神,主要指一种文学体裁的整体艺术

　　① 吴曾《能改斋词话》卷一,《词话丛编》,第 125 页。
　　② 《词源》卷下,《词话丛编》,第 267 页。
　　③ 刘石《试论"以诗为词"的判断标准》,《词学》第十二辑,华东师范大学出版社,2000 年,第 20—33 页。
　　④ 王水照《宋代文学通论》,河南大学出版社,1997 年,第 74 页。

面貌,涉及作品的立意、取材、造语、结构、表达等诸种因素。词自晚唐五代以来,其独有的创作环境、演唱方式与社会功能,基本上奠定了其婉约委曲、意远情深的文体特征,并且在文人越来越高涨的创作热情中得以加强和定型。为了实现词体独特的艺术风貌,词家就要经营上述诸要素,为它们规范和制定一定的创作法则。这些我们并不陌生,在历代词学著作中,都存有大量的关于字句、结构、造意、音律等技法方面的论述,造成了词不仅在体制上具有与诗歌不同的特点,如长短句式、平仄韵律等,在内在风格和精神气质方面也有自己的特色,这些都应该做为我们体认诗、词之辨的主要因素。

从上节词之体性辨析可知,词在形成或逐渐定型时,其功能主要是合乐可歌、娱宾遣兴,在发展过程中又不断地被赋予并加强了其文学抒情功能,词采讲究柔媚,情调崇尚艳婉,题材趋向恋情。之所以形成这种独特的风格,一个重要的原因当是词本是配合燕乐的歌辞性质。造成词与诗歌在演唱风格和方式上的差异。为了与燕乐情调相适应,词在语句、体制、题材、表现手法、审美风格等诸方面,就不得不连带着发生了一系列的变化,从而形成如欧阳炯《花间集·序》中所言的"名高白雪,声声而自合鸾歌;响遏行云,字字而偏谐凤律"的审美风格。在此基础上,诗客词家们采用并适度调整了传统诗歌中的表现手段,创造出婉约富艳、纤丽精巧的词体主导情调,并在诗客们的首批曲子词作品《花间集》中集中进行了展示。此种风格与中晚唐词作已有工拙之分,与前代诗歌的精神品格也有雅俗之异,遂成为正宗本色的词体特质,为我们进行诗词辨析提供了一种标准和角度。

词产生在隋唐燕乐的基础上,与宫廷音乐、民间音乐、外族音乐皆有关系。在词产生之时,诗是近体诗的天下,是一种基本用于吟诵的文学体式,亦有乐工歌妓将之配乐演唱,称之为声诗。只是由于诗歌的齐言句式、配乐的和谐程度,都远不及长短句式的民间唱词，于是，在晚唐末世世俗享乐的时代风气中，文人们为了更好地调节歌筵酒席中的佐欢气氛，开始大量创作形式更为自由活泼的词，"以乐定辞"的创作方式也使词作的合乐功能与演唱效果得以最大限度的实现，词体迅速发展起来。

　　从这一方面而言，诗与词的根本区别首先在合乐与否，一个词家是否"以诗为词"，混淆了诗词的界限，当首于音律上进行求证。如沈义父《乐府指迷》论作词之法，就首倡协音，"音律欲其协，不协则成长短之诗。"并据此标准评价各家词人的优劣，如"清真最为知音"、"康伯可、柳耆卿音律甚协"、"姜白石清劲知音"等。李清照严分诗词，斥王安石、曾巩辈的词为"句读不葺之诗"，也源于其对词体独特的五音、五声、六律、清浊、轻重等音乐属性的重视。沈、李之言皆指向一点，即协律与否是区别诗词界限的根本，他们所举例的周清真、柳永、姜白石之所以成为人所共认的当行本色的典范，很大程度上取决于他们的知音，而王安石、曾巩等的词作被认为"长短句之诗"，也是因为他们对音律的违背。

　　具体到苏轼而言，苏词究竟是否合乐，虽然代有争论，但从宋至清的众多学人对其"多不入腔""多不谐音律"等此类的评价确为事实，堪称定论，所以，如果根据这一标准判定东坡为"以诗为词"，不能说不对，只是过于严苛和片面。因为，在苏轼的时代，将诗改编为长短句歌曲的方式是宋人常用方法，他们往往会采用以诗度曲和隐括诗歌等方式，目的是使作品合于歌唱，其中陈师道评价苏轼"以诗为词"，即着眼于其隐括创作歌曲，李清照言其"句读不葺之诗"是把它们当作了声诗，这种做法反映了诗歌改变体式、入乐歌唱的由诗到词的演变过程①。虽然打破词体附属于音乐的传统，增加了词体表情达意的自由度，对词体的文学功能有所提升，但有违词体最基本的合乐要求，确实有破体之嫌。不过，如果完全

---

　　① 诸葛忆兵《"以诗为词"辨》，《北京大学学报（哲社版）》2011 年第 1 期。

从合乐谐律与否来判断是否"以诗为词",又不免有失偏颇。

　　词与诗在音律、体制、风格诸方面均有区别,论理都可以成为判断"以诗为词"的标准,但确认一个作家究竟是词人之词和本色当行,还是"以诗为词"和"要非本色",最切实可行的标准和最妥当准确的原则似乎只能是作品最终呈现的风格。是否合乐可歌虽是词与诗根本不同之所在,但这个划分标准之所以不科学有两个最基本的原因,一是南宋以后词乐就已散佚,究竟如何合乐、怎样才算合乐,人们已大致没有对它的判断能力。作品是否合乐,只能根据局限性很大的文献记载确认,已无法从作品本身得知,后世人们在吟诵中所能获得的,只能是作品的风格印象和艺术效果。二是人们常常把格律和音乐这两个不同的概念混为一谈。如声诗能合乐歌唱,却不是词,南宋部分词已不可歌,却仍是词。从体制上来看,词与诗在形式、题材、结构、创作方法等方面固然有很多不同,但体制的不同只是造成词体独特风格的一种方式或手段,因而在考察"以诗为词"时,就不能仅仅根据采用了某些与诗歌纠葛的表面现象,如隐括和集句、以诗句入词、词见于诗集、增加诗题、抒写诗材、采用诗歌创作手法等等,就轻言作品必然属于"以诗为词",而是应该一切从作品本身出发,根据作品呈现的艺术风貌来作判断。

　　作为中国最为重要的两种韵文体裁,诗、词之间有着千丝万缕的联系,在许多方面也呈现出多多少少的差异,对此上节已有辨析,词的文体特性最终应以其审美风格进行界定。当然,风格属于艺术感受范畴内的概念,它不具有能够确指的内容,有时只可意会,很难用具体的语句准确地表达出来,那么,为何要以之作为"以诗为词"的判断标准,又怎样才能据此加以判断呢?实际上,从最初提出"以诗为词"这一命题时,人们就是将它定位在艺术感受范畴之内的,陈后山将"以诗为词"与"以文为诗"联类并提,即说明他是以诗、词、文三者不同的艺术风格为标准进行对比后才得出的结论。后代论者也多是用风格这一审美感受的概念来阐释诗、词之别的,如缪钺《诗词散论·论词》所言:"诗显而词隐,诗直而词婉。"完全是一种直观的艺术感受。可见,虽然难以具体准确地指出诗、词总体上的风格之异,但自古迄今的批评家们大都是用这种不免稍嫌朦胧的体悟式批评,表达自己对于诗、词之别的理解。

其实,从"以诗为词"这一话题的引出者——苏轼词作来看,后人对苏轼别体的认定即大多指其对传统词风的变革。历数自宋以来的词学理论,从陈师道对苏轼非本色的评价,到正变之争,再到张綖的婉约与豪放之分,以及王士禛以婉约与豪放并举的词体观,诸多诗词辨析之关键点皆系于风格。正如无论入乐与否,苏轼终有一部分词作是首先偏离了五代以来建立起来的词体主体风貌,故被置于"以诗为词"的讨论焦点。

(二)"以诗为词"的具体涵义

作为宋人对苏轼词创新的一个综合评价,"以诗为词"成为词史上一种重要的创作现象,亦是词学研究中的一个重要命题。千百年来,人们从各个角度对之进行分析和评述,或言将诗歌的广阔题材、文人的多种情志纳入词体,开拓了词的表现领域和文学功能,提升了词体的文学地位,或言将诗歌的传统表现手法运用于词,如用典、化诗句入词、补写题序,增加了词的抒情主体性和纪实性,丰富了词的艺术表现力,涉及体制、句法、题材、功能等多种显在因素。然而,正像上面我们所析,判断"以诗为词"的最终标准应该落脚到整体风格上。

纵观词史发展进程,每一阶段的词体诗化都会因时代文化背景及文体观念等方面的因素有所变化,但万变不离其宗,"以诗为词"的核心标准最终皆落实到文体风格上。谈到风格,就不得不涉及它的形成要素,如语言运用、题材倾向、表达手法、意境呈现、文学功能等方方面面的问题。故考察"以诗为词",亦应体味文体风格形成因素诸方面的变化,必须将之回归于唐宋词境,尤其将苏轼的创作做为考察"以诗为词"的关键节点。

1. 题材倾向:在西蜀花间、南唐君臣的词作中,内容多徘徊在儿女恋情、离合悲欢的圈子里,亦多代言之作。北宋建立后,晏殊、欧阳修等人的作品开始在言情中添加较多的人生感怀,不过还是一种潜在的个体生活情趣与体验的抒写。与南唐冯延巳、李煜等极为相似,虽然已经有传统诗歌题材向词体渗入的倾向,却仍是一种潜意识的传统文人的隐秘心绪的泄露,非有意识地要扩充词体的表现领域。至于范仲淹的名篇《渔家傲》,已非传统的婉约词风所能牢笼,不论从题材、意境、气象和情调都可看作词之别调,只是当时此类词人或作品不多,或才力有限,或文名尚浅,更由于未曾有变革词体的意识,未能在词苑中引起深广的影响,亦未能树立起一种风格特征,词为艳科的传统还是很强大地存在于词坛。

至苏轼,在诗词一体观念的引导下,他以柳永艳词作为改革对象,把缘情和言志在词中有机地结合起来,努力拓宽歌词表现范围。于是,广阔的视野、丰富的阅历、深思的哲理和浓郁的生活情趣等诗歌中呈现的多维度的题材,大量进入词体的表现范围。正如刘熙载所言:"东坡词似是老杜诗,以其无意不可入,无事不可入也。"[1]这种尝试一定程度上改变了词体对风月艳情等个人隐怀的专注与集中呈现,对此期文人的词体创作产生了重要影响,传统诗歌的表现内容开始进入词人的视野之中。

之后,虽然各个时代对苏轼"以诗为词"的评价有异,但受其启发,更缘于文人学士的传统诗歌情怀,不少文人雅士都不同程度地对词之缘情有所突破,有生命无常的感慨、有人生苦短的悲叹、有政治襟抱的激情、有怀才不遇的伤感、有生活情趣的悠闲、有自然

---

① 《词概》,《词话丛编》,第 3690 页。

万物的赏鉴、有个人情愫的缠绵、有宇宙哲思的深沉,家国之忧、失路之悲、不平之气、愤懑之情、旷放之意等传统诗歌中的所有的事理情感,皆可随词而发,并贯穿词体发展进程,成为词体创作的常态。凡此种种题材向词体的涌入,打破了文人词本初的艳科恋情之囿,无论有意改革,还是无意跟进,都可看做"以诗为词"的表现,不同风格的形成很大程度上取决于作者表现内容的开放力度。

2. 文学功能:词本来是酒筵歌席上的产物,主要承担着娱乐、应酬、消遣等世俗性功能。宋人认为苏轼"以诗为词"的一个重要方面,就是其词摆脱艳情,抒写了种种人生志向,向"诗言志"的靠拢,其词的创作功能与目的显然是对前代词作的大力变革,将词之娱情向述志进行转变,将情与志逐渐融合在一起。通过"以诗为词",进一步将词的文学功能指向教化,成为一种言志抒怀、表现人生态度和志向抱负的又一种诗歌体式。

诗词之辨的一个重要方面即在于教化与娱乐,由此必然带来文体风格的适时改变。诗言志,其功能目的为政治教化;词言情,其功能目的为声色娱乐。中唐阶段的曲子词尚未脱离诗歌而独立成体,像刘禹锡、白居易热衷于学习民间词,所填写的作品与诗体形式、格调等混淆不清是一种必然的现象,但在功能之上已然有所区别,词作基本上是他们的游戏趋奇的成果。晚唐五代,是词渐渐走出诗体而自成一家的过程,词体在西蜀、南唐词坛成熟,进而定型为一种文体范式,得到后人的认同与模仿,成为后世词人的学习典范,词体特征得以确立,词成为一种与诗并行的新的文体样式,诗客们的"以诗为词"的创作此时才真正开始。

其实,从冯延巳、李煜、晏殊、欧阳修的词作中,皆可寻觅到"以诗为词"的痕迹,某些作品已然突破了娱乐、社交之文化功能。即便如秦观、周邦彦等所谓的本色大家,他们所写作品虽多是恋情词,却不再是普泛的类型化恋情,而是添加了个体的经历和体验,"将身世之感打并入艳情"。词成为他们表达内心潜隐的对人生世事的伤感与体悟的另一种形式,亦具有了传统诗歌表情达意、抒怀言志的文学功能,应是无意识的诗人情怀与长期积淀的诗人素性所致。

至苏轼填词时,有意识地以柳永为靶子,变革词坛,努力扩大词的抒写功能。在他手中,词不仅可以抒情怀,还能够展胸襟、表政见。虽然词的应歌应社功能在那时还依然很强大的存在着,但苏轼的创作方式确实在一定程度上加强了词的政治社会性因素,有力地提升了词作的表现功能和文学价值。世人常评苏轼词"往往不谐音律",正说明其作词的目的不再是为了歌唱,而是以抒发个人的人生感受为主体,全然把词当作诗歌之外的另一种抒情工具。于是,"以诗为词"创作进入新阶段。

同时,词体的传播方式也发生了改变,由单一的歌女演唱向诵读、印刷、手抄等多种方式转移,再加上词乐的下坠,艳曲歌词亦成为供文人阅读吟咏的案头创作,文学因素更为人们所关注,除注意平仄、韵脚等声律问题,诗歌的抒情言志功能得到很大程度的开发。南宋辛派词人以词写战事、展壮志,风雅词人以词抒乱世之感、末世之痛、亡国之悲、时代之愤,词的娱乐功能大大降低,词的自我抒情言志的功能得以提升,诗与词之间的距离感无形之中缩小了。至此,"以诗为词"的程度有所加强。

金元时期,北方地域性的开阔与北人的豪放性格,加之苏学北行、曲体发达,使得词体的诗化现象更为普遍。在明代曲学兴盛的背景下,文人试图恢复词体的应歌娱乐功能,但此时词乐的缺失使他们的美好想象只能成为空想,反而造成明词的空疏与滥调,招致一片批评之声。清尤其清代中期以后,随着尊体的呼声日高,词的音乐因素基本丧失,文学属性独立彰显,多数词人冲破了词体"娱宾遣兴""析酲解愠"的创作藩篱,把词推向了更为广阔的人生,社会功能达到极致。词可谓无处不在,无所不能,这种原本娱乐性的文体与国家、时代、个人的命运紧密结合在一起,成为一种即可抒柔情俊才，又能展豪气壮怀的庄重体裁。文学功能的丰富与增强成为"以诗为词"极为重要的一个方面。

3. 创作方式：通过上节对词体文体特质的辨析，可以看到词体独立之时，大致有了自身所偏重的意象类型、语言模式、表达手法等彰显其文体特性的诸多因素，如合韵协律的节奏、富艳精致的辞句、纤细柔婉的意象、委曲隐晦的表现方式、朦胧隐约的意境等，形成绮丽哀怨之情调，并做为创作法则为词家所津津乐道。如南宋沈义父《乐府指迷》概括为四条作词标准，即"音律欲其协，不协则成长短之诗；下字欲其雅，不雅则近乎缠令之体；用字不可太露，露则直突而无深长之味；发意不可太高，高则狂怪而失柔婉之意。"从音乐与文学双重属性上强调词的体性，秉持对词为诗裔与词涉俚俗不满的本位论，提出雅正柔婉的作词标准，并从字面要"好而不俗"、炼句下语不宜直说、造句要"放婉曲，不可生硬"、咏物要"着些艳语"，否则"不似词家体例"等方面进一步规范创作法则。

自宋以来，就有如沈氏一样的学者文人们，大力强调词之创作规则，试图以此保证词家体例的独立性。然而，伴随着词体观念、抒写题材、文学功能等向诗歌的转移，词的创作方式必然产生较大改变。词人们不断地采用熟习的诗歌语言、意象和表现手法进行词体创作，从而形成大量"以诗为词"的作品。如选择开阔壮大的时空场景、阳刚劲爽的意象、雄深雅健的语言、比兴寄托的手法、叙议结合的方式，营造豪放粗犷的意境，有意突破软媚，改变婉约，强化作品力度，丰富词作风格，词之风貌与诗歌愈发接近。故而，对传统诗歌创作手法的延承与借鉴亦是"以诗为词"的主要表现之一。

4. 审美风格：词体的演进过程其实一直伴随着词体诗化的现象，已成为词体创作的显态，如果将所谓的豪放革新派词作与婉约传统派词作加以比较对勘，我们可以清楚地看到以上各方面的变化痕迹。上述所有"以诗为词"的做法最终造成了词风的变化，从而形成作品风格的多样化。

陈师道言苏轼"以诗为词",非本色之作,那么何为本色呢?与陈师道同时的李之仪在《跋吴思道小词》中说:"长短句遣词中最为难工,自有一种风格,稍不如格,便觉龃龉,大抵以《花间集》中所载为宗。"这段话可谓宋代较早的代表性论词标准。此处的"风格"即指词体本色,认为词应该具备如《花间集》大部分作品那样的风姿绰约的柔性韵致,这与人们对婉约正宗的词体主体风格的理解是一致的,并不特指词的长短句式、合乐可歌、艳情题材、娱乐功能等。陈氏谓苏轼"以诗为词",更多地是在于他有意识地改革花间屯田词之柔婉软媚为豪旷雄健,形成了不同于传统歌词的别调,直接导致了词体本体特质向诗体的靠近。可见,诗词在神理韵味上的微妙传承与变化,才是"以诗为词"命题中更为本质的问题,所有的形式、语言、题材、功能、表现方式等方面的最终归属皆是词作的风格韵致。

在词体的发展过程中,因其娱乐功能、审美风格与主流题材等很大程度上背离了儒家传统诗教,遭到人们的卑视,但同样由于上述原因唤起文人的好奇心与创作热情,形成理论上和创作上的言行不一致。为了给自己寻找更好的创作理由,也为了寻求文学的不断发展,历代文人努力变革词体,力求建造不同的审美风格。他们理所当然地首先想到了最为古老、最为尊贵,也最为熟知的诗体,以此作为改造词体的最佳工具。终于,词体呈现出文人化、典雅化、理性化、社会化等各种特点,重新回归到了他们心目中文学的样子。文人们的词体改良工程增强了词的文体功能,提高了词的文体地位,却淡化了词的某些特质,词被渐渐地引离了它本来很宜于运转的世俗的轨道,变成了一种寓以诗人句法、掺杂诗心的新型文体。

伴随着词体诗化的进程,人们对词体的认识逐渐深入,开始承认并接受了词体的不同风格,也形成一些较为通达的正变观。如

明清之际的阳羡词家徐喈凤在《词证》中以性情说为前提,坚持"婉
约固是本色,豪放亦未尝非本色也。"田同之接续了此观点,在《西
圃词说》中说:"填词亦各见性情。性情豪放者,强作婉约语,毕竟
豪气未除。性情婉约者,强作豪放语,不觉婉态自露。故婉约自是
本色,豪放亦未尝非本色也。"①然而,在词学领域中,词体的传统
审美理想仍然牢固地存在于人们的心目中,艳婉柔媚依然被大多
数词家看作词之本色。如宋王炎《双溪诗余自序》中说:"今之为长
短句者,字字言闺阃事,故语懦而意卑。或者欲为豪壮语以矫之。
夫古律诗且不以豪壮语为贵,长短句命名曰曲,取其曲尽人情,惟
婉转妩媚为善,豪壮语何贵焉。"②明徐师曾言:"盖虽各因其质,而
词贵感人,要当以婉约为主。否则虽极精工,终乖本色,非有识之
士所取也。"③基本上是宋代陈师道的论调。

　　类似评论不在少数,他如明王世贞曰:"词须婉转绵丽,浅至儇
俏,挟春月烟花于闺帏内奏之,一语之艳,令人魂绝,一字之工,令
人色飞,乃为贵耳。至于慷慨磊落,纵横豪爽,抑亦其次,不作可
耳。作则宁为大雅罪人,勿儒冠而胡服也。"④明何良俊云:"诗余
以婉丽流畅为美。如周清真、张子野、秦少游、晏叔原诸人之作,柔
情曼声,摹写殆尽,正词家所谓当行、所谓本色者也。"⑤沈际飞在
《草堂诗余四集》正集中,亦云:"词贵香而弱,雄放者次之。"皆是明
代词体观的主流倾向。清彭逊遹认为:"词以艳丽为本色,要是体
制使然。"⑥朱彝尊《陈纬云〈红盐词〉序》云:"善言词者,假闺房儿
女子之言,通之于《离骚》、变雅之义。"厉鹗《群雅词集序》说:"词之

　　① 《词话丛编》,第 1455 页。
　　② 《词集序跋萃编》,第 302 页。
　　③ 《文体明辨序说》,人民文学出版社,1962 年,第 164 页。
　　④ 《艺苑卮言》,《词话丛编》,第 385 页。
　　⑤ 《草堂诗余序》,《词集序跋萃编》,第 669 页。
　　⑥ 《金粟词话》,《词话丛编》,第 723 页。

为体，委曲啴缓，非纬之以雅，鲜有不与波俱靡而失其正者。"张惠言《词选序》云："(词)缘情造端，兴于微言，以相感动。极命风谣里巷男女哀乐，以道贤人君子幽约怨诽不能自言之情，低回要眇，以喻其致。"类似点评充斥词坛，皆将婉约艳丽、绵密委曲视为词之本色。"以诗为词"即指对此种风格的突破。

纵观词史，词体呈现出"不断向传统诗歌靠拢的趋势：题材上实现诗词合流，文本与音乐不断疏离，在功能上体现出由娱情向述志的转变，技法上进一步向诗歌领域借鉴，风格上诗词界限不断消弭，"这就是"以诗为词"的主要涵义①。

(三)"寓以诗人句法"与"以诗为词"

对于"以诗为词"的理解，从古至今，人们更多地是从对诗句的利用这一角度进行观照，如全用诗句、增减诗句、置换诗句、化用句意、隐括诗篇、集结诗句等，大量的现存词论中都有不少篇幅，谈论词人的具体借用诗句的例子，明代杨慎的《词品》可为代表，俨然将诗句入词看作是"以诗为词"的最重要部分。这种作词方式其实都是将诗句化为词语的创作方法，是文人长期以来所受诗学熏陶的自然转移，有时也是文人们游戏或逞才的表现方式。

我们不否认诗句入词是"以诗为词"最常见、最明显的表现方式和最直接的证据，却认为这种创作方式并不会必然地带来词体的诗化。在不同的作家手中，通过对诗句不一样的处理方式，可能会出现词作的艺术风格向诗歌审美理想的倾斜，也可能依然会保持着词体的本体特质和独有风貌。于是，在宋人的笔下，又出现了另外一个词学命题——"寓以诗人句法"。相比而言，这种表述似

---

① 木斋等《苏轼"以诗为词"涵义综论》，《长春师范学院学报(社科版)》2008 年第 6 期。

乎更为合适恰当，它既可以避免与由辨体而尊体的理论冲突，又较好地照顾到了文学史的实际演进过程，故而在相当程度上得到了认可。

众所周知，陈师道在《后山诗话》提出著名论断："子瞻以诗为词"，成为对苏轼词的经典评价，开启了诗词之辨。与此同时，词坛上出现相似之提法——"寓以诗人句法"。如黄庭坚《小山词序》谓晏幾道"嬉弄于乐府之余，而寓以诗人句法，清壮顿挫，能动摇人心。"①贺铸则"善于炼字面，多于李长吉、温庭筠诗中来。"②宋代诗话、词话和笔记中亦有大量辨析宋词化用唐诗的现象③，足见此种写作手法的普遍性。所谓"诗人句法"，既指诗歌语言的具体语法形式、结构、格律等的运用方法，也包括诗歌语言的呈现风格，如情感力度、抒情深度、整体风致。"寓诗人句法"自然是指在词体创作中对诗歌语言的借鉴与创造性使用，如前引黄氏评语之"清壮顿挫，能动摇人心"，汤衡言张孝祥"寓以诗人句法"，使词"未有一字无来处"，具有了"骏发踔厉"④的风格境界，即已说明，"诗人句法"不仅限于语句层面，亦体现在诗的内在精神和审美风格上。

"寓以诗人句法"是"以诗为词"的具体展示方式之一，是"以诗为词"最基本的一种表现方式，但作为品评词人的常用述语，其具体内涵与创作效用与人们对"以诗为词"的变革性认定并非一致，更多指向词体的雅化。而且，词人对诗句的改造方法之一就是将诗句的韵味变为词语的趣味，这就要求少用重言和痛语，要折进深

---

① 《小山词序》，《词籍序跋萃编》，第51页。

② 张炎《词源》卷下，《词话丛编》，第259页。

③ 如张侃《拙轩词话》："辛待制水调首句，用鲍明远'四坐且勿语'"。"秦淮海临江仙，全用钱起'曲终人不见，江上数峰青'作煞句。"《词话丛编》第91页；周密《浩然斋词话》："周美成长短句，纯用唐人诗句，如'低鬟蝉影动，私语口脂香'，此乃元白全句。"《词话丛编》，第234页。

④ 《张紫微雅词序》，《词籍序跋萃编》第213页。

婉才能达至妙趣。当然,仅从一字一句中,并不能显示出所谓的诗味或词趣,而应把它们放在具体作品中观察,对作品进行整体性分析,才能体会词作在字句的转换中呈现出与原有诗句不一样的情趣。通过对宋词本色词家晏幾道、秦观和"以诗为词"的代表苏轼的比较,能更为清晰地说明这一问题。

北宋小令词人晏幾道作品中使用诗歌典故或借用诗歌语句俯拾皆是,如其《临江仙》"落花人独立,微雨燕双飞"为五代翁宏诗之原句,《诉衷情》"暗香浮动,疏影横斜"截取林逋诗句而来,《少年游》"飞鸿影里,捣衣砧外,总是玉关情"源自李白《子夜吴歌》。其《蝶恋花》:

> 醉别西楼醒不记。春梦秋云,聚散真容易。斜月半窗还少睡。画屏闲展吴山翠。
> 衣上酒痕诗里字。点点行行,总是凄凉意。红烛自怜无好计。夜寒空替人垂泪。

下片先化用白居易《故衫》句:"袖中吴郡新诗本,襟上杭州旧酒痕。"诗中的袖中诗本与衣上酒痕,本是白居易在杭州做官时的欢乐印记,展现了其作诗饮酒的文人雅趣。然小山词在上片言别离之后,以如今的诗字与酒痕勾起无限的感伤,与点点行行之泪滴相衬,传达出主人公的内心伤痛,触目所及无不令人凄凉。结拍两句化用杜牧《赠别》:"蜡烛有心还惜别,替人垂泪到天明。"诗写惜别之情,不用悲、愁等字眼,写得坦率、真挚,语言精炼流畅。但词之烛泣并非代人惜别,而似局外人对此境的无可奈何之感慨,自怜、空替皆为传神之笔,烛光在寒夜冷寂之中倍显微弱,极尽渲染了孤独凄凉之意,在生笔之后即转为委婉,其情比诗句更见深婉。

再如《鹧鸪天》:

　　　　彩袖殷勤捧玉钟。当年拚却醉颜红。舞低杨柳楼心月,
歌尽桃花扇底风。
　　　　从别后,忆相逢。几回魂梦与君同。今宵剩把银缸照,犹
恐相逢是梦中。

　　末句从杜甫《羌村》"夜阑更秉烛,相对如梦寐"化来。杜诗直
用"更""如"字,情感表现浓重而粗拙,写离合之情而显苍劲笔力;
小晏词则言"剩""犹恐是",情感表现细腻而畅婉,有举重若轻之
态,叙悲欢之感而见工致流丽。因两处虚词的妙笔呼应,遂变诗的
质实平直为词的宛转空灵。以清淡之墨落笔,素雅幽静,与上片的
华美欢快正成对比,却与朦胧夜色、微弱银光、似梦恍惚的心境深
为契合,含蓄悠远,意深情长。陈匪石评:"剩把、犹恐四字,略作转
折,一若非灯可证,竟与前梦无异者。笔特夭矫,语特含蓄,其聪明
处固非笨人所能梦见,其细腻处亦非粗人所能领会,其蕴藉处更非
凡夫所能跂望。"[1]可谓道尽个中曲折奥妙。
　　小山词虽多追述悲欢离合之事,却不只是空言泛指、耽乐纵
情,而是于此抒发他对人生况味的体悟,这种抒写意味被黄庭坚评
为"狎邪之大雅,豪士之鼓吹",意指将文人情志和审美情趣带入词
体。小晏将士人心志与不遇情怀等诗歌传统题材纳入艳情的同
时,变诗句之朴拙直气为细腻绵密,在言志抒怀的同时保持了词作
柔媚委婉的女性特点。
　　与晏幾道相似,秦观词亦是"将身世之感打并入艳情",情韵兼
胜,如其《八六子》:

　　　　倚危亭,恨如芳草,萋萋刬尽还生。念柳外青骢别后,水
边红袂分时,怆然暗惊。

―――――――――

　　① 陈匪石《宋词举》卷下,江苏古籍出版社 2002 年,第 186 页。

无端天马骋婷。夜月一帘幽梦,春风十里柔情。怎奈向、欢娱渐随流水,素弦声断,翠绡香减,那堪片片飞花弄晚,濛濛残雨笼晴。正销凝,黄鹂又啼数声。

此写相思离别之情。开篇三句从白居易《赋得古原草送别》而来。白诗以草之无尽无竭表现生命的顽强,秦观将此意融会于词,却突出了独自凭栏远望的女子的愁恨,如芳草一样无边无际又刬尽还生,绵长悠远,词意更丰富。同时秦观用"危亭""芳草""红袂"等极精巧的语言,以及词体特有的长短句式改造了诗句的平实,使词的意境更为隽永柔美。"夜月一帘幽梦,春风十里柔情"化用杜牧的《赠别》:"春风十里扬州路,卷上珠帘总不如。"杜诗原为赠别妓女而作,重在赞美对方的美丽,引起惜别之意。秦词用此,并不仅仅停留在对女子美貌的描绘,更多抒写了与女子的相互爱慕,并置此柔情于清幽的月夜和虚渺的梦境之中,词之意境于是归入清雅静美,留给读者无穷的遐思。

再看其名篇《鹊桥仙》:

纤云弄巧,飞星传恨,银汉迢迢暗渡。金风玉露一相逢,便胜却人间无数。

柔情似水,佳期如梦,忍顾鹊桥归路。两情若是久长时,又岂在朝朝暮暮。

该词翻用了《古诗十九首》(迢迢牵牛星)歌咏七夕。古诗中女主人公贞静的仪容、勤勉的劳作、坚定的情操,使诗歌在深沉传情之中显现出清新俊健之气。"当诗境化入秦词时便迥异其趣,一变而为婉转细腻,精巧妩媚,真正是'柔情似水'了。秦词中突出了织女的巧,突出了其情之细腻深隽,舍弃了汉诗的刚健质朴、宽博而融入了更深切,更细微更易拨动人心弦的情感体验。如果说汉诗能给人以整个生命的振动,那么秦词则是细致地深入到人的灵魂深处而一拨心弦;如果说汉诗以一般人的生命,情感体验入诗,则秦词就是以更深、更细的美学品味否定了朝欢暮乐的庸俗生活,强调了情感忠贞对于人生体验的意义,这样便化恢宏为深致,化刚健为柔美。"①

由上可见,诗歌虽情深意长,但在抒柔情、发心志时往往带有俊逸朗健之气,但到了晏、秦词中,诗句之清劲开阔被改造为词语之婉媚柔长。二人化用诗句入词,将诗境诗情纳入纤柔秀媚的词境之中,皆化刚为柔、化俗为雅。在表达浓浓伤感意绪的同时,呈现出绵密纤秀又流丽闲雅的风调,正体现"诗庄词媚"的传统观念,也代表了此派词人"寓诗人句法"入词的通例,符合文人雅士的审美情趣,受到时人及后人的大力称颂,成为婉约词的典范。

在苏轼大量婉约词中,我们依然能看到与晏、秦相似的以诗入词的创作方式。如《江城子》:

> 十年生死两茫茫。不思量,自难忘。千里孤坟,无处话凄凉。纵使相逢应不识,尘满面,鬓如霜。
> 夜来幽梦忽还乡。小轩窗,正梳妆。相顾无言,惟有泪千行。料得年年断肠处,明月夜,短松岗。

词一开始活用孟棨《本事诗·征异》录张姓妻孔氏赠夫诗:"欲知断肠处,明月照孤坟。"诗歌中以照字突出坟茔,以孤字显凄凉。苏词则舍去动词,全用虚词与名词结构,虽无孤独凄凉的字眼,却营造了一种凄惨寒寂的情境。人与物都笼罩在冷清月色之中,夜风习习,寒意侵骨,似一首哀歌从夜幕中传来,让人倍觉断肠。与诗的古朴直白相比,词更为含蓄凄婉,意味深长。再如其《水龙吟》上片:

---

① 李笑野《从化诗入词看苏轼的以诗为词》,《蒲峪学刊》1994 年第 1 期。

似花还似非花，也无人惜从教坠。抛家傍路，思量却是，无情有思。萦损柔肠，困酣娇眼，欲开还闭。梦随风万里，寻郎去处，又还被、莺呼起。

结语化用唐金昌绪《春怨》："打起黄莺儿，莫教枝上啼。啼时惊妾梦，不得到辽西。"却完全不露痕迹，与抛家傍路、困酣娇眼相衬，工稳贴切，自然如己出，词人变换了打、莫、啼、惊等具一定力度的字句，通过句式的自由变化，成为轻盈的随风飘扬和无边寻觅，化健笔为柔情，尽显词之柔媚之态。

然而，当以此作为参照去考察那些为世人所认定的苏轼的豪放清旷之作时，我们就不难看出苏词"以诗为词"给词体创作带来的新面貌。如其《醉落魄》：

分携如昨。人生到处萍漂泊。偶然相聚还离索。多病多愁，须信从来错。

尊前一笑休辞却。天涯同是伤沦落。故山犹负平生约。西望峨嵋，长羡归飞鹤。

上阕以弱女子的口吻诉说命运的无奈，但人生漂泊、友人相离、愁病交加的多重抒写传达出作者长年落拓的痛楚。下片故作旷达，连用白居易诗句"同是天涯沦落人，相逢何必曾相识"（《琵琶行》）、"去处虽不同，同负平生约"（《寄王质夫》）以及杜甫诗句"归羡辽东鹤，吟同楚执珪"（《卜居》），表达对友情和乡情的执着，以及欲归不能的惆怅。词借原诗内蕴，又融入了作者自身的人生感触和深刻的生活体验，词境更为超旷，意蕴更加深远，增加了词作的清健之音。再如其隐括韩愈《听颖师弹琴》之《水调歌头》：

昵昵儿女语，灯火夜微明。恩怨尔汝来去，弹指泪和声。

忽变轩昂勇士，一鼓填然作气，千里不留行。回首暮云远，飞
絮搅青冥。

　　众禽里，真彩凤，独不鸣。跻攀寸步千险，一落百寻轻。
烦子指间风雨，置我肠中冰炭，起坐不能平。推手从归去，无
泪与君倾。

　　此词基本上是按照韩诗的描述顺序来写的，描绘的内容和主
要的手法没有变化，只是在词句上作了一些改动和调整。结合词
的多变体式，用更为简洁的语言加强了琴音或缠绵、或激烈、或辽
远、或清丽的效果，写得更为宛转错落、曲折尽意却不失俊爽之质，
虽为一时应求的合乐之作，但词中仍时时透出苏轼博大的才气和
开阔的胸襟，与原诗之意趣相合，一定程度上改变了词体的柔婉之
态。同样，在为众家称赏的两首中秋词《水调歌头·明月几时有》
和《念奴娇·凭高眺远》中，苏轼对李白《月下独酌》诗句的化用，即
隐含作者对现实生活的感触、心灵的体悟与复杂的心境，又与原诗
之高雅脱俗、旷放达观之仙气相应，营造出高蹈人世、清朗高妙之
意境，与婉约词之柔艳纤弱形成对比。

　　可见，苏轼作词，或承五代宋初之续，保持词之纤秀绵软、温婉
柔媚，或变时人之艳冶俚俗，创造清朗俊迈、隽永悠远的新境，和
晏、秦等婉约派词家较为单一的化用方式有所不同，这也恰恰是苏
轼词风多样化的重要成因。

　　从上述对晏、秦、苏词的比较分析，可以看出，三人作词有共同
之处，皆好"寓以诗人句法"。他们从前人诗歌中吸取营养，化用、
隐括诗句诗意入词，将之发展为一种比较完备成熟的抒写方式，又
将个体人生的失意与悲欢潜藏在普泛化的恋情外衣下，把诗的侠
骨化入词之柔情，意境深婉，在抒写自我情志的同时，仍能保持词
体独有的风姿格调，与唐五代以来的词之艳科风格一脉相承，创作
了大量的婉约本色佳作。

　　与此同时，苏轼豪荡的本性气质和诗文革新者的身份，造就了另一独特处。苏轼身上那种与生俱来的飘然放旷之气和坦荡执着之骨，常让人感到一种无法抗拒的力量，这种力量完全是他对人生、生命体悟的结果。结合艺术上的卓识和品味，他将此种气骨与诗歌的清刚劲峭的精神带入词中，诗之灵心转为词之魂魄，造意深远悠长又旷放俊迈，变革了《花间》绮媚、纤巧的创作路径，一定程度上改造了词体柔艳之质，使词超越于香软艳丽之外，蕴涵更为深沉厚实的人生体验，和诗一样成为大雅言志之作，诗所表现的那种"乐而不淫，哀而不伤"的雍容在词中更呈现出稳健、宽博的气度。苏轼"以诗为词"的运用方式是构成其词风的有机构成因素，亦是人们准确把握苏轼词艺术特色的可靠依据。

　　广义而言，诗词一体，词是在社会文化发展的特定背景下产生的一种抒情体，"词体从本质上来说，不过是由诗之某一体性发展壮大而成一专门之文体而已。以诗为词，从内在体制而言，就是把原本属于诗歌的某种体性借鉴演变为词的主要体性。"①也就是说，词是对悠久诗歌传统中某一类型题材和风格的集中展示，这也决定了词体本身具有对诗歌其他题材和风格的包容性，故而为"以诗为词"提供了空间。

　　同时，宋代极少有只专注于词体创作的专业词人，作者的诗人身份、长期接受的诗歌教育以及丰富的创作经验是填词时必然无法回避的，因而，词人对诗歌的汲取乃是填词创作的一种常态，诗词在句式的借用方面往往难分彼此。只是不同文人对诗歌的汲取方式具有一定的差异。如前所述，秦观、晏幾道等婉约大家是将诗之气格转入词之格调，从而将诗韵隐藏于词体主体风貌之中，凸显的是词体韵致，既吸收了诗体营养，又能保持词体特质。他们大多只是在语句层面上加以有限改造，使原来的诗语去其清气与骨力，

———————————

①　彭玉平《唐宋语境中的以诗为词》，《复旦学报》2009 年第 5 期。

变得更加典丽绵密，既与俚俗之曲相别，又与诗之气度有异，符合文人对词体的审美标准，可谓当行本色。而且就化用诗句的实际情况看，除了杜诗因地位重要、影响巨大且题材广泛而多被化用外，主要用到的还是与词体风格相近的中晚唐诗歌，特别是李贺、温庭筠、李商隐等人的诗作，并没有与词体固有风格造成太大冲突，却呈现出和谐汇融的状态。所以，不但未受反对，反而大为盛行。

相较而言，苏轼的寓诗句入词的做法，却有两个向度，一与前述时人相同，一却与之相反，将诗之内在精神引入词中，尽力保持诗歌的原有意趣，突出了诗歌格调，遂使词染上了诗之气象，增强了词体的诗化程度和诗歌色彩。这种做法，改变了词体特质的唯一性，词的文体色彩被诗之体貌所遮蔽，诗、词之别表现得不再那么明显，于是给人一种"句读不葺之诗"的感觉。殊不知，苏轼的这种尝试或气质使然，或时风促成，并不能代表苏轼词的全部。事实上，苏轼在词体创作中，仍坚守着诗、词的大界限，"他只是在有限的程度上把诗体的题材走向与风格倾向导入词体"，"并未泯灭词体与诗体的界限"。① 这在苏轼的诗词作品异同中表现得更为清晰。只是，迥异于时俗的现象容易引人关注，符合时俗的常态却往往被忽略，于是人们过于关注苏轼词的诗化，遂将其词之特色归为"以诗为词"，并把此种创作方式的结果统归于词体的诗化，上升至尊体，这种观点未免过于简单化了。

准确而言，如小晏、秦观相似的前一种做法只是"以诗为词"的创作方式之一，或可称为"以诗入词"，显然不完全等同于第二种方法——"以诗为词"。一是限于词句层面的变化，仍然保持词体的神韵格调，一则在字句变化的基础上，进一步上升至文体层面的改造，予词以诗歌的精神气度，二者所造风格自然有天壤之别。

我们常说，词的发展进程是诗与词的分离与合流的过程，从根

① 莫砺锋《从苏词苏诗之异同看苏轼"以诗为词"》，《中国文化研究》2002 年夏卷。

本上而言,诗与词从来就没有分离过,只是在词体的不同发展阶段,诗歌特性或因素在词体作品中的所占比重、所起作用和渗透程度不同而已。化用前代诗作的诗句、诗意、诗境是宋人作词的惯用方式,他们依照自身的喜好对诗句加以改造,形成了"以诗入词"的多种表现形态,"寓以诗人句法"可做为"以诗入词"的最好注脚。

如何"寓诗人句法",怎样将诗歌的句意在长短句式中表达出来,就成为造就作品风格的重要因素。或者说,"寓以诗人句法"的不同表现方式在词体诗化或保持本色的走向上起着决定性的关键作用,这取决于词人的文体观念、创作宗旨及审美情趣。所以,"以诗入词"的具体运用方式决定了词作的风格走向,并不必然带来词体的诗化,也正说明诗、词文体之别最重要的不是外部体制形式、语言字句或抒写内容,而体现在表情达志时所呈现出来的内在韵致与主体风调上。究其根本,"以诗为词"涉及的是"体"的问题,直接动摇了词体特质的纯粹性,而"寓以诗人句法"涉及的是"句"的问题,仅在语句的层面对词句加以有限改造,使之更为流丽典雅,从而与街头里巷的俚俗之曲拉开距离,更适合入乐歌唱,也更符合文人的审美标准。

词与诗一样,在其发展过程中,随着表现题材的扩大、艺术表现手法的成熟等,形成了多样的风格面貌,不仅各家词人风格相异,即便同一个词人的作品也非一种色彩,这本是文学发展的规律和常态。其实,诗、词在最终的风格上只是呈现出一个客体,结果的生成取决于创作过程,外部形式、抒写内容和社会功能是诗词风貌相异的重要表现,这在早期的词史发展过程中尤其明显。但随着词在内容主旨和文学功能上与诗的进一步整合,表现手法遂成为二者文体差异的根本原因。即便是同样的题材、主旨乃至近似的意象、语词,由于命意布局或者语气语调的不同,诗、词两种文体的表达效果都会有很大区别,诗的爽直与词的婉曲实际取决于更加细微的创作技法,而非题材主旨等等浅表外因。上述两种引诗入词的创作方式的目的不同,主要取决于作者的文体观念即相异的词体观,一是诗词同理一体,一是诗词各自为体,并不能完全归因于传统看法的社会功能与表现题材上。因此,考察词体的诗化问题,应落脚于创作方式上。只要立足于词体的独立性,在对诗法的借鉴时,保持一定的限度,不破坏甚而丢失词体的文体特质,无论是"以诗为词"还是"以文为词"等,都自有它们在词体发展进程中的价值和意义。

"以诗为词"是一个极为丰富的概念,亦是词体创作中的常用手法,长期以来备受争议,不论肯定还是否定,皆是把它定位于破体的结果。实质而言,"以诗为词"的最终结果并不一定是将词拉回诗歌,呈现词体对诗歌的回归,亦可以是词体对诗歌的利用和吸收,这取决于不同词人的文体观念、创作宗旨以及在此基础上的表现方式,也就是说,是"以诗为词"的具体呈现方式决定了词作的风格走向,展示出不同程度的诗化,正说明诗、词文体之别最重要的体现,是以独有长短句体制表达情志时所呈现出来的内在韵致与精神情调上。

"以诗为词"的观念确立了一种将诗学审美心理与词学精神建构彼此沟通的审视角度。从这一角度出发,可以深入而透彻地了解到"以诗为词"的本质,是以诗学理性精神来约束和规范自市井民间而来的词体的发展。从文体学的角度来考察,"以诗为词"即将诗学内核置于词体美感结构之中,以诗法与诗心为主要呈现方式。所谓诗法含义甚广,它概括了诗歌创作的方法和技巧,指篇章体制的结构之法与语言辞句的运用之则,这是"以诗为词"的显在层面,也是人们所津津乐道的词体的诗化方式。所谓诗心则指具有表现文人情志与适应文人审美趣味的平淡意韵的诗性因素,如理性精神、内省态度、清雅淡远的审美理想等,这是"以诗为词"的深层次的表现,它隐匿于词体的主体风格和内在意蕴中。"以诗为词"可拓宽词体的表现范围,增强词体的社会功能,成就词体新的审美风格,对词体的发展有一定的推动作用,但这种做法也极易淡化或取消词作为一种文体的独立性。总体而言,"以诗为词"的法则应遵循对规范与变革之间"度"的把握,适度的诗化才是我们应该尊重并予以提倡的,才能保证"词之为词"的质的规定性。

第三节 词体曲化的内涵与界定

随着元明散曲的兴盛,学者们在讨论词的文体特质时,不仅延续了对诗词关系的关注,又将曲纳入文体辨析中来。如李渔云:"作词之难,难于上不似诗,下不类曲。"①沈谦曰:"承诗启曲者,词也,上不可似诗,下不可似曲。"②杜文澜论:"上不牵累唐诗,下不滥侵元曲,此词之正位也。"③对词与诗、曲的关系似乎已形成较为统一的认识。

至于词、曲之别,现当代研究者们也已进行了较为充分的研究,并作出了相应的论断。如任半塘先生说:"词静而曲动;词敛而曲放;词纵而曲横;词深而曲广;词内旋而曲外旋;词阴柔而曲刚阳;词以婉约为主,别体则为豪放;曲则以豪放为主,别体则为婉约;词尚意内言外;曲意为言外而意亦外——此词、曲精神之所异,亦即性质之所异也。"④着重于词与曲二者在精神气格上的差异。王易亦云:"词意宜雅,曲则宜稍通俗。……以词笔为曲,不免意徇于辞;以曲法为词,亦将辞浮于意。"⑤从雅俗角度立论,明确表达

---

① 《窥词管见》,《词话丛编》,第 549 页。
② 《填词杂说》,《词话丛编》,第 629 页。
③ 《憩园词话》,《词话丛编》,第 2863 页。
④ 《词曲通义》,商务印书馆 1931 年,第 29 页。
⑤ 《词曲史》,江苏教育出版社 2005 年,第 11 页。本文所引该书语皆自此版本,不再一一标注。

了词、曲创作不可混同。俞平伯在《论诗词曲杂著·词曲同异浅说》中，则以刚柔之气论之："词毗于柔，曲偏于刚，诗则兼二者之美。"认为诗兼具词之柔媚与曲之刚直。

　　毋庸置疑，词、曲之间具有极其深远的渊源关系。晚清姚华曾在《菉猗室曲话》中言："词、曲相距，不过一阶；数其宗派，宜犹父子。"刘熙载《词概》也有类似说法："未有曲时，词即是曲；既有曲时，曲可悟词。苟曲理未明，词亦恐难独善。"从我国诗歌的流变来看，可以说词、曲同源，都是古代乐府的流变，也都是配合燕乐系统的歌词。但在曲体形成的过程中，又融入了"胡乐"、北方民歌、说唱艺术等多种因素，这就使得同源的词、曲，形成了各自不同的文体风格与音乐风格。如词、曲之配乐虽属同一体系，却各归不同的乐种，各有不同的乐器，各具不同的审美特质，词以柔雅称，曲以刚俗胜，二者之间的差别较为鲜明。当然，它们之间又具有密切的联系，如部分词调进入曲中化身为曲牌，曲借鉴并吸收了词体的某些体式和手法，成为一种以俗为主、中稍带雅的新诗体。与此同时，曲乐与曲体质素也被纳入词体，出现词体曲化现象，甚至成为明词的突出特色。

　　对"词体曲化"现象，学界多有提及，大都从金元明这一时段提出。如赵维江、陶然各自在其著作中列专章专节谈及金元词的曲化问题①。王易认为明词中衰原因之一即是对词的曲化，是"作者以传奇手为词"。② 张仲谋在《明词史》的总论中，专辟一节谈"关于明词曲化的认识"，认为明词曲化即是"破体出位现象。"③也有

---

①　赵维江《金元词论稿》，中国社会科学出版社 2000 年，于第三篇第三节专论"类诗类曲——词体特征的嬗变"；陶然《金元词通论》，上海古籍出版社，2001 年，以"词的曲化"为一节的题目。

②《词曲史》，第 346 页。

③《明词史》，人民文学出版社 2002 年，第 18 页。本文所引该书语皆自此版本，不再一一标注。

学者从唐宋词特别是南宋词对元曲的导源作用的角度,提出唐宋词的曲化问题,如上引晚清学者姚华的《菉猗室曲话》,中有此说:"词至宋末,多堕恶道,诸家不能辞其咎也;然下启金元,遂为千古曲家开山鼻祖。风气之成,固非一二人力也。"宋代词带曲味的词家也受到人们的关注,如清张德瀛云:"诗衰而词兴,词衰而曲盛,必至之势也。柳耆卿词隐约曲意。至黄鲁直《两同心》词,则有'女边着子,门里挑心'之语……此类实为曲家导源,在词则乖风雅矣。"①清况周颐曰:"柳屯田《乐章集》,为词家正体之一,又为金元以还乐语所自出。"②皆点出柳词已具曲调。明沈际飞在《草堂诗余正集》卷二中,评李清照《一剪梅》云:"是元人乐府妙句。关、白、马、郑诸君,固效颦耳。"清王士禛评《凤凰台上忆吹箫·和漱玉词》曰:"清照原阕,独此作有元曲意。"明显是从易安词的浅语俗句的角度而言。现代曲学专家赵义山先生也曾发专文,特别从所谓俗词的角度探讨文人词的曲体特征。③

　　总体来看,目前学术界关于词的曲化的解释,多认为是用曲的声情填词。然文体的声情是需要仔细体悟的一种感受,有时看到部分词作,我们会直观地感受到曲风扑面,但要具体指出何以似曲、哪处似曲,则较为困难。词体曲化虽是元明以来词坛习见现象,亦是词学理论的重要话题,却是难以具体指陈的一个词学概念。

(一) 词之曲化的讨论前提

　　一提到"曲味",一般是指元曲所代表的风格特征,学界所持的

---

① 《词徵》卷一,《词话丛编》,第 4086 页。
② 《蕙风词话》卷三,《词话丛编》,第 4459 页。
③ 赵义山《论稼轩俗词的曲体特征及其意义》,《中国韵文学刊》2005 年第 1 期。

"曲化"概念,即指元曲大兴以后,曲学对词体的横向影响,也有学者将词之曲化向前推进至词体独立兴盛之时。如杨栋先生谈及词流入曲的程序时,认为以曲为词并不是元明时期的特有现象,其实在北宋时即已出现,尤其在北宋末年市井新声俗曲繁兴的条件背景下,显得极为突出并有着特殊意义,并对宋词之俗化现象及其类型进行了细致的分析,进而得出结论,以曲为词,表面上看是词的曲化,实质上是曲的词化①,差不多是将俗化和曲化画上了等号。胡元翎认为:"要对'词之曲化'有一个一以贯之的史的纵深认识,理应从词与元曲的源起与本体性出发,由此我们将'词之曲化'中的'曲'认定为词与元曲共同的本源指向——音乐文学,'词之曲化'亦即'词的音乐文学化'。"②此类说法有一定的道理,但针对此课题,对"词之曲化"中的曲的界定明显过于宽泛。

　　前已提过,我们在词与诗、曲的交融中考察词体,是以文体的成熟独立为前提的,因此,讨论词坛中"词之曲化"问题,把词放在曲体发展的背景中加以审视,一个首要条件应该是曲体的定型,即曲与诗、词一样成为独立之文体。在学界中,曲有一个专门的指向,即散曲和剧曲,而在此课题中所界定的曲当指散曲和剧曲中的唱词,都为抒情之作,在外在体制与社会功能上与词有着极强的相似性,我们所考察的曲化色彩即是以此类作品为对应物的,并不是将所有可唱的音乐文学或乐曲歌调皆纳入曲的考察范围。如柳永被人称为曲祖,其实是从其词之浅俗与合乐而言,指文人在进行词体创作时受民间俗乐的影响,为迎合大众,有浅直媚俗之嫌。所谓的词体曲化在当时是不存在的,因为曲尚未成为一种独立的文体。上述学者们所认定的曲不仅包含后世所言曲体,应该还纳入了当时社会上的民间流行乐曲,与此文分析"词之曲化"中之曲的概念

---

① 杨栋《中国散曲学史研究(上)》,高等教育出版社,1998 年,第 84 页。
② 《"词之曲化"辩》,《文学遗产》2009 年第 2 期。

有较大的出入,会妨碍对词、曲二者文体概念的认识,进而无限地扩大文体领域,影响到对词、曲交织过程中的发展态势的正确分析。我们只能说,词体生成发展在唐宋时期,深受民间俗乐的影响,身上与生俱来地带有"平民性文化品格"①,适逢世俗文化极为兴盛的元明时期,在抒写内容、抒情方式、娱乐属性、精神格调等方面,极易受到更为平民化、世俗化的曲体的侵袭与渗透。

　　因此,在考察词之曲化问题时,一定要联系时代。如前所述,词体曲化的一个前题是曲体的独立呈现,这一现象的探讨必然要从曲体产生的金元时期开始。本初的词是娱乐的、艳情的、伤感的、柔媚的和世俗的,其表现功能与后世曲体有很大程度上的关联。然而,经过宋人的雅化努力,词在元时已然是一种带有浓重诗歌味道的案头文学了,与曲在社会功能、表现方式、表达内容等方面已经表现出明显的不同。同时,曲学大盛使曲体因素渗入词中,又使词在诸多方面呈现出与曲体的相似性。至明,词乐基本失落,曲乐却更为丰富,明人尝试地以曲乐应词,以求挽救或强化词的娱乐应歌功能与音乐属性,结果造成明词曲化倾向更为明显而普遍,成为明词的时代特征和词坛风尚。

　　除了要具备词、曲各自文体独立的前提条件,与"以诗为词"的判断标准一样,词之曲化的命题亦是说明词受曲的影响,在文体风格上呈现出与曲的相似面。与"以诗为词"不太一样的是,词与曲在外在形式上难以辨别。元明以后,大量的选本都存有词、曲混淆不清的现象,这主要是因为词、曲二者皆有乐调限定,以及都是长短句形式的体制,当然也与人们对词调与曲调分辨不明有关,涉及词乐与曲乐的本原问题。但这不是词体曲化的重要内容。正像张仲谋先生所言,"其实词、曲异同之辨,首要的还不是格律声韵,而在精神意态。从精神意态上讲,词雅曲俗,词品高而曲品低。所谓

――――――――――
　　① 沈家庄《宋词的文化定位》,湖南人民出版社,2005 年,第 191 页。

'词之曲化'一般认为是词的散曲或剧曲化,或者说是人们用曲的概念、风格、语言亦或综合因素移加入词体创作中,从而形成的词体在文体特征上的偏移。具体说来,曲化有多种多样的表现形式,有直白浅切的语体风格,有世俗的玩世的心态旨趣,有滑稽诙谐的艺术趣味,还有的带有某种戏剧化的情境。"①

(二) 词之曲化的表现形态

南宋以后,词的诗化程度不断加深,诗、词一体化的趋势越来越强,主要因为诗歌与雅化之词都被置于雅文学之列,皆有趋就与迎合文人雅士的传统情趣的倾向,造成两者在整体风格上非常相似,难以具指二者之异。与之不同,曲一直处于俗文学阵营,其本体属性上的世俗戏谑等因素始终与雅文学格格不入,因此,词体曲化似乎在风格认定上较诗更为容易。然而,在实际的具体解析上却存在着不亚于界定诗化的难度。原因既在于在词体曲化的具体进程中,影响因素是复杂多变的,表现方式也是丰富多样的。

1. 中国古代音乐系统极具复杂性,大体有雅乐、清乐、燕乐三个体系,但它们不是固定不变的,会随着时代文化精神的不同而变化。唐宋词乐,其主流是燕乐,上至宫廷教坊,下至市井民间,传唱广远。然随着词乐的雅化和唱法的变化,至宋末已现失传之象,沈义父、张炎等都对此感到痛心,慨叹"有善歌而无善听,虽抑扬高下,声字相宣,倾耳者指不多屈。"(《意难忘》序,《山中白云词》卷四)并极力地关注词的音律问题,提倡词要合乐。由于时间和地域的阻隔,"金之曲今人已不能歌矣","北人不能歌南,南人不能歌北"②,元明时期虽仍有对于唱词的记载,但可歌词调相对集中于

---

① 《明词史》,第 18 页。

② 刘凤《词选序》,《刘子咸集》卷三十七,《四库全书存目丛书》。

几个常见之调,被人称为古曲或旧曲,歌唱之法逐渐消亡,词乐几近失传。于是,"词今亦不能歌,惟曲用焉"。"词名多本乐府,然去乐府远矣。南北剧名,又本填词来,去填词更远矣。"①因古乐中"九宫十七调"者甚少,失了词乐后只能"逮近者为曲",即以当时流行的曲乐替代词乐。王骥德在《曲律》中曾透露出他的一种尝试,说:"宋词见《草堂诗余》者,往往妙绝,而歌法不传,殊有遗恨。予客燕日,亦尝即其词为各谱今调,凡百余曲,刻见《方诸馆乐府》"。"今调"即当时流行乐调,从中我们可知,那时酒筵上供人所演唱的都是今调即曲乐,词调之唱法已不大有人知晓。

　　人们尝试着以新兴曲乐唱词,将词调加以变更,与流行的音乐系统相吻合,并以之为规范进行填词。当然,其实明人知道如[桂枝儿]、[桂枝香]、[二郎神]、[高阳台]、[好事近]、[醉花阴]、[八声甘州]、[菩萨蛮]、[西江月]、[鹧鸪天]、[一剪梅]之类的曲牌,虽与词调相同,但唱法和词意已与词乐产生了变异。尽管如此,他们还是用之进行词体创作,以曲乐的调式进行词作的填写。而曲中常见[殿前欢]、[凭栏人]、[梧叶儿]、[小桃红]、[黑漆弩]、[折桂令]、[喜春来]、[骤雨打新荷]等曲牌,也被用来作词,还常常被作者或选家放入词集当中。于是就出现了诸如随意变动字数语句、不合词法,以及任意更改韵脚位置、不合音律的现象。明人的这种以曲为词的做法说明,他们具有视词为可唱的音乐文学的强烈意识,并试图阻止词体由音乐本位向文学本位的转移,这种词体观念其实是颇值得欣赏的。只是这种做法使本已在音乐和文学两方面都得以雅化的词体,出现了向地位较为低下的流行世俗音乐文学的倾斜,违背了中国传统的文体发展走势,遭到了后世文人的强烈谴责。正如今日的音乐人,亦尝试以古典诗词为模本创作流行歌曲,也有部分志在恢复古乐之人试着用所谓古乐来进行词曲的演唱,

---

① 邹祗谟《远志斋词衷》,《词话丛编》,第 649 页。

虽然已不再是唐宋时乐的原貌,却自有一种民族风味。只是,今人相似的做法获得了与明词完全相反的评价,颇受大众以及专业人士的欢迎和高度认可,自然是得益于当代乐坛开放宽容的大环境。可见,以流行乐调入词是"词之曲化"的一种表现方式,对此胡元翎先生已有十分详细的分析,不再赘言①。

2. 词、曲在内容上本是有些共同的题材,如描写世俗男女之情、抒发隐逸之志与山林之乐,但曲作者在具体表达时却显出与词人不太一样的心态旨趣。在晚唐五代至北宋中期,词人常常以游戏娱乐甚而戏谑的态度进行创作,致使风花雪月的香奁体充斥词坛,但随着南宋词人的雅化努力,诗词同源、诗词一体的尊体意识的加强,人们将词看做与诗一样的言情达意、言志抒怀的工具,始以较为严肃的态度进行填词。相对而言,曲体的创造者却往往把作曲看做是一种生活的调剂品,常常以世俗玩世的心态进行创作,带着更多的轻佻、调侃,亦有发泄怨愤激切情绪的目的。

如宋代文人少有不涉词坛一样,元明时期的文人们将对诗、词的兴趣大量转移至兴盛之曲身上,几乎都有曲作传世,久而久之,玩世戏谑、迎合世俗等的创作旨趣难免在他们心中固化下来。当他们作词时,便极易带着作曲的心态填词,使词也带上了随意、戏谑的味道,词的言志抒怀的作用减弱,游戏娱乐的功能再次凸显出来,南宋以来逐渐形成的词体庄重的创作态度很大程度上被削弱。带着这样的创作心态,人们把更多的私情、隐逸、愤世等题材,以滑稽、嘲谑的方式进行集中展示,还常常加入一些戏剧情节化的内容,打破了词体含蓄典雅的情趣,词也染上了戏笑嘲弄的风味,这也是"词体曲化"的一种表现。

3. 王骥德《曲律》言:"诗与词,不得以谐语方言入,而曲则惟

---

① 《依时曲入歌——明词曲化表现方式之一》,《吉林大学社会科学学报》2012年第6期。

吾意之欲至，口之欲宣，纵横出入，无之而无不可也。"曲具有舞台性和通俗性，是唱给凡夫俗子和文人雅士一道听的，既要引人入胜，又要使人明白欣赏，故用语以浅显俚俗、尖新纤巧为原则，如"拚死在连理树儿边，愿生在鸳鸯队儿里。"（张鸣善《越调·金蕉叶》"怨别"）就是典型的曲词，与"在天愿为比翼鸟，在地愿为连理枝"（白居易《长恨歌》）意思相同，却给人完全不同的感受。曲语"须令老妪解得，方入众耳，此即本色之说也。""世有不可解之诗，而不可令有不可解之曲。"①因此，曲体创作在表达方式上不要求含蓄蕴藉，而是要直说明言。运用此种直白浅切的曲之语体风格写词，是"词之曲化"的又一表现，是词体曲化最直接的表征。

清吴衡照论明词之不振，说："明词无专门名家，一二才人如杨用修、王元美、汤义仍辈，皆以传奇手为之，宜乎词之不振也。其患在好尽，而字面往往混入曲子。"②这句话有两个意思，一是字面的混入，即将俗曲在句法与章法上的特点入词，如浅近新巧的字眼、鼎足排比的句式、顺直而下的铺陈等。二是直白尽露的表达方式即"好尽"，刻画物态人情皆要求尽情描摹，淋漓尽致，爽快尽兴。故曲体创作善用赋笔，少比兴之法。如明人卓人月《如梦令》："今日问郎来么，明日问郎来么。向晚问还殷，有个梦儿来么。痴么，痴么，好梦可如真么？"全词径直道来，浅白俚俗，风格率真，不用比喻兴感，虽是词却决然无词之韵致，堪称"仿曲为词"的典型代表。

4. 元明时期，词体的文体辨析是词坛有识之士特别注目的一个问题，除了对词之音乐体性的维护外，对其文学属性也多有阐述。依托着新的思想文化背景，明代词论家纷纷把注意力投向词体主情的特性，严守"诗庄词媚"的体性观和"诗言志、词言情"的功

---

① 王骥德《曲律》，陈多、叶长海注释，湖南人民出版社，1983年，第200、202页。本文凡引该书语皆出自此版本，不再一一标注。

② 《莲子居词话》卷三，《词话丛编》，第2461页。

能观。在王世贞看来,正宗词风的典范,还是巧缛而妍丽的《花间》《草堂》词,其"婉变而近情""柔靡而近俗"的体性特征,最能发挥"移情而夺嗜",即让读者心荡神驰的感发功能。在明代中叶以后思想解放思潮的推动下,某些词论家更是对情的关注到了无以复加的程度,对情的含义的理解也有所变化,不再是南宋以来词体日益注重的社会性和政治性的情感,而是指个人的生存和享乐欲望的满足,似乎由情性而指向情欲,甚至有滥情之势。于是明代文人主张蔑视礼教、大胆言情,导致创作态度不够严肃,游戏和淫靡之作也大量产生,在某种程度上与戏谑世俗的曲学相合,为曲体入词提供了良好的契机。

音繁调杂的乐曲,玩世调笑的创作心态,浅直流利的语辞,酣畅淋漓的表达,轻薄浅显的意境,共同营造了曲体的诙谐俚俗、粗犷外放的主要艺术特征。在主情词体观和时兴曲体的影响下,文人们在作词时难免会向曲之精神格调发生倾斜,从而造成词体在风格情调方面与曲的相通,体现出口语化、世俗化、谐趣化、粗莽化等特点,甚至一些油滑尖新之作竟被目为佳篇仿效。这当是词体曲化的最终呈现。当然,词、曲本身的界限本就有模糊的一面,尤其在词、曲兼擅的作者身上,体现得尤为明显。他们讲究音律,注重字句,善熔诗句,词、曲作品在风范上颇为近似,有着大致相通的美学品味和艺术特征,表现出词、曲多种风格的交叉,是词曲互动的最好体现。

有时,我们会将词体俗化列入曲化之列,甚至将之等同于曲化,其实是不太恰当的。俗化与雅化相对而言,主要指文体语言的俚语化与内容的世俗性,造成审美风格的媚俗与粗鄙,正所谓"陈言秽语,俗气熏入骨髓。"①词体自其产生之时就有雅俗两极,是一种雅俗共赏的音乐文学。之后,随着词体社会功能的逐渐扩大,表

---

① 田同之《西圃词说》,《词话丛编》,第 1454 页。

现内容有所扩张,但其雅俗共赏的主流风格却始终未变,正是由于大量俗词在社会上的广泛流行,引起了文人士大夫们的警惕与厌弃,才有了南宋以来词体雅化的大发展,而这种趋势并未能从根本上改变词体骨子里带来的俗性。曲亦与生俱来的带有俚俗味,这点与词似乎自然产生交集,故在浅俗方面二者时有相通之处。词体曲化是一个特定情境下的概念,表明曲对词的文体因素的渗透,主要表现为审美情趣上和精神格调的变化。经历了两宋文人雅化努力后,文人词已经形成了较为固定的抒情功能,即包括个体情感,亦隐含社会情感。而词体抒情的广度与深度在明代却有很大程度的减弱,调笑游戏、应酬嘲谑等破坏了词的文体特质,降低了词体的文体品格。虽然词体曲化带来了一定程度上的俗化,但曲化绝不等同于俗调,它只是俗化的外在表现之一,强化了词的俚俗色彩,雅俗不是区分曲化与否的根本性标准。

结　语

毛先舒《填词杂说》第一条就提出:"承诗启曲者,词也,上不可似诗,下不可类曲,然诗曲又俱可入词,贵人自运。"①貌似严格辨词,最后却又回到了诗、词、曲相融的问题上,言诗、曲皆可入词,正说明了人们对词体具有诗、曲融入的可能性及适应性的理解。词之诗化与曲化的双重移位,也证明了词体具有巨大的包容性。正是藉此,词在发展过程中不时受到诗与曲的侵袭与冲击,却始终能保有个体独立性,并适时有所选择地纳入诗化与曲化因素,成就了其独具特色又丰富多彩的艺术魅力。作为与诗、曲并行而立的诗歌样式,词成为中国传统文化的不可缺失的重要部分。

需要说明的是,本论题中所讨论的诗、词、曲三者的区别,只是

---

① 《词话丛编》,第 629 页。

　　就其一般形态而言。词体出现之前的诗歌艺术,长期以来一直存在着两种不同的体式类型:一是以抒写政治怀抱及人生志趣为主、风格典雅凝重的作品,如建安七子、杜甫等;一是着意表现男女私情及个人幽怨、风格俗艳轻柔的作品,如南朝乐府诗,中唐元稹、白居易和晚唐温庭筠、李商隐、韩偓等人的艳情之作。在正统的诗学观念中前者代表着诗体正格,我们所说的诗化之词,即针对此类诗而言。而后一类体式,在文学精神上则是与词相通的。至于曲与词的区别也存在着这一问题,曲虽然总体上较词要通俗,但其自身也包括了这样两种体式类型:即传唱于市井间的俚曲俗调与表现文人情趣的近于词的雅曲,最能体现曲体本色的自然应是前者,我们论词体的曲化也主要是以此类作品为参照。

　　无论是以诗为词,还是词之曲化,都是文人对词体的变革,他们在各自时代的文化氛围和文学风气中,有所选择地将诗歌或者曲体因素纳入词中,增加了词的表现手法,丰富了词的风格类型,也给词体提供了新的创作途径,增强了词体的活力,对词体的发展有一定的借鉴和推动作用。然而,在这一过程中,有些文人忽视词体特质,极大程度上破坏了词的本质要素,妄求以诗或曲的方式从根本上改变词体,词的存在性被稍弱,从而走向衰败,这就是对词的毁灭性打击,是不足取的。所以,以诗为词或词体曲化的做法,或开拓了词体的发展路径,增强了词体的生存能力,或淡化或取消了词体的文体独立性,词体存在的价值与意义同时被忽视。故“以诗为词”与词体曲化是一把双刃剑,得失并存。

　　纵观历代文学革新,其与政治改革不一样,政治改革往往是推翻前代,改道换辙,而文学革新的前提是尊重和保持文体的相对独立性,在不破坏其本体特性的基础上进行变化,改其貌不改其本,是对文体持续发展的刺激和推进。如果突破了这一规则或尺度,在变革的同时淡化甚而舍弃了文体原质,使文体丧失了自身,并融入它体,这就是一种过激的改革,其结果最终会导致此一文体的衰亡。

诗、词、曲都是韵文文学,都天然地具有韵文文学的某些共有特性,如言志、抒情、写实的题材选择以及或豪放、或婉约、或缠绵、或真挚等风格情趣,自身风格极为多样化,都有正体与变体、本色与非本色之区别。但在各自形成发展的过程中,诗、词、曲又拥有了明显的个体特征,所以我们在考察诗、词、曲的文体互动中,应以诗、词、曲普遍认同的最一般特性来对待,如若不然,我们会看到在诗、词、曲的发展过程中,三者之间除了外在体制上的不同外,在语言、风格、表现手法等各方面都俨然一体。故在分析三者之别以及互动关系时,需从处于不同发展阶段时的诗词曲的特性出发,考察特定时段的词体与诗、曲的关系,才能真实而准确地把握住词体的时代特点,从而展示词体的流变历程,给予它们正确的词史地位与价值意义。

第二章 诗化与曲化中的词史进程

　　词介于雅诗与俗曲之间,在其兴起、繁荣及衰落的不同发展阶段,与诗、曲发生了复杂而微妙的关系,并承二者之长,兼具自身特点。这种现象首先缘于词体具有音乐与文学双重属性的文体特点,以及"上不似诗,下不似曲"的特殊文学地位。词在与诗、曲碰撞与交融后产生了诸多新变。整个词史的发展流变历程即是一部词与诗、曲互动互律、时即时离的发生演变史。从词与诗、曲的离合关系考察词体发展进程,是一个全新的角度,亦是一个更接近于词体发展真实状态的视角,可有助于深化对词体的认识,更加准确而清晰地展现词史。

　　中国古代各种文体的演进史,常常是彼此分离与融合的历史。一般而言,一种新兴文体,多是从别体中分离出来,然后经过文人们的创作实践的积累沉淀,最终形成不同于源体的独特风格。当一种文体经过长时期的自身发展,逐渐成熟定型达繁荣局面,从而呈现模式化,自然会很大程度上失去前进的推动力,发展态势会出现滑落衰退之势。此时,文人们往往会对之进行改造,或回归其源头,融会前人的成果,或引进新兴文体因素,以求获得新变与更大的发展。从发生学的角度看,一种文体在萌芽新生阶段,往往不具备鲜明的自我属性,常与其他文体混同,发展到一定阶段后,形成自我独立的文体属性,并在持续发展过程中,不断地受到传统文学与新兴文体的挤压与渗透。词体的发展演进历程就经历了与诗、曲彼此离合的过程。如果抛开与音乐的关系不谈，纯粹从文本的角度来观察，词体是从诗体衍变而来。纵观词的发展流变，词与诗始终是彼此纠缠在一体，又与曲发生着千丝万缕的联系。

　　如前章所述，词体雏形形成于初唐，一开始就呈现出与诗混合的迹象，刚开始文人作词还是习惯以写诗的方式填词，词仍以齐言为主。晚唐五代，词在体制形式上打破了齐言限制，主要表现为长短句式，人们对诗与词开始有了不同的审视。虽然此时的词在语言表达等各方面与诗歌极为相似，但人们已有意识地以一种特定情趣集中于词的写作上，如表达多由男性自抒演变为女性代言，相应地以香艳婉媚为风格，抒情方式较为单一而模式化，至此词开始有别于诗，逐渐彰显出与诗歌的不同。词的这些特质使"诗庄词媚"成为文坛学界的共识，道出了作为不同的文体所应具备的最基本特征。

　　当词经过晚唐五代一百多年的集体创作之后，其最初的应歌性与宫廷文学性都已发挥殆尽。宋初，随着大量台阁文人对词体创作的介入，传统诗歌因素大量移植进去，词体出现向主流文化回归的趋势，诗歌的各种题材与多样技法纳入词中，由女性阴柔的审美情趣向士大夫的审美理想靠拢，词以其极大的包容性与诗歌融合，还创下词之别调即豪放气象。缘此，词在北宋获得飞速发展。在词的发展初始阶段，"以诗为词"主要表现为题材与功能的变化，这主要表现在张先、晏殊等身上，由此形成一定程度上的风格转变。之后，苏轼以其独禀的个人气质和革新精神对词体进行了多方面改造，词之整体风格开始有了较大的变化，与时人对词体的认识与定位差异颇多，遂引出"以诗为词"的话题，也引导着词体朝着多元化格局进发。此后，随着词体的不断发展、成熟，越发彰显出自身独特的文体魅力和多样的风格体貌。然而，中国文人内在的传统诗歌情结，促使他们在创作时有意无意地运用诗歌的艺术手法，词的表现范围与社会功能得以扩大，词的表达方式更加典雅，词体的诗化色彩越发浓重。

　　元明时期,随着曲的兴盛与普及,再加上诗人、词人加曲家的多重身份,词体创作在诗化的同时又增添了曲的味道。尤其在明代,散曲的俗化、直露等适时地渗透词中,成为那个时代词体的主要特征,只是由于传统的文体观念和地位认定的原因,曲的渗透未能像古老诗歌那样的普遍、深刻,并被认定为诗教传统中最大逆不道的做法,招致后世学者文人的强烈指责。清人以此为戒,在全面摒弃词中曲体色彩的同时,努力加强词体的诗化,提升词体的文体地位,展开轰轰烈烈的尊体运动,词体创作与词学理论并行发展,带来了清词的中兴。

　　可以说,词从产生、发展至衰落,始终处于诗与曲的挤压和融透中。宋词的繁荣彰显了词作为一个独立文体所具有的极大开放性,词以其包容与创新实现了与诗歌的高度融合,展示了与曲的紧密联结,至清还呈现出再度繁盛的局面,也印证了词体超强的开放与坚持,虽时时受到诗、曲的浸染,却始终前行。因此,每个时代的词作都是词与诗、曲互动的产物,正是由于各个历史阶段的诗歌和曲子对词体影响和作用的方式不同与程度的差异,才最终形成了词体的时代风采。

　　古代文人与当今作家的区别,很大程度上在于当今作家的专业性更强,我们有散文家、小说家、诗人等,各司其职,多只在各自擅长的领域进行创作。古代文人是全才,即是诗人,也是词人,即是散文家,亦是辞赋家,因而在他们的创作中出现文体互动相融的现象遂成必然。就词而言,虽被称为有宋一代的文学代表,但在其发展过程中,受作者身份与文体观念的影响,在特定历史时期受到诗、曲不同程度的渗透,始终未能真正地独立起来。鉴于人们对于历代词史及名家佳作已经耳熟能详,本章不重在谈论具体作家作品,而是从词的诗化或曲化的角度对词体发展进程进行较为详细的历史梳理。

第一节　诗、词一体化的唐五代词

燕乐产生于隋唐之际,与之相应的歌唱之词亦随之产生。初盛唐时期,少有文人染指词体创作,文人真正涉足词坛,最早应追溯至中唐。此时,歌诗与曲子同时在社会上流行,只不过,一为选辞以配乐,多出自名家之手,一为由乐来定词,常为伶人乐工所制。随着曲子词在配乐及演唱的和谐美听上胜于声诗,更适合歌筵酒席的侑欢气氛,再加上社会世俗享乐风气的盛行,词体开始受到文人们的青睐,成为他们在宴会席间娱人乐己、炫耀才情的最佳工具。初发轫阶段的词体,在音乐特点上与诗歌并无大异。缪钺先生说:"(词之起源)不过由于中唐诗人,就乐谱之曲折,略变整齐之诗句,作为新词,以祈便于歌唱而已。故白居易、刘禹锡诸人之词,其风味与诗无大异也。"①夏承焘先生说:"词之初起,若刘、白之《竹枝》《望江南》,王建之《三台》《调笑》,本蜕自唐绝,与诗同科。"②皆认为中唐文人的词体作品与诗歌无甚区别,说明词从一开始就呈现出与诗歌混合的迹象。晚唐文人作词渐多,长短句体式已然确立,诗、词功能虽有分工却尚不明确,但诗、词风气几近。经五代西蜀南唐文人的努力,词的文体特征大致形成,在传统诗歌的行进大道中开出一条岔路口。

(一) 中晚唐诗词创作

初盛唐时期的乐工歌伎在技巧表演时,所唱之词大部分是齐

---

① 缪钺《诗词散论》,上海古籍出版社,1982 年,第 54—55 页。
② 夏承焘《唐宋词字声之演变》,《唐宋词论丛》,古典文学出版社,1956 年,第 66—76 页。

言近体诗即声诗。中唐以后,由于文人对词体染指渐多,曲子词也开始大量进入演唱的队列里,与声诗互为补充。如中唐元、白等人的许多歌行、新乐府都被歌伎配乐演唱,所谓"童子解吟长恨曲,胡儿能唱琵琶篇"即为明证。① 总体上看,这时的文人词基本上还处于模仿民歌的尝试阶段,人们还不了解词的体式,也不熟悉词的作法,尚未具有建立与诗体相异的词体独立审美特征的意识。现存有词作的中唐文人们,如王建、韦应物、戴叔伦、张志和、白居易、刘禹锡等人皆选取与齐言体相近的曲调,又自觉地运用已习以为常的律绝的创作方式,这多是由于对新兴曲词写法的不熟练。所以,他们所填写的歌词,带有相当多的诗歌因素,兼有诗体与歌词的双重特征,正如况周颐所指出的"唐贤为词,往往丽而不流,与其诗不太相远。""唐词与诗近。"②可以说是"诗人之词,是带有传统诗心的诗人之词。"③因而,就语句体制而言,中唐诗人所创作的词,与诗歌几无变化。

首先,置身于社会风行的歌舞环境中,诗人们仍然以传统的诗歌创作思维进行应对,他们最喜欢填写的歌词几乎都是齐言体诗歌,如《竹枝词》《杨柳枝词》《纥那曲》《抛球乐》等,皆是在文人学士圈子里最为流行的曲调,既可以看做是律诗的一部分,也可以看做是绝句的叠加,依然还是齐言诗歌的样子。

其次,中唐词的曲调本身就是题目,歌词不仅节奏要与曲调旋律相称,内容也要与曲调名称相应。其实,这种现象一直延续至五代,词多以调为题,词调是歌咏内容的核心,题目与内容有着直接的联系,明显是诗歌古老的即事名篇传统的继承。当然,由于歌词

---

① 李定广《由诗词关系审视唐五代词的演变轨迹》,《文学评论》2008 年第 2 期。
② 《蕙风词话》卷二,《词话丛编》,第 4423 页。
③ 董希平《唐五代北宋前期词之研究——以诗词互动为中心》,北京昆仑出版社,2006,第 37 页。

是配合乐曲而成,所以在创作或演唱的时候,有时会迎合乐曲,个别句式开始有所变化,略显参差长短的特征,显示出文人曲子词已有依照乐曲节奏,变化诗歌句式的倾向。

再次,中唐词虽然多在流连光景、陶写性情的歌酒环境之中产生,与里巷民间曲调联系结合,却并未沾染太多的酒色之气。又正处词体初兴之时,无体制规范之束缚,故写来随性自由,显得豁达自如。他们带着诗人的思维模式和诗歌的创作习惯创作新声,更多地用歌词表现个人的情志与感慨,在抒写内容、抒情形象和意境营造等内在因素上更多地带有诗化特点,带有相当程度的传统意义上的诗歌旨趣。就一般倾向来看,中唐词中的抒情形象,是诗人更为性情化、情绪化的自我,与作者诗歌中的形象相比,具有更加强烈、奔放的感情色彩,和他们在诗文中的情感和形象互为补充交叉,贬谪之悲、逸世之思、不遇之叹,成为中唐词经常涉及的内容和咏叹的主题。

可见,虽然是歌词,但中唐词在欢歌乐舞的环境中保存了较为纯净的传统诗旨,保有了诗歌的大气、豁朗的境界,显示出开创时期歌词的原始与朴拙。如张志和《渔父·西塞山前白鹭飞》以淳古淡泊之音,抒发逸怀闲致,除了具有民间文学的质朴、清新之气外,还融和着一种出污泥而不染的古代高蹈文人的淡泊、澄澈的高情远意。戴叔伦《转应曲·边草》以无尽枯草、满山白雪、万里月明、哀怨笳声等意象,营造了一种茫茫草原、辽阔无边的荒凉意境,烘托出空虚彷徨的心理状态,暗寓戍边老兵的悲愁。刘禹锡词多是被贬之时聊以遣怀的作品,其《浪淘沙词》虽多以江南景物为背景,但美艳之中透着俊爽之气,境界开阔明朗,饱含诗人的济世之怀,尽显诗豪本色。可以说,中唐文人是带着浓浓的诗情,用词表述江湖之乐、山水之美、世事之叹,主体形象的展示、清词丽句的描绘、人生情志的抒写、开阔词境的营造等,很大程度上得自于作者自少所接受的诗歌的精神气质和思维惯性。正由于诗词创作中的这种联系,中唐词尚无后世绮错婉媚的艳科之面貌。

从以上简略分析中可以看出,中唐的词体创作与诗歌基本是处于混沌不清的状态,诗、词都可抒写情怀,皆能演唱助兴,一样承担着抒情言志与娱乐消遣的双重功能。诗客们也没有特别看待那些被后人认定为词的作品,如刘禹锡、白居易在编选自己的文集时,就是把那些所谓的词作与其他诗作放在一起,并没有单立一体,另编一册或一卷。试看下面四首作品:

> 御陌青门拂地垂,千条金缕万条丝。如今绾作同心结,将赠行人知不知。(刘禹锡《杨柳枝》)
> 叶含浓露如啼眼,枝袅轻风似舞腰。小树不禁攀折苦,乞君留取两三条。(白居易《杨柳枝》)
> 水边杨柳麹尘丝,立马烦君折一枝。惟有春风最相惜,殷勤更向手中吹。(杨巨源《折杨柳》)
> 含烟惹雾每依依,万绪千条拂落晖。为报行人休尽折,半留相送半迎归。(李商隐《离亭赋得折杨柳》)

前二首是《杨柳枝》词,后二首是《折杨柳》乐府诗。除了题目的差异之外,很难分辨二者究竟有何实质的差异。正因为如此,明人在编选唐词时,常把《折杨柳》诗歌改为《杨柳枝》词录入,像明代董逢元的《唐词纪》和卓人月的《古今词统》中就误收了不少这类诗作。

总之,中唐词的体式句法、语言节奏、题材取向、风格旨趣等,皆与传统的古近体诗歌相近,仍然没有脱离文人士大夫传统的审美指向,还未形成一种与声诗判然有别的特质。刘扬忠先生说:"晚唐以前的早期文人词(主要指唐玄宗至唐宣宗之间的诗人之词),多是诗人们在诗歌创作之余暇偶尔试作的小词,是地地道道的'诗余'(余绪、余波),尚未能成为一种独立自主的体式。这些数量稀少、形式短小的小词,体式介于近体诗与民歌之间,内容较简单,技巧还基本停留在绝句和律诗的范围之中,词的长短句式的特点尚未充分发挥,还没有形成为词所独有的风格体貌。"①即指出这一时期的诗人们,虽然已开始采用"以乐定词"的填词方式,然歌词在外在体制与内在意旨方面仍然很大程度上受到诗歌的牵制,可谓是"以词写诗",即抱着新奇的态度,尝试以新兴的词体样子,运用传统的诗歌创作思维和技巧方式进行创作,此时的词体可以看作是一种齐言与杂言相兼的诗歌。

　　中唐以后的文艺,如李泽厚所说:"走进更为细腻的官能感受和情感色彩的捕捉追求中。"②这种文艺风尚的转变自然在最普及流行的文体——诗歌中得以显现,艳情的抒写、细腻的表达、色彩的表现等,在晚唐诗作中得以普遍呈现。原因何在? 晚唐士风的浮薄是艳情诗词兴盛的主要文化推力。陈寅恪先生说:"唐代进士科,为浮薄放荡之徒所归聚,与娼妓文学殊有关联,观孙棨《北里志》及韩偓《香奁集》即其例证。"③以性灵情韵为特质的唐代诗歌,经历了盛唐诗人建功立业、意气风发的豪放展示,中唐诗人的乱世志怀与渴望中兴的双向抒写,至晚唐开始转向了对心灵意绪的细腻表现。其实从中唐以来,这种新的文学意识和情感表达的要求就已经在各类文体中有所显现,像"纤艳不逞"的元和体,尤其其中的小碎篇章大都是属对工整、风情宛然的艳曲,就曾在社会上广为传唱。至晚唐,李贺的艳诗、李商隐的情歌、以爱情为主要内容的传奇、曲子词的兴起等,都是新时代文学要求的体现,人们尤其喜欢为南朝乐府旧曲填写艳词,至唐末咸通、乾符年间形成艳情歌诗的高峰期。

---

① 《唐宋词流派史》,福建人民出版社,1999 年,第 60 页。
② 《美的历程》,安徽文艺出版社,1994 年,第 154 页。
③ 《元白诗笺证稿》,上海古籍出版社,1978 年,第 86 页。

晚唐时期,歌舞欣赏之风盛行于社会各个阶层,中央集权极度消弱,歌伎乐工流散各地,他们带着丰富的乐曲知识和专业的歌舞表演技艺,走入社会各个阶层,再加上官僚制度管理渐宽、蓄养家伎成为时尚、歌舞表演的商业化等因素的影响,各种宴会都少不了坊伎、饮伎和私伎等各种歌伎的佐酒歌舞,歌词就是进士与歌妓交往的主要内容,诗人与歌伎的紧密合作得到进一步的推动。为追求有更好的表演和佐欢效果,他们互相配合,歌伎翻旧曲为新乐,文士依新乐撰新词,于是乐府旧曲成为新兴曲子词乐的温床,新曲子与旧乐府同时并行,二者本身也往往处于彼此混融的状态①。这种浮世艳情、全民娱乐的社会环境,使诗人们适时放下正人君子的架子,适度突破儒家诗教的规范,主动和坦然地从事绮艳诗歌的创作,对曲子词的艳情化产生了最为直接、最为重要的影响。作为新兴的文人曲子词,很快便融入了艳情歌诗的大合唱,而曲子固有的柔婉特性和传播环境加快了曲子词向日益繁盛的艳情歌诗的皈依,从而实现了曲子词主流的艳情化。艳情曲词正是晚唐的诗歌情趣与歌妓文化结合的产物。

于是,处在这种创作环境中的晚唐文人创作的诗和词,除了齐言与杂言的句式不同以外,在语言、意境、风格等方面都非常相似。宋代吴可在谈论诗法时,说:"凡装点者好在外,初读之似好,再三读之则无味。要当以意为主,辅之以华丽,则中边皆甜也。装点者外腴而中枯故也,或曰:'秀而不实。'晚唐诗失之太巧,只务外华而气弱格卑,流为词体耳。"②直接指出晚唐诗的词化倾向,这在韩偓和李商隐的诗歌中表现得最为突出。《香奁集》是韩偓收录其叙写恋情之作的诗集,选录标准正是《香奁集序》中所谓的绮丽,如其中的《五更诗》:

---

① 参看李剑亮《唐宋词与歌妓制度》,浙江人民出版社,2006年。

② 《藏海诗话》,丁福保《历代诗话续编》,中华书局,1983年,第331页。

往年曾约郁金床，半夜潜身入洞房。怀里不知金钿落，暗中唯觉绣鞋香。此时欲别魂欲断，自后相逢眼更狂。光景旋消惆怅在，一生赢得是凄凉。

在很多方面都具备了词体的特质，如题材的艳情幽约、情思的柔美婉约、意境的朦胧深远、意象的纤柔娇小、格调的宛转缠绵等。宋人张侃即云："偓之诗淫靡，类词家语。"①施蛰存亦评："香奁虽属歌诗，然其中有音节格调宛然如曲子词者，且集中诸诗，造意抒情，已多用词家手法。"②香奁诗作与词如此接近，乃至于被后人大量误认为词③。

李商隐更是擅长以轻柔纤细的意象、精巧细密的结构、深情苦调的抒写、艳体曲笔的展示，创造迷离惝恍、幽静邈远的意境，其诗歌风味与晚唐词体几无区别。如"暂凭尊酒送无憀，莫损愁眉与细腰。人世死前惟有别，春风争拟惜长条。"（《离亭赋得折杨柳》）将伤别写得缠绵婉转，尤其是他那些《无题》诗，似替人叹惋，又似自慨身世，细腻幽怨的情感和婉约精美的意象，更类词体。缪钺先生曾说："义山虽未尝作词，然其诗实与词有意脉相通之处。……词之特质，在乎取资于精美之事物，而造成要眇之意境。义山之诗，已有极近于词者。"④

与李商隐不同，温庭筠兼作诗、词，他将晚唐诗歌风习投射于新兴词体中，正如李冰若先生所言："其词之艳丽处正是晚唐诗风，

---

① 《拙轩词话》，《词话丛编》，第 194 页。
② 《读韩词札记》，《中华文史论丛》1979 年第 2 期。
③ 如流传至今的韩偓词仅《浣溪沙》二首，见于唐宋时期词选《尊前集》和《花庵词选》，而此后有三言三首、六言三首，及《懒卸头》、《五更》、《玉合》、《金陵》、《意绪》等共十一首诗都先后被王国维辑入《香奁词》。
④ 《诗词散论》，上海古籍出版社，1982 年，第 33 页。

故但觉镂金错彩，炫人眼目，而乏深情远韵。"①其歌词虽大多是为歌伎或宫廷歌唱代笔，为应歌娱乐之作，但小巧轻柔的意象、深远细腻的表达、艳情闺意的题材选向、细微朦胧的意境营造等，与其同类诗歌具有很多的相似处。如他用《南歌子》曲调既写有两首七绝体，又写有七首长短句体，在意境与意象运用上极为相似，语言风格非常接近。有关温氏诗词相近话题，已有众多学者的详细论述，此处不再细言。

再如皇甫松的曲子词亦多近其诗，《花间集》共收其词 12 首，其中 6 首绝句体，除此之外，《天仙子》二首也可看做是绝句第三句少一字，大都借对江南风光的描写传达思乡之意，显然是对白居易、刘禹锡等人拟民歌之词的继承和发展。与温庭筠有所不同，皇甫松常选用男性视角观察自然与人事，具有明显的抒情诗化的倾向，可以说最早开创了花间别调。陈廷焯评其曰："宏丽不及飞卿，而措词闲雅，犹存古诗遗意，唐词于飞卿而外，出其右者鲜。五代而后，更不复见此种笔墨。"②颇具眼力。这段话亦说明，温庭筠和皇甫松二人在词体创作中对诗歌的表现手法等的借鉴上是有不同的选择的。

温庭筠与皇甫松的词作虽有略为不同的风貌，但与他们的当日诗歌在各方面基本上都是同步调的，此种创作进程伴随着长短句歌词的大量增加，至唐末达到顶点，如韦庄、薛昭蕴、牛峤、张泌、薛能、司空图等人的艳情诗词都显示出极大的相似性。或许由于温氏诗名在晚唐更盛，或许温词风格更适于合乐演唱，更多作者选择了对温庭筠的模仿。然而，由于唐末社会政治的变化与末世情怀，词作在内容和风格上也部分承袭着皇甫松的抒情诗化道路。如韦庄在唐亡后两年多就离世了，其词绝大部分作于唐末入蜀之

---

① 李冰若《栩庄漫记》，中国文联出版社，2009 年，第 56 页。
② 《白雨斋词话》卷七，《词话丛编》，第 3945 页。

前。其词具有较浓郁的民歌风味,情感真挚,抒发直率,也常从男性的角度去观察和描写女性的美,与皇甫松词一样极似雅俗整合的抒情诗。夏承焘先生曾说:"他(韦庄)的作品的最大特征,是把当时文人词带回到民间作品的抒情道路上来,又对民间抒情词给以艺术上的加工和提高,这是他在词体发展史上最大的功绩。"①同时的薛昭蕴在唐末以轻率放诞、恃才傲物著称,其词清绮精绝,与韦庄词在用调与风格上都较为接近。此外,牛峤的《梦江南》是艳情化的咏物词,《定西蕃》则完全是唐人边塞诗的写法,境界壮阔,风格苍凉悲壮;张泌的《浣溪沙》十首大都是立足男性主人公进行抒情,亦具民歌风格,尤善炼字炼句,皆有明显的诗歌印迹。可见,"唐末诗风的主流扬弃了温李浓艳、晦涩、婉媚的风格,普遍走向通俗平易、抒情坦率的路数。(与诗歌同一步调,)唐末曲子词也普遍避开了温氏的深隐婉约词风,走上了平浅直露、抒情坦率的民歌体词风。"②词体呈现出抒情诗化的倾向。

　　自然,此类质地轻柔、表达深微、偏于闺情的诗词作品非常适合于在歌席酒会、友聚客至时的侑酒助兴,但在合乐可歌的和谐动听的程度上,词作明显优于诗歌。渐渐地,词体成为歌筵酒席上最佳的娱乐佐欢的形式,在环境与创作的互动中,词渐渐变为注重客观描绘,着力于细节展示,适宜写儿女之怨情,凄迷要眇,幽约怨悱,以文体小巧、体质轻柔、情境狭深、意境幽隐为自身风格特点,一定程度上改变了中唐以来的诗、词无别的现象,开始了它的声色行程,个性气质渐显,受到五代文人的大力效仿和适度变革。缪钺先生认为:"盖中国诗发展之趋势,至晚唐之时,应产生一种细美幽约之作,故李义山以诗表现之,温庭筠则以词表现之。体裁虽异,

① 《唐宋诗欣赏·论韦庄词》,天津百花文艺出版社,1980年,第33页。
② 李定广《由诗词关系审视唐五代词的演变轨迹》,《文学评论》2008年第2期。

意味相同,盖有不知其然而然者。"①所以,晚唐文人的生活状况和心理状态,诗歌与乐舞紧密结合的社会流行风尚,产生了韩偓、李商隐那样的艳情诗,也产生了"逐弦管之音,为侧艳之词"的温庭筠的曲子词。诗人们锐意进取、匡扶天下的雄心遭到挫败的时候,他们就采取了逃避的方式,或隐逸山林,流连山水之间,或放浪形骸,沉迷于歌楼妓馆,企图在轻柔暖丽的抚慰中平息受伤的心灵,歌女的演唱就成为文人抒发性情的一个载体。歌词由文人来写,歌曲由妓伶来唱,因此诗歌既要有文人的风雅意趣,也要有乐工歌妓的俗艳浅切,是民间乐调与文人酒边文化结合的产物。晚唐诗词既尚俗,又尚艳,都是社会大众包括市民与文人的消费品,都是在追求声色享乐的社会大环境中的产物,即有娱乐功能亦有抒情功用,故诗词在主题取向及意象选择和语言运用上都有很大的相似性,呈现出诗词一体化的创作态势。

(二)晚唐五代诗词一体化的创作变化

不管诗风如何,词风又如何,然有一点是相同的,即如林大椿《唐五代词·校记》引王国维语:"唐人诗词尚未分界。"总体呈现出诗词创作一体化的倾向。白、刘首先尝试民歌风味的词作,温庭筠以乐府诗手法入词,创作了相似的艳情诗词,皇甫松和韦庄的词作与他们的抒情诗难分彼此,如韦庄《春愁二首》无论是内容还是风格上与曲子词都难以区分,韦庄将自己非常得意的一句诗"一枝春雪冻梅花",既用于《陌上》诗,又用于《浣溪沙》词,也正反映了韦庄没有将诗词区分界限,体现了其艳情诗词一体化倾向。作为晚唐绮艳风格诗词的典型代表,《香奁集》与《花间集》确实有不少共同点,如叙写恋情、语词华美、造语工致等等,宋末诗人林景熙《胡汲

---

① 《诗词散论》,上海古籍出版社,1982年,第28页。

古乐府序》即认为："唐人《花间集》，不过《香奁》组织之辞"，是对唐五代诗词一体化创作的最好表述。

可见，从中唐至晚唐，人们还没有鲜明的词体观念，除与音乐相配方式稍异外，词体未能形成不同于诗歌的传统创作方式，只是由于不同的创作环境及微妙的功能差别，诗、词在题材和风格方面开始呈现相异之处，艳情成为词体最集中和擅长的表现内容，柔婉成为词体的主体风格。至西蜀《花间集》的出现，已有欧阳炯对之加以总结，开始标举"词为艳科"的宗旨："《杨柳》《大堤》之句，乐府相传；《芙蓉》《曲渚》之篇，豪家自制。莫不争高门下，三千玳瑁之簪；竞富尊前，数十珊瑚之树。则由绮筵公子，绣幌佳人，递叶叶之花笺，文抽丽锦；举纤纤之玉指，拍按香檀。不无清绝之辞，用助娇娆之态。"①于是，词体开始有了一定的规范和要求，如题材范围和表现内容多为恋情闺怨、伤春惜别之类；社会文化功用在于满足人们宴饮享乐的需要；艺术风格上则以"镂玉雕琼，拟化工而迥巧；裁花剪叶，夺春艳以争鲜"的精美华丽为尚。总之，它在特质上是"香而软"，立意在于娱人，从而开始了与兴观群怨、比兴寄托的诗教传统的分道而驰。

诗、词分工大致可定位于五代初期文坛。首先，从歌词创作角度来看，唐朝灭亡似乎可做为诗、词分工的时间点。唐末文人皆以作诗为主，都是诗客，除温庭筠、韦庄之外，极少有诗人将精力放在填词上，故以温、韦等引领的花间作品被赵崇祚称为"诗客曲子词"。像韩偓的《香奁集》专选男女艳情之作，把反映社会生活和叙写一己私情的作品分开，表明他是将它们视为两类性质和功能截然不同的作品，这种态度其实和后世人们"诗言志、词言情"的观点是相同的，香奁诗在实质上也担当起了同温词一样的合乐可歌的

---

① 欧阳炯《花间集序》，《词集序跋萃编》，第 631 页。

娱乐功能,二者在分工上没有特别的差异①。至五代,前期词人主要指西蜀词人,如王衍、牛希济、阎选、孙光宪等人,皆为居住都市的帝王、贵族或其清客,除了少数几位写过几首诗歌外,大多数词人连一首诗也没有,出现了专意作词之人;五代后期的南唐亦然,像南唐二主及宰相冯延巳的诗歌都极少。但与此同时,五代诗人数量众多,今存诗 7 000 余首,作者多为隐者或社会底层人士,常居深山乡野村镇,所以大都不作歌词,这种现象也从一个角度说明词适合于城市消费,无论是宫苑豪园,还是酒肆闾巷,多是在娱乐消遣、助兴侑欢的环境中产生的。

其次,从歌词演唱的角度看,晚唐的诗词演唱是一体化的。晚唐的唱词即有声诗,亦有词,声诗与歌词皆为当时流行歌曲,如韩偓《香奁集》中的许多诗歌就是"乐工配入声律"的声诗,温庭筠的"侧艳之词"也都是供歌女们在歌筵酒席中演唱,就功能而言没有什么区别。相对而言,五代人所作的诗多为案头吟诵,未见有像唐代那样诗歌演唱的记载,唐末传唱红极一时的声诗到五代基本绝迹,在酒会宴席上唱的多是歌词。任二北先生曾指出:"《墨子·公孟篇》曰:'诵诗三百,弦诗三百,歌诗三百,舞诗三百。'此四事,唐代声诗犹一一具备,五代以后,始渐零落,非复古制。此中正有一线之界存在,治我国文艺史者宜加审谛。"②这"一线之界"应是五代开始的诗词分工现象所致。从此,曲子词开始与诗歌分道,走上自己"别是一家"的独立发展道路,也就是说,曲子词在走过近三百年的作为歌诗附庸的生涯后,开始脱离诗歌获得了第一步文体独立,这是曲子词成长道路中的关键一步,意义非同小可。

最后,艳情内容在诗词里的分道,也是从五代开始的。晚唐是

---

① 可参看张巍《韩偓香奁诗的词体特质》,《华南师范大学学报(社科版)》2006 年第 2 期。

② 任二北《唐声诗》,凤凰出版社,2013 年,第 24 页。

艳情诗风大炽的时代,正是在这样的诗坛风气的推力中,词才渐渐为人们所关注,成为他们表达个体私情的又一选择,可以说,艳情诗词并列行走于晚唐城市各个街区。至唐末,情况发生了变化,吴融、牛希济、孙光宪等人曾不遗余力地批评浮艳诗风①。五代十国时,就是声色歌舞最为繁盛的西蜀南唐,也绝少有艳情诗的创作,他们的诗作多为山水诗和题画诗,尤以讽谏之作最多,即使有个别涉及男女之情者,也每每借女性之口以香草美人之态传达苦楚,没有淫艳情调。如前蜀后主王衍、"曲子相公"和凝、《花间集》编者欧阳炯都曾写艳词,但他们的诗却绝少此类艳情之作。南唐二主及冯延巳的曲子词多是艳情词,而在号称五代诗歌之最盛的南唐诗歌中,却难找到艳诗,这些都反映了晚唐五代时人不同的诗、词观念,至五代,娱乐功能、艳情内容、婉媚风格逐渐成为曲子词的专属。

五代文人在诗、词观念上的变化,导致他们在词体功能、题材等方面显示出与诗歌的不同,词的文体独立性逐渐彰显。此时,人们虽然还没有自觉地普遍地把词当作一种独立的文学样式来认识,并未能与声诗等其他歌辞品种完全区分开来,但已有意识地迎合词体的娱乐侑酒功能和女性演唱方式,赋予它不完全等同于一般诗歌的表现主题与美学风格,并对温庭筠所营造的词风大力进行模仿和追逐,将柔艳婉约固化为词的主流风格,所辑《花间集》成为后世词人眼中的本色之范本。

然而,鉴于诗歌强大的传统惯性和固守的儒家诗教观念,他们的词作并未能完全脱离诗歌影响,甚至还出现了对《花间》鼻祖温词方向的偏离,朝着传统诗歌靠拢的端倪。像西蜀与南唐的部分词作,已经开始着力表现自我独特的人生感受。如李珣"志在烟霞慕隐沦,功成归看五湖春"(《定风波》),表达对隐居生活的向往;孙

---

① 如牛希济作有《文章论》,主张为文应当"臻于道理",否定"忘于教化之道,以妖艳相胜"的浮文。欧阳炯反对"华而不实"的诗学观。

光宪"夜凉水冷东湾阔。风浩浩,笛寥寥,万顷金波澄澈。"(《渔歌子·泛流萤》)以辽远浩瀚的画面展示其萧散俊逸气韵;冯延巳"日日花前常病酒,不辞镜里朱颜瘦。"(《鹊踏枝·谁道闲情抛弃久》)隐现人生无常、世事难料的惆怅迷惘;尤其是李煜入宋后的词作,"世事漫随流水,算来梦里浮生。醉乡路稳宜频到,此外不堪行。"(《乌夜啼·昨夜风兼雨》)"四十年来家国,三千里地山河。凤阁龙楼连霄汉,醉树琼枝作烟萝。几曾识干戈。"(《破阵子》)大多加入了沉重的贵族没落感和人生危机感,表现他亡国后独有的痛苦体验。词以描写类型化的男女艳情为主,而写自我的情怀、抒个体的感受等原本归属于诗歌,五代部分词家将个人独特的情感渗入到词体中,使作品具有了士大夫的身世家国感慨,与诗言志的传统暗合,意味着词体的表现功能开始向诗歌贴近。

可见,当历史发展到西蜀南唐时代,诗词分工的观念得到了进一步的强化,人们偏嗜于用词体抒写艳情,更倾向于运用浓艳富丽的语言和幽婉柔密的手法,去表现幽会爱恋和相思离别,将词体风格定位在婉约委曲、哀怨低徊上,词终于独立于诗歌之外而自成一体,词之文体得以确立。但实际上,当日词坛并非如此绝对划一,词作题材不完全局限于儿女情长,词体功能也不仅仅是用来应歌侑酒,词人们依然运用词体来表达伤春悲秋及个人的人生感悟,具有浓厚的人类普适性,引起后世文人的广泛而强烈的共鸣,只是在词体观念的引导下,即使抒志言怀也大多保持着深微幽隐、柔媚艳婉的风致。这也再一次印证或者说明,诗与词的文体差异之本质体现在各自的审美风格上。

(三) 唐五代诗词一体创作现象评析

对于晚唐五代词体独立的进程,诗、词在文体特性方面的相通,历代学者都有论述,晚明学者许学夷的评论尤为人所乐道和引用,他在《诗源辨体》中有许多条对中晚唐诗人的评价,如:"韩(翃)七言古,艳冶婉媚,乃诗余之渐。""李贺乐府七言,声调婉媚,亦诗余之渐也。""(李)商隐七言古,声调婉媚,太半入诗余矣。""(温)庭筠七言古,声调婉媚,尽入诗余。""韩偓《香奁集》,皆裙裾脂粉之诗。……上源于李商隐、温庭筠七言古,诗余之变止此。"①等等,指出中晚唐七言古体诗歌已启词端,揭示了晚唐诗词在体性方面的渐变轨迹。彭玉平先生对此进行了细致的分析,"与一般从词的音律、句式、词调等来考察词的起源方式不同,许学夷以'声调婉媚'作为词体的内在特质,兼涉题材、情调、趣味等多个方面,考证了从中唐韩翃、李贺到晚唐李商隐、温庭筠、韩偓的七言古诗在语言、意象以及由此带来的整体风格上的变化轨迹。这个从渐变到突变的历程,推进了文人词的发展和词体的成熟,并由此将原为诗中一格的'婉媚'特性逐渐演变为新兴词体的主流特性。所以,晚唐时期诗与词在文体上的交叉现象,导致了两种文体在体性上的模糊,而这种模糊的根本原因在于诗词的语言本位让位于音乐本位了。在相似的音乐背景下,诗词的文体差异并没有被视为一种必需,所以'诗客曲子词'这种折中的称呼才会由此而出现。"②指出晚唐诗词创作仍处于一体化。

后世多认为,温词的出现预示着词体从传统的五七言诗歌中分离出来,从此词体进入一个崭新的时代。夏敬观先生说:"(温氏)由诗入词,渐开后来诸派,此时代使然也。"③唐圭璋先生在《温韦词之比较》早已指出:"离诗而有意为词,冠冕后代者,要当首数飞卿也。"即是突出了温词在词体特质形成中的启迪先锋作用,再加上《花间集》所收的晚唐西蜀等文人对温氏的模仿,对这种特质

---

① 许学夷《诗源辨体》,人民文学出版社 2001 年第 294—301 页。
② 彭玉平《唐宋语境中的以诗为词》,《复旦学报》2009 年第 5 期。
③ 夏敬观《映庵词评》,《词学》第五辑,华东师范大学出版社 1986 年,第 197 页。

的最终定型踏上了坚实的一步，从而巩固了所谓的词体本色，即花间词风。如体制句式的长短化、语言风格的香艳化和节奏的错综变化、审美趣味的女性化与柔婉化、意象境界的精美化与小巧化、表现功能的抒情化与单一化、闺情题材的集中化、抒情方式的模式化等。①

其实，在诗歌发展过程中，类似艳情题材、精巧结构、柔婉风格等作品，以至于男子作闺音的创作现象并不少见，如大量的乐府诗、思妇诗、闺怨诗和宫怨诗等，皆存有男性诗人以自己的视角去揣摩女性心思进行抒写的作品，以传统诗教观点去审视的话，内中或许多少含有美人香草之意蕴。如前所述，在词之体式初立的中晚唐阶段，区别更多的是在音乐和句式上，至于词之特质确立则是相对滞后的事。随着内敛细腻、哀伤低婉、艳冶流丽等中晚唐诗歌的特征向词体的融入，到唐末五代才终于将诗歌中的新质深化为词体的特质，经过温庭筠、皇甫松、韦庄、冯延巳、李煜之手，在五代凝定并传续下去。从内在体制方面而言，词就是借鉴原本属于诗歌的某种体性，将之演变为自己的主要体性，这些体性在中晚唐文人的诗歌中是有着相当程度的体现的。也就是说，词体从本质上来说，不过是由诗之某一体性发展壮大而成一专门文体而已。在这种由诗之一格而渐成词体主调的过程中，诗词交叉互融的现象自然常见，而且至为关键。从这一角度来看，是否可以说，词的生成其实是"以词为诗"或诗歌的词化结果，用词的形式体制较为集中地抒写诗歌的艳情题材，突出展示诗歌的婉媚风格，使此类题材和风格在词中得以强化和深化，由此形成了不同于一般意义上的诗歌的风貌，进而定位为其特质，从而成为一种新型的独立文体——词。

就温庭筠而言，他因诗名与李商隐并称"温李"，现存诗歌300多首，内容较为丰富，既有抒写社会生活感慨的律绝，亦有描写艳

---

① 参看王兆鹏《从诗词的离合看唐宋词的演进》，《中国社会科学》2005 年第 1 期。

情绮思的乐府。像《苏武庙》《经五丈原》等都是悲歌慷慨之作,寄寓了其深刻的政治情怀,《开圣寺》《利州南渡》等则融进了诗人对社会历史的巨大变化的思索,蕴含着诗人内心深处无限悲凉的感悟。当然,人们更为熟悉的、谈论更多的当是他的艳情乐府诗歌,如"桃花百媚如欲语,曾为无双今两身"(《照影曲》),"小姑归晚红妆浅,镜里芙蓉照水鲜"(《兰塘词》),"吴宫女儿腰似束,家在钱塘小江曲。一自檀郎逐便风,门前春水年年绿"(《苏小小歌》)等。此类作品多塑造富室雅院中的美艳绮怨的女性形象,词采浓丽,意象华美,富有情韵和意境,优美清冷的图画与人物凄迷哀怨的心境达到了高度的契合,和他的曲子词十分相似,甚至在韵律、句式和格调上也基本一致,说明温庭筠正是将乐府艳情诗之内容与情调完全转移至新兴词体。吴世昌先生言:"温庭筠词皆咏离妇怨女,是代女人立言者,与唐人诗闺怨无别,特以新体之词出之耳。"①称温氏的曲子词与唐代拟代体的宫怨和闺怨诗同一机杼,指出了温氏艳情诗词一体化的特色。温氏的诗词都是晚唐文艺审美思潮的具体显现,但温庭筠写词的目的是为了酒筵歌席上付诸歌儿舞女的歌喉,要合于音律,优美动听。而他写诗的主要目的还是供阅读,包括唱和、酬别、寄赠、抒怀、进谒等多种情况,其应用范围比词要广泛得多。正是由于功用的些许差别,温词又呈现出与其诗歌不同的体式特征和相对狭窄的抒写内容,以及较为单一的美感特质。

阅读温庭筠的诗词,可明显感知到其在诗词的表现功能上的某种分离,表明温氏已具有诗词分体的潜在意识,虽对其创作词体有一定的引导作用,但其诗词的创作实践表明,当时的文人在意象选择和运用、意境营造和渲染等方面,诗词还没有完全分体,诗词一体的创作状态依然存在。只是在温氏手中,第一次大量创作词体,有意无意地将晚唐诗歌中的艳情内容和绮丽风格集中地在词

---

① 《词林新话》,《吴世昌全集》第六册,第67页。

中表达，并将它们用于歌舞酒会之中，再加上其狭邪冶游的生活举止，与他人相比特别突出，遂引起时人与后人的极大关注，或否或赞，都说明了温庭筠对词的热情投入，并由此大致形成了某一特定风格与创作模式，此种整体风格上表现出来的特质成为五代时人的学习对象，经过集中展示和文人传承，遂成为词的独立风调，甚至主导了后世词体的文体风格。陆侃如先生《中国诗史》说："中唐词人的词多似诗，温庭筠的诗却似词。"此处所言温诗应主要指其乐府诗。但无论是诗似词，还是词似诗，都说明中晚唐文人在诗词创作上并没有特别明显的差异。

　　当然，说到唐五代词，说到诗词分工，不得不提《花间集》，它可谓是诗词之变的分水岭。如《四库全书总目提要》所称："唐末名家词曲俱赖以仅存，其中《渔父词》、《杨柳枝》、《浪淘沙》诸调仍载入诗集。盖诗与词之转变在此数调故也。"这是因为，从口头演唱到书面传播，从民间乐工歌妓的自创自唱到文人雅士的创作欣赏，这些变化带来了词体形式的一致性和规范性，如齐言向长短句的转移、单调向双调的转变、联章向单篇的缩制、词律词格的统一、同调异体现象的减少等，《花间集》中所选作品皆体现了这些变化趋势，尤其"诗客曲子词"以诗集的形式出现，显示出词开始具备一种独立文体所必需的条件。虽然在他们的具体创作过程中，仍然沿着他们驾轻就熟的近体诗的创作惯势在运行，习惯于选用适合以近体诗形式配词的曲调，遵循早已规范化的诗歌的声律形式和艺术手法，但毕竟使词的创作在形式和审美等各方面，开始了标准化和规范化的进程，促进了新文体的形成，一定程度上规定了曲子词的发展方向。自此，词逐渐走向了独立发展的道路，但这种独立发展的道路只是诗歌多条小径中的一个岔路口，文人词的进程一开始就注定了与诗歌的难以分离。

　　余意说："词从民间起源发展到文人创作，如果说早期词人挟唐诗之结习进入词领域，词如诗，那么到温庭筠则开始出现质的变化,词的身段、声情已经完全自具面目,自具风采。因此,以《花间集》作为建构词体文学特征的逻辑起点,应没有什么疑义。"①"完全自具面目"说得稍显绝对化,但以《花间集》作为诗、词的一个重要分界点是很恰当的。因为,词与诗的主要区别显在的是体制上,如长短句式、格律规范等,而真正体现诗词文体特质的还是各自具有的美学风貌。同他人一样,温庭筠以词的形式抒写传统的诗歌内容,表达文人情志,比他人更进一步的是,他将传统诗歌的某类内容和某种风调在词中集中放大、强化突显出来,形成了词体浓厚的柔婉富艳的审美特点。经过西蜀词人的集体模仿,并在西蜀南唐词人中得以承续发扬,于是词之文体特色逐渐成熟并固定下来,婉约词也即成为词之本色当行之必然。

王国维认为"词至李后主而眼界始大,感慨遂深,遂变伶工之词为士大夫之词。"②这一论断屡经称引,切实肯定了李后主将词由普泛化、类型化的仅为雪儿春莺辈可歌的香艳歌辞转为个性化、士大夫化的抒情歌辞的贡献。就体制而言,南唐词制已经定型,与诗歌一样成为人们抒发情感的主要途径,就主体风格而言,南唐词呈现出深细幽微、柔艳轻灵的独有韵致,就表现方式而言,南唐词在表现艳情闺意的同时,也开始注重对自身生活境遇和精神境界的反映,虽尚不是全面展示,但对词体表现功能和领域的扩张却成为后世文人变革词体的主要方面,也是"以诗为词"的重要表现之一。这种创作现象表明词体的独立体现对诗歌传统的某种背离,但士大夫传统的儒家诗歌情怀又对这种背离产生一种无形的抗拒,使词体又不时地向诗歌回归。

曲子词初创期,词体尚未确立,与诗体混淆是一种必然的现象。中唐文人拘泥于儒家诗教,偶尔尝试填词,却完全以诗歌的思

---

① 《六朝风调与花间词统》,《文艺理论研究》2008 年第 4 期。
② 《人间词话》,第 25 页。

维模式对民间乐词加上改造,无助于词体特征之形成,创作极为冷清。晚唐五代,曲子词的社会需求量增大,甚至超越声诗成为席间宴会最为流行之曲词,涉足歌词创作的人越来越多,文人们依然用熟习的传统诗歌的语言及表现手法,用之于词之特殊体式中,体现了词初起时的对原有传统文体的依附性,在整体上呈现出诗词一体的状态,只是由于词体自身的形式、功能与音乐特点,风格与情调产生了些许差别。这种诗词一体的创作现象主要表现在晚唐诗歌的艳情化格调向词的倾斜,没成想却成为词体的主导风格和独立体性,成为后世对词体认识的最初模式。既然词之主体风格是长远以来形成的诗歌某种题材、风格和功能的放大集中,其中必然含有对诗歌各种因素的包容性,成为后人"以诗入词"创作方式的重要契机。南唐文人以词抒写一己的家国悲情、世事变化,即已呈现出词体在柔美艳婉的风致中向传统诗歌言志功能的借鉴与吸收,又因为创作主体身份地位与精神气质的相似,成为宋初台阁诗人的学习对象。总体而言,中唐文人尝试了词体的新奇味道,温庭筠开启了词体的独立之路,花间词奠定了词体的风格基调,南唐词启示了宋词的诗化途径,皆是在诗词的混融离合的状态中进展的。诗风与词体有着天然的联结,词很难摆脱对其母体诗歌的依赖,诗词一体化是唐五代词体创作的显态。

第二节　诗、词分合中的宋词

清田同之云:"诗词风气,正自相循。贞观、开元之诗,多尚淡远。大历、元和后,温、李、韦、杜渐入《香奁》,遂启词端。《金荃》《兰畹》之词,概崇芳艳。南唐、北宋后,辛、陆、姜、刘渐脱《香奁》,仍存诗意。"①指出诗词关系微妙难分,唐宋词的发展过程是词与

---

① 《西圃词说》,《词话丛编》,第1452页。

诗离合交织的过程。中晚唐词脱胎于古老诗歌，却也呈现出新兴文体的独立趋势。不过，在词体成熟定型的过程中，不时出现向诗歌靠拢的端倪，如韦庄、李煜就借词抒发自我独特的感受，意味着词体的表现功能向诗歌贴近，只是唐末五代时期，这种现象还只是一股暗流而已，人们一方面习惯于诗词的亲密，一方面又更关注新颖的《花间》词风，"以诗为词"的做法被遮掩在了温庭筠所代表的词体主导风格之下。北宋初承继南唐词风，表现为词体向诗歌的进一步融合，彻底完成由伶工之词向士大夫词转移，词向主流文化悄然回归，后来之文人，皆沿此路而下，或化用诗语、或借鉴诗法、或扩充内容、或变化风格、或提升格调、或以雅约俗，使词一直笼罩在诗歌的影响之中。综宋之际，词体虽成一代之文学，却始终深受传统诗歌的牵制，在其自身努力偏离诗教尝试独立之时，又不断地被涂上诗歌色彩，诗化之路未曾停歇。可以说，宋词就是在诗词不断的分离与合流中发展壮大起来的。

（一）以拓展功能与表现领域为核心的北宋词的诗化进程

五代以来，诗词开始分体，词体分离出了诗歌中的缘情内容，因之而阑入绮靡侧艳之科。虽然南唐君臣加入了传统诗歌的抒发人生感慨的志怀成分，但艳丽婉媚的词体文体风格基本确立。《四库全书总目提要·毛诗本义提要》评："词自晚唐五代以来，以清切婉丽为宗。至柳永一变，如诗家之有白居易；至苏轼又一变，如诗家之有韩愈，遂开南宋辛弃疾一派，寻流溯源，不能不谓之别格。"对晚唐五代至北宋的词体进程进行了梳理，在认定清切婉丽为词体特质的前提下，肯定了苏词在词史上的开创变革，同时否认了苏词的正宗地位，而只是词之一种别格即变体，正如韩愈诗之于唐代诗坛。显然，四库提要所认定的苏轼变体作品，当是引领南宋辛派词人的那类作品，也正是自宋以来人们通常认为的"以诗为词"的创作方式的产物。

　　宋初儒学兴盛，士风变化，词体出现百年低谷。王灼云："国初平一宇内，法度礼乐，浸复全盛。而士大夫乐章顿衰于前日，此尤可怪。"①这种现象是由社会风尚、政治环境和文坛风气等多方面造成的。虽然宋太祖的"杯酒释兵权"的决策引导了全社会从上至下的娱乐享受风气，更有利于合乐可歌的唱词的生存发展，但宋太祖对孟昶奢靡生活、五代沉湎声色的词风大加痛斥，又压制了人们对词体创作的热情。于是，即响应朝廷对淫靡艳冶词体的批判，又能丰富活跃文人闲适富足生活中的娱乐方式，大量应景酬唱的诗歌应时而出，如宋初流行的宋初三体多数是以唱和及小吟的酬唱作品，此种文坛风习自然阻碍了词体的创作和发展。即使产生了一些词体作品，也大多是以诗歌精神和传统表现手法进行创作，范仲淹《渔家傲》可为代表，开阔明朗的基调、边塞生活的展示，基本是诗人情怀的抒写。可以说，宋初八十余年词坛创作是"以诗为词"占据主流的创作时期，五代以来刚刚确立的词体特征似乎又消失了。

　　随着社会的承平日久，城市经济的高度发达，市民文化的极度勃兴，娱乐消遣的文化需求越发强烈，词体适时而盛，至晏殊、欧阳修等京都贵臣们在家宴友聚创作之时，词体娱乐功能逐渐恢复，词体的柔婉特质再次呈现，与五代南唐君臣之作极为接近。这并不是说，北宋前期文人对诗词有了严格分工，诗词风气有了严格区别。实际上，"北宋前期的文人在创作中对诗词体性功能的认识上，有一定程度的相似性，这种相似性表现在两个方面：一是相对于道德文章而言，诗词处于余事的地位，诗者道之余，词者诗之余；第二方面是诗词的娱乐功能都受到重视和开发"②。陈世修说：

---

① 《碧鸡漫志》卷二，《词话丛编》，第 82 页。
② 廖泓泉《简论北宋前期诗歌对词的影响》，《内蒙古财经学院学报》2003 年第 3 期。

"以清商自娱,为之歌诗,以吟咏性情,飘飘乎才思何其清也。"①认为词体即有娱人自乐的作用,也有吟咏性情的功能,基本代表了北宋时期人们的词学观念,主张词体亦应注重表达作者的主观思想感情,在晏、欧、柳、张四大词家的许多作品中都可看到更多的主体意识的参与,词体的表现领域和功能都有了一定程度上的开拓。如张先率先引入题序,提供了词作的创作情境,使词作具有了一定的情感指向,现实性与纪实感随之增强,已经开始突破了晚唐五代以来歌词主要抒写普泛化、模式化内容的做法,继续李煜抒发一体情感的写法,词体创作不再是纯粹的"男子作闺音"。他将主体精神纳入词中,全面地展现士大夫文人的日常生活,灵活地运用议论、叙说、比喻、通感等传统诗歌技法,以诗家语作词,风格凝重古拙,"始创瘦硬之体",可谓词史上的"古今一大转移也"②。张先词所体现的词风嬗变乃是宋初词与诗初步整合的趋势,此时的诗人们已在很多作品中改变了词体内容与词调的一致性,减少了词调对抒写内容的约束性,加强了词体表达内容的自由度和广泛性。

自《尚书·尧典》提出"诗言志",便成为我国古代文论家对诗歌本质特征的认识,具有兴、观、群、怨的社会功用,但对于北宋前期诗人来说,他们提倡文以载道,将讽时刺世、陈情表志的淑世情怀多附诸散文,诗歌主要用来表达优游自在、恬淡自适的文人情怀,与主情的词体有相通之处。所以,我们看到,北宋前期词人虽大致遵循着酒筵填词以佐清欢的花间词传统,有视词为游戏的心态,但在大量的闺情词、艳情词之外,词体的表现内容已有不少开拓。如范仲淹《渔家傲》的边塞题材;刘潜《水调歌头》(落日塞垣路)、李冠《六州歌头》(秦亡草昧)分别凭吊骊山和项羽庙,为咏史怀古之作;陈亚为流言所阻,仕途不畅,作《生查子·药名寄章得象

---

① 《阳春录序》,《词集序跋萃编》,第 15 页。

② 《白雨斋词话》卷一,《词话丛编》,第 3782 页。

陈情》向宰相章得象表达心曲；潘阆〈酒泉子〉〈长忆观潮〉、柳永《望海潮》〈东南形胜〉为题咏自然风光、都市繁华的词作；寇准的《蝶恋花》〈四十年来身富贵〉、王禹偁的《点绛唇·感兴》、范仲淹的《苏幕遮·怀旧》等，以及柳永和杜安世的羁旅行役之词充分写出了下层文士郁郁不得志的飘零感伤。另外，节令词、寿词、咏物词、题画词等也大量出现，诗歌的很多题材都已用词来表现。文人们的创作主体意识增强，抒写内容与自身经历、个体情感的联系越发紧密，并有选择地把诗歌的技巧手法、情感类型和体制格律引入词的领域，减弱了词体对音乐的依附，使词摆脱了单一的声色娱乐功能，成为一种新型的独立抒情工具。

除此之外，诗文革新运动力度的加大和影响的扩展，使唐诗的情韵之美渐被宋诗的理性意志所替代。受宋诗的影响，除个体人生感悟与世事沧桑之外，大量的哲理思致也开始进入词体。不少作品已超越特定情境和个人情感，如晏殊在日日歌舞欢宴之后，面对"一向年光有限身"之下的时空阻隔、美好易逝的无可抗拒的自然规律，千头万绪涌上心间，在风雨花草等的描写中寄寓着对人生哲理的探索；欧阳修更是在离宴别席中，感叹"离歌且莫翻新阕，一曲能教肠寸结。直须看尽洛城花，始共春风容易别。"（《玉楼春》）"浮世欢歌真易失，宦途离合信难期，尊前莫惜醉如泥。"（《浣溪沙》）仕途坎坷的悲感和生命凋零的忧患尽入词中。而一世沉沦下僚的柳永，许多词作中都充满了羁旅行役之思，同时为迎合大众及娱乐消遣之效用，又以其内容风格的卑俗和赋法写情的方式创制慢词，一定程度上变革了花间小令含蓄艳婉的风格。这些词作或疏放隽逸、或深婉沉痛、或寥阔高远，对生命无常的无奈、世事变幻的感慨、人情冷暖的体会等士大夫情愫大量加入到词体的抒写题材中。虽不离婉约词，却又在某些方面超越了婉约词，引领了词体新走向。可以看到，专注于闺情、艳情抒写的词体内容已被打破，词中出现的题材内容、情感意蕴与诗歌对壮志仕情的抒发渐趋吻合，已明显地具有"以诗为词"的创作倾向，真正开启了以诗为词的大门，为后来的苏轼等人导夫先路。叶嘉莹先生曾说："温、韦、晏、欧所经历的原是一种使歌词逐渐诗化的历程，他们所写的趋向诗化的词，大都是篇幅精简，语言含蓄，因之遂使词中之美女与爱情隐约有了一种托喻和理想的色彩。"①

当然，这一时期的人们在词体创作上还没有形成自觉的理论意识，除了题材上的扩充外，"以诗为词"最明显的方式就是大量化用和隐括诗歌词句，甚至语句的诗词同用。如杨亿的咏梅之作《少年游·江南节物》全词由僧齐己的《早梅》、陆凯《陇头吟》和李白《与史郎中听黄鹤楼上吹笛》三首诗歌中的句子组合而成；滕子京《临江仙·湖水连天天连水》中"气蒸云梦泽，波撼岳阳城""曲终人不见，江上数峰青"则完全选用了孟浩然的《临洞庭湖上张丞相》和钱起《省试湘灵鼓瑟》的原句；晏殊《浣溪沙·一向年光有限身》"满目山河空念远，落花风雨更伤春。不如怜取眼前人。"化用李峤"山川满目泪沾衣"及元稹《会真记》中崔莺莺的诗句"还将旧来意，怜取眼前人。"此类作品在北宋前期比比皆是。"寓诗人句法"既减弱了晚唐五代词字句上的浓艳色彩和脂粉气息，又保持了词的纤细柔媚的本质属性和情韵，形成具有诗歌语体风格的词作。汤衡认为自东坡始用此法，所见太狭②。如前章所论，"寓以诗人句法"主要指语言、句式的组合方式，是"以诗为词"的重要组成部分，北宋前期词在这方面已经开了苏轼等元祐词人的先声。

可见，"以诗为词"的提法虽因苏轼而起，但范仲淹词阔远的意境、晏殊词哲理的思索、欧阳修词疏宕的遣怀、张先词题材的日常化、柳永词章法的拓新乃至小晏词"寓以诗人句法"，在题材、语言、

----

① 《灵谿词话·论柳永词》，上海古籍出版社，1993 年，第 131 页。

② 如"元祐诸公，嬉弄乐府，寓以诗人句法，无一毫浮靡之气，实自东坡发之也。"见《张紫微雅词序》，《词集序跋萃编》，第 213 页。

结构、手法、功能、风格等方面,已表现出词的诗化趋势。之后,苏轼凭借着其豁达旷放的非凡气质、自由不拘的创作理念、高瞻远瞩的文学视野,将这一趋势张扬凸显出来,成为词体诗化的典型代表。

　　苏轼对文体的界域本有突破,这在其诗文中皆有体现,其初登词坛,就显示出破体之势,呈现"以诗为词"的创作倾向,所作的赠别、纪游诸作,已与传统词作的幽怨、缠绵不同,显得较为开阔、俊爽、深沉,是其内在性格与外在诗文革新运动的合力所促,多为无意识之举,或针对时上流行的柳词而来。随着对词体的越发关注和不断尝试,苏轼开始有意识的诗词并举,尤其采用吸收以气骨为美的宋诗异质入词,又突破了音乐对词的种种限制,进一步扩充词中所表达内容,让词可以同诗一样自由表达士大夫的心中之志,抒发各自的政治感慨和人生际遇。于是,我们看到,苏词所表达的情感领域不再局限在艳情、闲情、离情之上,诸如亲情、友情、宦情、羁情、怀古思悠之情、赏物游景之情,甚至农家生活、谈禅说理、自然万物等,皆在其表现范畴之内,真可谓无所不包,绚烂多姿。同时,苏轼在词中常常将描写对象与抒情内容,与自然、社会、人生等联结起来,并融入其特有的风致雅趣,通过进一步的妙思体悟,得出超越一般意义上的哲思理趣。其词体作品在缘情的范畴上得以扩大,从狭义的缘情向言志靠拢,进一步走向抒情的自我化,增强了词体的纪实性、日常生活化和交际功能,于是词的风格由婉媚柔美之外,又呈现出清新明丽、壮美雄阔的别样姿态,提升了词体的意格和境界。

　　与北宋前期文人不同,苏轼是有意识地努力追求一种不同于花间、柳词的新的审美风格,试图把词纳入文人士大夫的主流文化之中,从而加大了"以诗为词"的步伐。苏轼"以诗为词",不仅将诗歌的题材内容悉数引入词体,亦大量借鉴诗歌的创作形式和方法,如以诗律入词,打破词之句法,如其《渔父》四首(渔父饮、渔父醉、渔父醒、渔父笑），就将原来的七、七、三、三、七句法，改为三、三、六、七、六句法；《江城子·密州出猎》为更好地展现打猎场面与自身豪情，上下片一气呵成，完全不顾词体格局的上片起意、过片换意的常规。由于其作词完全依其内容的表达需要，往往忽视了词体的规则，这样就使苏轼许多词作常与其诗混淆难分，在历代词选中多可见到苏词被编入苏诗中的现象。

　　从以上分析，可以看到，苏轼作词很大程度上打破了诗词界限，得到了时人"以诗为词"的评价，但实际上，苏轼并未对词体进行无限制地扩充和放大。苏轼现存词作三百余首，其中真正属于豪放变体的作品为数并不多，大约只是我们大家比较熟悉的、人们常常提及的那几首，诸如《念奴娇·赤壁怀古》、《江城子·密州出猎》、《定风波·莫听穿林打叶声》、《满江红·江汉西来》等，其中宏大的气势、旷达的情怀、议论用典的诗歌笔法与精神气度，确实呈现出不同于婉约词的传统意格。类似这样的作品，在苏轼词集中所占比例极小，大约十分之一左右，而其他作品多为娱宾遣兴、秀丽妩媚之作，亦有清新隽永、淡雅流丽的面貌。如王世贞说："至咏杨花《水龙吟》，又进柳妙处一尘矣。"[1]王士禛评苏词《蝶恋花》（花褪残红青杏小）云："枝上柳绵，恐屯田缘情绮靡，未必能过。"[2]贺裳说："苏子瞻有铜琶铁板之讥，然其《浣溪沙》（春闺）曰：'彩索身轻长趁燕，红窗睡重不闻莺'，如此风调，令十七八女郎歌之，岂在'晓风残月'之下。"[3]这些都说明，"他（苏轼）只是在有限的程度上把诗体的题材走向与风格倾向导入词体"，"并未泯灭词体与诗体的界限"[4]。他还是坚守着诗词的大界限的，其词句中虽有"休将"

　　① 《艺苑卮言》，《词话丛编》，第 387 页。

　　② 《花草蒙拾》，《词话丛编》，第 680 页。

　　③ 《皱水轩词荃》，《词话丛编》，第 696 页。

　　④ 莫砺锋《从苏词苏诗之异同看苏轼"以诗为词"》，《中国文化研究》2002 年夏卷。

"莫听""何妨"等一些重语、硬语、直语,表达有时过于随意拙直,不加修饰。但太过刚劲的词汇、社会政治性太强的题材、过于直白的表达方式等在苏轼的词中还是很少见的,其大量的婉约本色词的存在也正说明了这一点。

在"以诗为词"的时风之下,苏门一派及同道之人也多具有回归诗学传统的意识。人们常常贬斥山谷词的淫俗,但山谷词中的一些雅词确是"以诗为词"的典型之作,他将江西诗派的句法、构思、运语等用之于词,在结构、旨趣、境界等方面与词的小巧、曲折、精致等距离较远,被李清照称为"着腔子唱好诗"。江西诗派三宗之一的陈师道的词作,亦有意涩、字僻、句硬等江西诗法的通病。王灼说:"陈无已所作数十首,号曰《语业》,妙处如其诗,但用意太深,有时僻涩。""世言无已喜作庄语,其弊生硬也。"①《四库全书总目》言:"其(陈师道)诗话谓曾子固、秦少游诗如词,而不自知词如诗。盖人各有能有不能,固不必事事第一也。"其词如诗,却言苏轼"以诗为词",非为本色,可知其在竭力往词之本色靠近,只是"强回笔端,倚声度曲,则非所擅长",其诗冥心造诣,深入内心,故虽有意为秦观之致,却无意呈诗化。王灼称:"晁无咎、黄鲁直皆学东坡韵制,得七八。"②点出了他们的词作大体延续了苏词"以诗为词"的路径,作品直说者较多,缺乏婉约缠绵之致。贺铸则将《离骚》的香草美人传统移入词体,其词又多从汉魏乐府入,从唐人歌行出,大量化用前人成句,普遍移植诗歌创作手法,运用音律变化、比兴寄托、健笔柔情等方式,形成了刚柔兼备、骚情雅意的词体新质。王铚《默记》:"贺方回遍读唐人遗集,取其意以为诗词,然所得在善取唐人遗意也。"③贺词的意旨沉郁而用笔飞舞的独特风貌正可从

---

① 《碧鸡漫志》,《词话丛编》,第 83 页。
② 《碧鸡漫志》,《词话丛编》,第 83 页。
③ 《宋元笔记小说大观》第四册,上海古籍出版社 2007 年,第 4567 页。

"以诗为词"加以观照。

即便如晏幾道、秦观、周邦彦等历来被认为是"本色"正宗的婉约词人，也不可避免地将诗歌传统带入词中，不自觉地流露出自己的生命情怀。晏幾道自言其词："作五七字语，期以自娱，不独叙其所怀，兼写一时杯酒间闻见及同游者意中事。"①"叙其所怀"即指自我情怀的抒写，"酒间闻见"即指并虚构想象之事，而是亲身经历、耳闻目见的真情实感，具有一定的纪实性，在恋情的背后潜隐着个体人生的失意与哀感。小晏词的总体倾向表现出对花间传统的延续，如专注于令词、词风偏于柔婉艳丽，但在个体情怀的抒写上靠向诗歌，并常"寓以诗人之句法"于词，有一定的雅化色彩。秦观词更是"将身世之感打并入艳情"，看似花间艳科的传承，但隐藏在普泛化艳情之中的世事悲慨、人情冷暖等个性化情感，以柔媚凄婉的词体抒写自己深沉郁结的人生悲感，亦是诗体精神的体现，同样是对诗歌抒情传统的回归。北宋婉约词的集大成词人周邦彦，其词以繁富精致的结构、典雅工整的语言、变化多端的创作技法将政治失意与生活悲欢赋诸词体，亦有个体抒怀的诗化倾向，只是清真词更多是借鉴了诗歌的传统技法，将苏轼词重词体文学功能的"以诗为词"的路径做了一些改变，其词的表现内容和意境格调有一定的收缩与回落，但却修正了苏轼词在音律、风格等方面的对词体的偏离，如其擅长引唐诗入词，集中亦多隐括唐诗之作，却能将诗语化为词意，如同己出，浑然天成，其高超的音乐才华又保证了词句与乐调的协谐。词在他手中，进一步音乐化、骚雅化和规范化，仍保持了词体的艳婉之致。故周氏作词虽仍具有"以诗为词"之嫌，但其富艳精工、雅致柔美的格调与词体本身相合，故被后人称作词体本色之模范，成为南宋以雅化为核心的诗化进程的标杆。

可见，北宋中央集权的加强，儒学道统的重建，诗文革新的开

---

① 《小山词自序》，《词集序跋萃编》，第 52 页。

展,涉及并覆盖了整个社会。词虽诗余和小道,是娱宾遣兴、聊佐清欢之工具,为宋人不耻,却也未能逃脱这张大网。人们已开始在高歌欢唱之时,有意无意地展示个体的人情世意,与词体在题材内容、文学功能、表现手法等词学传统方面发生了许多变化,体现了丰富多样的诗化色彩。虽然如此,却并未形成木斋先生所言:"当时,除少游体之外,其余苏门弟子,各从不同侧面取法东坡体,从不同方面取法于诗,从而共同构成了北宋中后期的'以诗为词'之大观。"①其实在东坡作词之时,其诗化词在当时影响并不大,其门下及当时文人对之有所关注,或有所模仿,有一定的诗化倾向,但诗化程度尚浅,评价亦少,一是本身词学理论此时还刚起步,二是这种现象非主流现象,并未引起人们太多注意,虽时有评说,但褒贬之意尚不明确,只是对此现象的一种陈述表明而已,人们仍痴迷于词体的传统婉约之韵味。至南渡以后,随着时代风气的转变,诗词歌坛的风气主流相应有所变化,于是苏轼的诗化之词才应运而得以广泛关注。

(二) 以雅化为核心的南宋词的诗化进程

宋室南渡以后,民族灾难、时代巨变极大地触动了文人士大夫们的生活,改变了他们的命运,也使他们的人生观、世界观与社会价值观有了很大的变化。半壁江山、背井离乡的现实进一步唤醒了他们救亡图存的社会责任感,强化了他们富国强民的政治使命感。这种生存心态投射至文学创作上,总体上体现出对文学社会功能的关注,作品开始与时代灾难息息相关。在这样的文坛大环境中,诗词一理、诗词相通等词体观念成为词学主流,词体功能也

---

①　木斋《论唐五代词向北宋词的演变历程——王国维"变伶工之词而为士大夫之词"之论的反思》,《四川大学学报》2009 第 1 期。

由歌颂祥瑞、应制征歌、风月花柳的娱乐消遣，向着抒怀言志的社会功用转变，词在抒写题材与社会功用方面得以比北宋更大的自由和开拓，走向更为多元化的诗化道路。面对巨大的社会变革，文人士大夫们不再沉浸于浅斟低唱、花前月下的词体传统，也没有心思进行字面的推敲和声律的探讨，词体狭义的缘情和倚声的合律被极大地突破，周邦彦等大晟词人刚刚建立起来的词体规范被破坏，词体不自觉地、不同程度地向苏轼"以诗为词"转化。

如前所述，苏轼的"以诗为词"在北宋并未得到足够的回应，靖康之变却激起了南渡词坛的强烈变化，以缘情为本位的词不期然地向言志转换，词的诗化成为一时的必然。南渡词人首当其冲地身受家国之变，多走上了词体诗化之路。李清照提倡词"别是一家"，重视词的音乐属性，批评北宋诸家的"着腔子唱好诗"，但其自具的文人士大夫情怀及亲历的国破家亡之痛，造就了易安词深刻厚重的诗情；南渡词人如陈与义、吕本中等，皆为江西诗派中人，词作有很明显的江西诗法的迹象，再融入漂泊生涯的个人体验，表现出比黄庭坚更浓重的刚直硬朗之气，更近于诗歌。中兴四大诗人中，爱国文人陆游"汩于世俗"，以诗余意识、游戏态度做词，词作内容与风格具有传统的缘情婉约情调，甚至有冶艳放荡之嫌，但在言情背后寓含着独特人生的个性体验，及失志不遇的浓浓悲感，是个人情怀与时事感悟的结合，是诗歌内容的适当补充，亦有庄重典雅之格调，是诗人的情怀和诗情的展示；范成大词以田园诗法写词，带有特殊的农家气息，写得明净清新、朴实平和；杨万里将其诗中"别才"转换为词之"奇致"，把诗歌的"活法"置换为词体之灵动，其词与诗一样具有活泼清丽、灵思妙想的格调。显而易见，三人皆将他们各自诗歌的特色移之于词。

真正被认为承继苏轼、稼轩前奏的是南渡词人张孝祥，他与陆游一样，作有大量酒席应酬之作，有些婉约之作甚而能上追晚唐五代，体现了视词为小道、艳科的传统观念。然而，张氏词作又常常充满着强烈的建功立业的雄心,富有社会人生、民族历史的责任感,与浓郁的生命意识交织,唱出时代的强音,既是诗歌的言志抒怀,又无一毫浮靡之气,自与粉泽之工大异,诗化色彩较强。乾道年间,汤衡与陈应行分别为张孝祥写成《张紫微雅词序》和《于湖先生雅词序》,言其词"寓以诗人句法""融取乐府之遗意"等,皆具定其词诗化之意,亦露将诗化释为雅化之势,这种态度似乎昭示了南宋中后期以雅化为核心的诗化路径。

　　靖康之难所造成的国家灾难和民生疾苦让人目见心伤,南渡之后的文人学士开始反思北宋词坛的创作,展开了对浮艳、轻狂、谐谑等词风的强烈抨击。王灼、胡寅极力称道苏轼立足于提高意格的"以诗为词",有"指出向上一路"的作用,曾慥、鲖阳居士等也纷纷反对侧艳之风,提倡雅词,在倡导"言志"的同时,强调返归"思无邪"的诗教精神。此时出现许多词集,皆不约而同地以"雅词"命名,如总集之《乐府雅词》、《复雅歌词》,别集之《紫微雅词》(张孝祥)、《书舟雅词》(程垓)、《宝文雅词》(赵彦端)、《风雅遗音》(林正大)等,词坛呈现出强劲的风雅潮流。人们常以雅化为诗化,不再单纯地如北宋一样关注于对诗人句法的借用,更上升至对乐府遗意的追溯,以意旨带创作,逐渐摒弃了淫艳、软媚和俚俗之风,形成以辛弃疾和姜夔为代表的两大词派,虽然在内容与风格上有所不同,却在诗化与雅化的道路上殊途同归。

　　辛弃疾以其独特的英雄气质、人格精神和激切情感写词,将词做为自己陶冶性情之具,在词中全面展示了一己的人生体验,把苏轼"以诗为词"的步伐迈得更大更快,突破了词为小道、诗余的传统观念,将词体的体物缘情、言志载道的功能发挥到极致,真正做到了无所不用,无所不能,将前线战事、剑戟队列与高山大川、风雨雷电以及内心的浩然之气、郁结之情结合在一起,造就了纵横一世、慷慨豪放的风貌。张炎《词源》云:"辛稼轩、刘改之作豪气词,非雅词也,于文章余暇,戏弄笔墨为长短句之诗耳。"①虽是从温柔敦厚的骚雅观念批评稼轩词的变格,却把握住了辛词"以诗为词"的实质。刘过、刘克庄、刘辰翁等人皆学辛词,接续词体诗化之路,多用事典,意象壮伟,议论纵横,笔力雄奇,格调雄健,然时失之于粗放。

风雅词人代表姜夔以清超的诗人笔锋,写出一种体制高雅的歌词,颇得后人称道。首先他突破了词体以词就曲的传统创作方式,或以曲就词,为情作词,更加突出了词体的文学意义。其次,他以江西诗法入词,意象的选择、语言的锻炼、结构的组织、意境的营造,无不呈现出宋代诗歌的审美理想,是"以诗为词"意脉的延续,其清空骚雅之格调正根源于其诗法。白石词不为情所役,使词贴近言志,又守词体缘情之规,不过度抒怀,失之于伉,故情志合一,脱尽尘俗,形成清冷飘逸、雅正蕴藉的特点,成为词体规范及理想境界,引领史达祖、吴文英、周密、王沂孙等一派词人。

可见,南宋词除了抒写花前月下、男欢女爱、相思离别的传统题材,亦有大量个体的生存感受和家国之悲的展示,表现了对国家命运、民族情怀的关注,甚至将边关战事、政治事件等也援之于词,不自觉地拓展了词之缘情范畴,几近于诗之言志。与此相应,词体主流创作手法也有所变化,字句、章法不再是作者的重点关注,托兴寄意始受重视,在精致、轻巧、狭隐之外,更添开阔、拙朴、直露等特点,词之体性有向诗之境界靠拢的趋势。当然,南宋在理论和创作虽然呈现了诸多词体诗化的色彩,但并不是说就是大一统的诗化天下,晚唐五代建立起来的词体传统依然占据主流,受到诸多词家的维护,即如辛派等诗化词人亦存有大量的适合"雪儿、春莺辈可歌"的艳婉之作,风雅词派更是追求较为一致的温婉风味,表现出更为自觉地遵守词体规范的意识。虽然如此,词体诗化却从未停歇过它的脚步。

---

① 《词话丛编》,第 267 页。

（三）金词诗化色彩的加强

在南宋词进程中，我们不能忽略了与之同处一个历史阶段的金词，其中所展示出来的诗化色彩与南宋词坛极为相似，或更为明显。女真族建立起来的金朝，整个官僚体制基本是唐宋以来的汉族模式，金朝培养起来的一代文人，无论隶属哪一民族，大都以华夏文明为正宗，身上所承载的仍然是中国旧有的文化传统，是汉族文化的一种延伸，作为文学之一支的词体，自然也是承续了北宋词的余脉。只是由于时代环境和历史条件的差异，表现出对北宋词传统的发扬和新变，形成和同一阶段的南宋词相比更为特殊的色彩。

北宋灭亡，大批文人士子被迫离家南迁，也有一些文人因各种原因留在北方，像吴激、宇文虚中、蔡松年父子等，以不同方式承接北宋词风范，开启了金词百余年的词史。他们的作品直接词体传统的流风余韵，或绵丽婉约，或珠润凄婉，或媚巧秀姿，同时也因特殊的人生经历和地域文化浸染，流露出疏快排荡之势，呈现出诗化色彩。如吴激名篇《人月圆》："南朝千古伤心事，犹唱后庭花。旧时王谢，堂前燕子，飞向谁家？　　恍然一梦，仙肌胜雪，宫髻堆鸦。江州司马，青衫泪湿，同是天涯。"化用唐人诗句，浑然天成，沉痛疏宕，与"应怜我，家山万里，老作北朝臣"（《满庭芳》）一样皆为感慨身世之忧愤之作。蔡松年则有意识地效法苏轼词风，用词表达萧散超然、达观闲逸的情怀，有不少步韵追和东坡词的作品，如《水调歌头·安石在东海》、《念奴娇》（倦游老眼）、（离骚痛饮）等，皆表现出纵横飘逸、激切昂扬之气，对随后的金朝词人产生了重要影响。

宋室南渡，苏学传于北，人们大多景仰苏轼的人品气度，崇尚阳刚放旷的审美理想，自觉认同苏轼的词为诗之裔的诗词一理观，主动学习苏轼"以诗为词"之创作方式,又深受沉郁顿挫之杜诗的浸润,所成词作体现出侧重言志、偏于豪放的诗化倾向。在这方面,元好问堪称苏轼"以诗为词"最杰出的继承者,尤其晚年词作更是如此。遗山词秉承苏、辛词的言志传统,感慨于故国沦亡与个人飘零,通过个体切身感受呈现出中州历史变迁,增强了词体的叙事功能,扩大了词的表现范围,提高了词的艺术表现力,透露出作者心中无法掩抑的历史幻灭感与人生悲感。其《摸鱼儿·楼桑汉昭烈庙》《清平乐·太山上作》《木兰花慢·游三台》《临江仙·自洛阳往孟津道中作》等作品皆是述怀兴感之作,语言的朴拙、古雅,情思意趣清峭健爽、深沉浓郁,可谓"古诗之余响"。①

得益于词人的特殊经历,以及中州独特的地域环境和历史文化传统,金词表现出其特有的审美理想,对宋词进行了变革,完成了本土化风格的建构,呈现出以诗为词的主流趋势。清人厉鹗曾道:"《中州乐府》鉴裁别,略仿苏黄硬语为。若向词家论风雅,锦袍翻是让吴儿。"批评金词借鉴了太多的苏黄硬语,有损于词体的语轻句媚的本色,却也指出了金词的诗体质素。

(四) 宋代诗、词雅俗走向的文化成因

宋代是中国文化的一个转型时期,在承续传统文化的同时,又从根本上对之产生了冲击,正统雅文化悄然暗转,俗文化渐成主势,在这种独特的文化环境中生存的文人的外部面貌和内在精神都发生了明显的变化,文学作品亦体现出其不同前代的气质与内涵。在同样的时代环境中生存发展的宋代诗词,显示出大致相似的兴衰轨迹,如宋初的学晚唐体与词之创作低谷、北宋中期的诗歌

---

① 毛凤韶《中州乐府后序》道:"《中州乐府》作于金人吴彦高辈,虽当衰乱之极,今味其词意,变而不移,悯而不困,婉而不迫,达而不放,正而不随,盖古诗之余响也。"。

革新大潮引来的宋诗繁荣与词之兴盛、北宋末年的江西诗派的独立与周邦彦之凸显、南宋诗风的流派对立与词体的婉约与豪放的并举等，从中似乎也显示了诗与词的相对一致的走势，或者可以说，诗与词本为一体，二者是荣辱共命运的。有意思的是，宋代诗词在相同的文化背景下，在相互影响下呈现出诗词的互动现象，但在各自发展轨迹上却呈现出相异的发展态势，尤其在雅俗层面上引起了诸多学者的关注和争议，成为宋代文学研究中一个极为重要的命题。

1. 宋型文化与士人心态

现今学界中，宋型文化已是约定俗成的工具性概念，特指宋代独特的文化精神内涵，是一个与前代文化传统有着深刻差异的新的文化类型，在中国文化史上是一个具有划时代意义的文化转型，各种文化因素相应产生了深刻的变革，对士人意识形态产生了深远的影响。"宋型文化首先体现在完成了从唐代开始的中国传统文化主流的儒、道、释的融合，并且形成了民族本位文化的理学思想。"①宋代文士既遵奉儒学，又兼爱释道，对儒、释、道关系的深刻理解，是宋代文士在集权政治强化和理学思想盛行的文化背景下，自我调节的根本保障。面临着自中唐以来的信仰危机，宋代文化精神开始由传统的外在宇宙论本体向内在心性论本体转型。儒学与释、道二教以心性为契合点，在思想的层面上进行融合，从看重外部事功转向注重内心修养。

在封建正统思想那里，经邦济世、建功立业无疑是雅道，而怡情养性、自我娱乐显然是俗谛。儒家的淑世精神使宋代文士积极用世，而道家的清静无为和佛教自觉解脱的主张，又使他们能超然对待人生的荣辱得失。在他们看来，个体生命的意义，既可通过社会事功来实现，也可在内心的适意自足中去求得，二者不再是不可

---

① 刘方《宋型文化与宋代美学精神》，巴蜀书社，2004年，第4页。

调和的矛盾。于是兴趣广泛且饱学多能的宋代文士,就有了比前代文人更多的转移和释放外界压力和内心苦闷的方法。他们在热衷政治和享受生活的双重追求中轻松行世,体现出恪守封建政教、注重修身养性与放纵情欲本能、享受日常生活的雅俗矛盾二重性,整个社会遂形成了重实际、重致用以及世俗娱乐化的思想倾向。

同时,作为文化传承与创造的主体构成在宋代发生了根本性变化。寒门庶族士子构成了宋代权利核心的主体成分,官僚、文士与学者三位一体成为他们的总体特征①。这一具有平民文化与淑世精神的新的宋代士大夫群体即时代的文化主体,使宋代士人心态与主流意识形态呈现出一种对传统文化既亲和认同,又疏离悖反的矛盾互补现象,最终影响并塑造着宋代文学的基本面貌和文学思想。一方面他们仍深受传统儒家正统思想的浸润,努力恪守封建政教规定的伦理道德,文道合一成为文学家的共同要求,对品行、节操、人格极为推重。再加上宋代文化的高度成熟与宋代士大夫的极度学者化,宋代美学思想日益追求雅致。而在崇文重教国策和商品经济高度发展的诱导下,文士们的价值观念产生了新变,娱乐享受成为士林的合理要求和自觉追求,不同程度上显露出从流媚俗的情趣,与传统美学相对立的俗化倾向应时而生。

较前代而言,宋代士人的心态呈现一种对立互补的二元化格局。他们从小接受传统文化教育,却在世俗生活中历练,在自身拥有强烈的崇雅思想的同时,也具有一定的媚俗倾向,于是在他们的作品中表现出明显的与传统诗教的矛盾现象。宋代士人在文化人格上都尚雅忌俗,而在文学艺术上却多主张"以俗为雅"或雅俗兼融,如苏轼说"人瘦尚可肥,士俗不可医。"(《于潜僧绿筠轩》)但作诗却说:"诗须要有为而作,当以故为新,以俗为雅。"(《题柳子厚

---

① 刘方《宋型文化与宋代美学精神》,巴蜀书社,2004 年,第 5 页。

诗》)黄庭坚等人皆继承了此种思想①。就一般文人来言,其思想
言论及其潜意识与其创作实践之间已形成矛盾甚至逆反现象,如
苏轼、周邦彦、辛弃疾、陆游等发表过诸多维护传统诗教传统的言
论,而在他们身后却仍然留下了大量的世俗之作。这种在文化人
格上的尚雅忌俗和文学艺术上的以俗为雅,体现了雅正意识与世
俗审美之间的冲突,是文化雅俗观与艺术雅俗观在作家头脑中碰
撞的反映。宋代作者在艺术审美上对俗的吸纳,表明通俗文学的
审美趣味已经深刻地影响到传统思想文化。

　　教育与刻版印刷的普及给宋代市民阶层创造了更多学习甚至
创造文化的机会和能力,不断扩大文化消费群体,促进了大众俗文
化的发展,并引发了一系列与雅文化的美学精神迥异的审美趣味。
而宋代文士阶层与生俱来的雅俗二面性,以及与市井俗民的交流,
更使得精英高雅文化与大众世俗文化日益融合。于是,适应文学
创作与文化消费的需要,在士人的介入下,世俗文艺得到不同程度
的提高或者说雅化,以符合传统文化的要求。同时市民阶层的模
仿与创新,又使传统文艺得到不同程度的俗化,从而迎合士人的享
乐情趣和大众的消费心理。

　　宋代文化"即呈现精英文化向通俗文化靠拢,通俗文化向精英
文化渗透的大趋势"②表现出强烈的雅俗文化的交融,士大夫新的
精神风貌与生活理想在艺术审美领域中产生了新变与转型。以追
求内圣、精神的圆满自足为目标的宋学,构成了宋型文化的基本内
核,而农耕文化土壤之上的经济发展、农业革命、消费性的城市经
济、士大夫阶层的复杂成分等方面,则构造了宋型文化的物质基
础。这种精神的自省与自足和物质的消费与愉悦,往往会使得宋

---

　　① 如黄庭坚《书缯卷后》:"士大夫处世可以百为,唯不可俗,俗便不可医也。"又《再
次杨明叔韵·引》:"以俗为雅,以故为新,百战百胜。"
　　② 沈家庄《宋词的文化定位》,湖南人民出版社,2005年,第25页。

代的美学思想与实际观念产生某些差异或者矛盾,但此种差异和矛盾又可以通过内修的途径进行调和。① 所以,宋人既多媚俗从俗的欲望与行为,又有平衡、协调雅俗的理智和能力,于是内敛的心态、高深的修养、富足的精神与丰厚的待遇、自由的生活、世俗的享受相结合,使雅致和世俗成为宋代文士审美意趣与生活情趣对立统一的两个基本点,二者虽于外在形态上表现为冲突,但实际上是和谐共存的,这样就造就了宋代文人独特的心态。

2. 诗俗与词雅的转变成因

唐诗创造了中国诗歌史上的最辉煌的时刻,宋人必须积极创新,才能走出自己的道路。从宋初的模仿到后来的独辟蹊径,宋人走的是一条往纵深开掘的道路,最为成功或最有特色的就是对日常生活的吸纳和展示。从梅尧臣、欧阳修到苏轼,从黄庭坚、杨万里到四灵和江湖诗派,宋诗的选材角度日益生活化,精神呈现日益平民化,方法表达日益浅显化,品格追求日益平淡化,情趣展示日益世俗化。在他们看来,生活中的雅俗之辨应该注重大节而不是小节,应该体现在内心而不是外表,因而信佛不必禁断酒肉,隐居也无需远离红尘。审美活动中的雅俗之辨,关键在于主体是否具有高雅的品质和情趣,而不在于审美客体的高雅与凡俗。黄庭坚说:"若以法眼观,无俗不真。"(《题意可诗后》)审美情趣的转变,促成了宋代文学从严于雅俗之辨转向以俗为雅,进而雅俗相融,宋诗堪为代表。

真正的宋诗面目在欧阳修、苏轼等人手中基本成型,之后黄庭坚便开始了对诗歌的俗化,陆游在诗中更多的是用明朗晓畅的语言,甚至浅近滑易的语言去表现对日常生活的热爱,身为理学家的杨万里也大量采用浅近明白、近于口语的词句显示大自然的灵性与谐趣,范成大更是以自然清新的农家语成就了一代伟大的田园

_____

① 刘方《宋型文化与宋代美学精神》,巴蜀书社,2004 年,第 30—33 页。

诗人。南宋后期,永嘉四灵和江湖诗派的作品则更加的世俗化,无论是表现情调的亲切凡俗,还是浅易率真的艺术风格,都更能显示出世俗的气象和情调,可以说是宋代诗歌俗化的代表人物。宋诗中"以俗为雅"的命题,扩大了诗歌的题材范围,增强了诗歌的表现手段,使诗歌更加贴近现实日常生活。可以说,俗化倾向成为宋代诗歌发展的主导方向。

在宋代这个特殊的文化环境和氛围中兴起和繁荣的词体文学,则更是充当了雅俗两大文化传统结合的媒介,宋型文化那种精英文化与世俗文化的交流互动,以及雅俗两种文艺价值观的交流和融合的最基本特质,正是在词体文学上表现得最为直接。北宋词人,多应酒宴之间歌儿舞女的要求,当筵填词演唱。作词是随意性的应酬,是业余的娱乐消遣,是无遮掩性情的流露,语言明白浅露,少有意外之旨。南宋词作,多文人墨客间相互酬唱或结社应酬的结果,他们匠心巧运,意内言外,传达词人的曲折心意,多用比兴寄托之手法,接绪风骚,归之诗教,喻托传统,重现风雅,逐渐成为文人案头的雅致文学。尤其到了南宋后期,词的雅化达到了极致,清雅、古雅、淡雅、骚雅等词汇成为人们褒扬词作的常用语言,并受到广泛的认同和大力的推崇①。总体上看,从柳永到苏轼,再从周邦彦到姜夔,词明显地表现出从俗到雅的发展进程,这恰与宋诗相反。

可见,在文化转型的宋代土壤上发展起来的诗、词,走着不太相同的道路,而雅与俗成为二者进程中最大的也是最为人注目的区别,但无疑,二者都无法摆脱时代文化的印迹。一个时代的代表

---

① 南宋词集大量以雅词命名,并不断有词论家对雅化理论进行阐述,如张炎《词源》:"词欲雅而正"、"雅词协音,虽一字亦不放过"。沈义父《乐府指迷》:"康伯可、柳耆卿音律甚协,句法亦多有好处,然未免有鄙俗语。"皆肯定词体创作思想规范的雅正、词调音律的规范、语言修辞的文雅和品格气度的高雅。

文学是最能反映该时代的文化特质、最能体现这个时代文化新的发展方向和发展情境的文体,而词之所以成为宋代的代表文学,也正因为在词体身上,可照见出产生于宋代的新的文化观念和价值取向。

我们可以看到,从思想观念上讲,以追求政治功能,讲究道德教化,崇尚雅正和婉为主要特征的儒家文学及其审美理想,对诗词有着很强的限制和引导作用,使得不论宋诗的以俗为雅、雅俗相融,还是宋词的以诗为词、化俗为雅等,都表现出强烈的对传统诗教雅正思想的回归和亲近。然而在创作实践上,二者却又都表现出与儒家文化传统相悖离的一面,如低级浅俗的内容、世故庸俗的境界、浓艳俗靡的情调、浅近率露的风格、消遣戏谑的精神、游戏娱乐的功能等,这一切无论在宋诗还是在宋词身上都有比较明显的表现,传达出与以言志、载道和抒怀为主要特征和功能的传统文学冲突矛盾的倾向。这种现象的出现正与宋代雅正与世俗两种文化融通的特点相合,是与宋代社会文化的发展相适应的文学表现。

中国的传统文化有着浓重的崇雅黜俗的审美价值取向,人们在涉及具体文学现象或作家作品时,常常有明显的褒雅贬俗的倾向。然而随着文学的自觉性、独立性和功能性的日益扩大,传统雅俗观念也遭到了强烈的反拨。尤其到了宋代,随着文化的转型,所谓的大众文化得到越来越多士人的喜爱,文化消费呈现出多元化的格局,于是雅俗界限逐渐模糊,概念也逐渐含混。雅俗的互动和消长日益成为人们认识文学发展规律的一种参照,促进着人们对雅俗问题的深入思考。

尽管如此,从古至今,在对文艺作品进行评价时,雅正始终是评价高低的一个最重要的标准。无论诗、词,凡俗浅近皆受到批评,传统诗教的观念可谓深入人心,不仅在思想内容上受到儒家文化的渗透与投射,而且在艺术表现上也体现出一种以儒家文化传统为依归的,不断调整与适应的发展进程。典雅、含蓄、婉约的艺术风格之所以被后世文人及理论家奉为正宗,正在于它与儒家传统的文艺观念及审美理想相契合,因而得到儒家文化和士大夫文人的认同和发展。因此,宋代诗词的俗化是对儒家文化传统的一种突破或反动的结果,但同时又加深了儒家文化对它的排斥和鄙弃,最终仍然会回归于对雅正的追求上。所以,元明词的浅俗和清词的倡雅造成词体的衰落和中兴已成定论,学者们亦论证了明清诗歌的难达雅正之势即是诗歌不振的主要成因。

　　然而,雅和俗只是相对而言的概念,我们很难确定其确切的定义和范围,因而人们在用雅俗这一对立概念来进行诗词评价时,或因二者不同的文体特点、发展进程、功能和地位等方面的差异,形成不太一致的标准,或忽视二者之间的差异而混为一谈。这种雅俗观念评价标准的不同常常会导致人们对文体认知的区别或不公。比如人们对宋诗雅正的标准常常定位于其言志的思想内容上,言诗俗,是以语言形式为主要,情感内容是其次,所谓以俗为雅,雅不避俗;对宋词清雅的标准却往往定位于其言情的表现手法上,说词俗则是以内容为主要,语言形式其次,所谓以雅救俗,也就是说一个比较关注内在,一个更多注重外观。可见,针对不同文体的雅俗标准,由于涉入的角度不同,其具体内涵会有所差异。这种要求的不同和标准的差别,或许多少能显露出人们对宋代诗词的文学地位高低和文学功能的认知。

　　另外,宋代诗词处于不同的发展阶段,也是二者雅俗走向产生差异的一个原因。诗歌是中国最古老的文体,经过数千年的演变,到唐代已达到其极致。于是具有强烈变革和创新意识的宋代文人展开了对唐诗的新变。这种新变,其关键正是宋人"以俗为雅"的审美观念的改变。只有以俗为雅,诗歌才能具有更为广阔的审美视野,实现由俗向雅的升华,或者说完成雅对俗的超越,最终仍然回归于儒家传统的文化审美中。

　　词在宋初才开始定体,人们对它的认识尚不太明晰,在思想内容、表达方式、表现手法、艺术风格等诸方面有一个摸索、定型和发展的过程,经过北宋诸家词人的多种尝试,词的文体特点彰显出来,在这一过程中,士大夫的思想感情、审美情趣、欣赏口味等,促成了词体整体面貌的改变,词遂由通俗的音乐文学逐渐变成了士大夫抒情言志的一种文学形式,雅化的趋势日益明显。而至南宋中后期,以雅化为主要内容的尊体之风几乎贯穿始终,在姜夔及格律词派的努力下,词最终成为一种可以与诗相提并论的文学体裁,至此词亦成为体现雅文化的一种文学样式。

从宋代诗词的雅俗发展进程可以看出,虽然同属一个文化类型,但由于二者所处的发展阶段不一样,导致其雅俗的进展及要求的不同。这种不一致的现象,表明或印证了文学发展的一个普遍规律,即任何一种文体都是来源于民间,俗都是雅的前奏,之后文人开始对其进行文人化即雅化,从而使其更加优美,更加文学化,更加艺术化,雅成为俗的发展或提升。但当雅文学发展到一定程度后,往往会走上僵化的道路,于是有意识的文人又开始向民间俗文学学习,汲取一些新鲜的血液,由雅而俗,使文体重新焕发生机,这既是俗对雅的革命,亦可说是雅对俗的改造。只有这样,文学才能始终具有发展的动力,永远充满生机和活力。

由此可见,文学及其创造者往往会受社会文化大环境的影响和制约,但文学的独立性与文人的前瞻性又常常会营造一种文化氛围,甚至引领一种文化时尚。诗与词,在宋以前,分属于雅文学和俗文学两个系统,然而在宋型文化中,诗、词通过二者不同的走向,在一定程度上引导了两种文化的融通,从而带动了文化各个方面的改变。在以往的研究中,我们往往更强调文化对文学的影响,而忽视了文学的这种强大的导向作用。

3. 雅俗冲突与文化环境

所谓文化构型,是指文化的内在整体结构,是文化各因子的综合整体。任何时代的文学都是该时代文化构型的一个有机组成部分,为文化建构过程中的整合作用所驱动,又以自身的变革参与文化建构,形成双向的同构运动。任何一个时代的文化,从来都是由不同阶层、不同层次的雅文化与俗文化组成的,都是涵盖所有物质与精神的传承创造的,宋代文化当然也不例外。从礼乐文化的贵族文学,到道德文化的精英文学,再到大众文化的世俗文学,一个时期的文学特点无不与当时的文化面貌相一致①,尤其与文化的雅俗问题密切相关。一方面,雅俗观念作为一种社会意识形态,始终影响甚至制约着文学的发展,另一方面,文学自身规律的发展,又促使雅俗观念等审美意识发生变化,以适应变化了的客观现实,或对文化走向产生一定的推力。宋代文人们有意识地降低身份,去抒写文化品位较低的词体,从这点来看,他们这种从众或者说媚俗的作法,已显现出正统文化开始裂变的趋势,表现宋型文化的独特性。

就具体文体而言,诗、词、曲等确实存在着由俗而雅,进而走向衰落的现象。而从文学整体发展来看,文学主流的发展是雅俗二因素不断的交融,宋代文化的转型就在于雅与俗两种文化开始共同发展,不再是完全对立,势不两立了,二者既有区别,同时又密切联系,并不断地进行着双向交流,从而改变了以往无视俗文化的雅文化一统天下的格局,使得雅俗贯通、雅俗互融的审美理想初步形成,并进而成为中国文化的主导倾向。从某种意义上来说,雅俗矛盾及其变化正是宋代思想文化的最典型特征。文化的转型促成了种种雅俗矛盾并伴生着各种调和手段,而这些雅俗矛盾的变化及适时地调整,反过来又促进了宋型文化的深化和凝结。宋以后,整个文化环境趋于世俗化,中国文体的发展也开始日趋通俗,戏曲、小说等受众群体繁多的文体逐渐走上舞台,以其雅俗共赏的优势

---

　　① 参见王齐洲《雅俗观念的演进与文学形态的发展》,《中国社会科学》2005 年第3 期。

渐渐地占据了前沿位置,文学的娱乐功能和审美功能得到了高度重视。虽然受儒家传统思想文化的制约,在观念上文人们依然轻视这些所谓的俗文学,但事实却是这些文体的不断发展壮大和日益繁荣。由雅趋俗,即从贵族走向精英,从精英走向大众,文学文体越来越通俗化,文学消费越来越大众化,这正是中国文学发展的基本趋向。宋型文化的产生,不仅引起传统文化结构的内在变革,而且为以后明清传统文化的发展奠定了基础。

"诗庄词媚"是人们对诗、词的大致定位,既描述了二者外在体貌差异,也反映了二者的文体主要功能,即"诗言志,词言情"的差异。作为中国最为古老和正统的文学样式,诗歌长期以来坚守着温柔敦厚的儒家诗教,诗人关注现实、反映民生,以强烈的主体意识和严谨庄重的创作态度,表现自己的政治怀抱、精神格调等社会性内容;与之相比,新兴词体则对儒家诗教有所背离,着重将笔墨倾斜于对个人私密化情感的抒写,尤其情爱相思、个人幽怨成为其最主要的描写对象,形成较为狭窄的表现内容和较为单一的风格特色,给人一种媚俗游戏之姿态。随着文人大量走入词体创作中,他们心中固有的诗歌精神自然会渗透至新兴文体之中。

宋词诗化的表现形式可谓多种多样,既是古典诗歌的强大文化传统所致,也是宋词走向雅化过程中的必然经历。文人们将诗歌的创作规范移用于词体,以诗人话语方式和思维模式改造词体,苏轼、辛弃疾等所谓变格词人的成功之作,自然是"以诗为词"最突出的范例。即使是大家一致公认的本色词人,如秦观、李清照、姜夔等,也都程度不一地有意识地引诗入词,从而丰富了词的表现手法和风格取向。尤其是姜夔,既以江西诗派的瘦硬诗风挽温、韦、柳、周词的软媚之失,又以苏、辛的阳刚之气入传统婉约之作的柔婉之质,抹去"以诗为词"之外在痕迹,深入至词体内核,尤为后人称道。

由此可见，宋词的创作进程是伴随着诗化同行的，词体已更多地融入了词人的主体精神，也展现出旷达豪放的异调风采。然而，终宋一代，艳情仍为词体最佳选择，缘情仍是词体主体功能，婉媚仍是词体主流风格，词很大程度上保存着其文体独立性，这正是宋词能成为一代文体的最根本的原因。宋词的繁荣一方面表现了唐诗阴影下的宋人对诗歌的强烈变革精神，另一方面彰显了词作为一个独立的文体所具有的极大开放性，词在极力保存个性色彩的同时，又以其包容与创新实现了词与诗的高度结合，同时又为新的雅俗兼备的文体——曲的孕育作了充分的准备，为曲成为元代之盛提供了可能性依据。正如木斋先生所言："一部唐宋词史，就是一部与诗体借鉴与分合的'以诗为词'史，只不过借鉴与分合的角度、内容有所不同而已。"①

第三节   诗、曲夹缝中的元词

纵览几千年的中国文学史进程，不断有新的文体产生，新旧文体之间绝不是互不相扰地独立发展，尤其处于同一时代的文体之间，常常有颇为密切的互动关系。而不同时代的文体关系又有着各自特殊之处，如前章所述的宋代的诗、词之辨以及"以诗为词""以文为词"等，即是在宋代文化思潮下的诗词关系。金元之际，诗、词关系基本上与南宋的雅化趋势大致类似并有所强化。到了元代，文坛上除了传统的诗、词外，又有了散曲的加盟。散曲一经产生，便以其强大的生命力向诗词发起冲击，诗、词、曲在韵文领域鼎足而三。伴随着诗、词、曲三体并行格局的形成，词体不仅面临着诗体的浸染，亦受到新兴曲体的冲击。处于渊源流长的传统诗

---

① 木斋《论唐宋词的诗体借鉴历程——以温韦、晏欧、少游、美成体为中心线索的探讨》，《社会科学研究》2006 年第 3 期。

体与正值兴盛、备受关注的流行曲体之间,元代词体面对着前代所未曾遇见的尴尬境地,呈现出诗化与曲化的双重嬗变。正如赵维江先生所言,"曾盛行于两宋的词体文学,在元朝受到北方文化的熏染,其文体的性质、功能及表现形式等方面皆发生了某种变异,突出地显示为一种类诗与类曲的特征"①。于是,"沈谦所谓的'诗、曲入词'自然成为一种带有普遍性的现象,构成了元代词坛的一道奇光异采"②。相对于唐宋词而言,元词的发展历程愈发地复杂了。

(一) 元词的诗化倾向

北宋灭亡后,南北不同地域的词人们从不同的方向沿袭了北宋苏轼开启的词体诗化之路。南宋文人在创作实践和理论探讨两方面大力提倡词之雅化,追求词作的主体人格的高洁、生活情趣的雅致,大力排斥世俗浮艳之风,体现出由缘情向言志的转变。金朝文人深受汉族传统文化浸染,又接受了苏学,主张诗词一理,词作亦表现出对言志抒怀的诗化侧重。尤其,两地的遗民词人更是将家国灾难、人生苦痛等大量写入词中,延续并强化了词的言志功能,对元词产生很大的影响,使之在创作方式、文体功能和表现形态上,呈现出更浓的诗化色彩。

赵维江先生将元词的"所谓类诗"归纳为"词体形式上的徒诗化、内质上的言志化和语言上的古雅化"③。随着词乐的逐渐衰微,很多乐调的音谱散佚,已无从知晓,很多人作词不再遵循以乐定辞的创作方式,或者准确地说是没有能力按乐调填词了,人们基

---

① 赵维江《类诗与类曲——论词体特征在金元时期的嬗变》,《阴山学刊》2001 年第 6 期。

② 陶然《金元词通论》,上海古籍出版社,2001 年,第 244 页。

③ 赵维江《类诗与类曲——论词体特征在金元时期的嬗变》,《阴山学刊》2001 年第 6 期。

本上是依照前人词作的格律进行创作。这种现象的出现昭示了词与音乐的逐渐分离。至宋末元初,沈义父就已指出:"近世作词者不晓音律。"①张炎也感慨于"古音之寥寥"②。至元代中期,虞集《叶宋英自度曲谱序》云:"近世士大夫号称能乐府者,皆依约旧谱,仿其平仄,缀辑成章,徒从俚耳。乃若文章之高者,又皆率意为之,不可叶诸律,不顾也。太常乐工知以管定谱,而撰词实腔又皆鄙俚,亦无足取。"罗宗信《中原音韵序》亦谓:"学宋词者,止依其字数而填之耳。"更是说明元代大部分词人都已不能严格按谱填词,甚至词体格律都时有乖离。不用顾忌乐调,只参考文字格律的作词方式,进一步拉近了词体与近体格律诗的关系,词体诗化的运行轨迹从创作的起点即已开始了。

词体与音乐的关系疏离在很大程度上缩小了词体功能。词本初是用来在酒筵歌席上由歌女助兴演唱的,具有很强的娱乐与社交功能,与缘情共同构成词体的主体功能。在文人大量创作歌词后,词体在保持应歌应社的基础功能的同时,缘情与言志功能有所提升,既可表情达意、言志抒怀,亦可侑酒佐欢、社交酬唱,形成宋词颇为丰富的社会功能。至元代,词的诸多功能并未消解,只是某些功能的效用产生了较为明显的变化。

我们知道,元代是曲学的天下,虽然词与曲在元代同时歌唱,并行不悖,但无论是市井集会娱乐,还是文人宴会消遣,曲体都很大程度上取代了词体的位置,成为社会最流行的娱乐形式,抢占或侵蚀了词体的大部分应歌功能。即使歌伎们也由唱词改为以唱曲为主,夏庭芝《青楼集》记载了众多的大都名妓,基本上都更擅长表演杂剧或唱曲,如珠帘秀、蟾宫秀等都是著名的杂剧艺人,而鲜有以唱词而闻名。这种种现象说明,元代文人与歌伎虽然仍有大量

---

① 《乐府指迷》,《词话丛编》,第 282 页。
② 《词源》,《词话丛编》,第 255 页。

交往,但他们之间的互动大多是以曲乐为中心的,曲乐对词乐形成强烈的冲击。词体与歌伎的关系也不像宋代那样密切了,失去了歌伎这一传播环节,词的接受环境逐渐脱离舞榭歌席,向文人士大夫的书斋雅室转移,词的合乐可歌的娱乐消遣功能必然减弱。词体应歌应社功用的消退,又反过来加快了词体音乐属性的丧失,文学质素自然成为词之主体属性,抒怀言志、言情自赏的功能得以强劲延伸,甚至成为元词的主要功能,词人的主体意识越发强烈,词与诗歌在文学功能方面的距离日益缩小,亦成为文人墨客们表达情志的常用工具。

在这样的创作环境中,元代词家多接受了金代王若虚的诗词一理说和元好问的情性论,刘将孙即认为:“文章之初,惟诗耳,诗之变为乐府。尝笑谈文者鄙诗为文章之小技,以词为巷陌之风流,概不知本末至此。”①明确将诗、词与文视为一体,属“同一机轴”,皆是“发乎情性,浅深疏密,各自极其中之所欲言。”把重情性的要求提到重要词学理论原则的高度,将之看作诗、词等抒情文体的本色,即本质特性,主张用儒家诗教传统去规范词体,并批评“斤斤为格律”的词学主张。这种词学观念既是词体与音乐疏离引发的结果,也是对词体文学属性的重视,是对词之文体的重新认识,这必然将词进一步向诗体拉近。

相对于宋人,元人在以词表情达意时,更偏于言志。从元词整体来看,婉约艳冶之缘情之作减少,私体化情感生活及个人的风流俊思有相当一部分被转移至散曲中,又以直露爽快之势成为文人们宣泄情感的最佳渠道,而表现作者政治志向、人生理想、生活情调等传统诗歌内容的词作数量有了明显的增多,折射出一定的时代风气。如元初王恽《春从天上来·罗绮深宫》,前有大段题序,明示此词为“遇故都而动黍离之叹也。”《水龙吟·登邯郸丛台》《木兰

---

① 《胡以实诗词序》,《词集序跋萃编》,第481页。

花慢·居庸怀古》亦多沧桑之感,与其同题诗歌一样感慨。王旭《大江东去·离豫章舟泊吴城山下作》意旨高远,语句挺拔,气度不凡,颇有苏轼诗化词之格调。白朴"辞语遒丽,情寄高远,音节协和,轻重稳惬。凡当歌对酒,感事兴怀,皆自肺腑流出"①,时时流露出流国之思,其《秋色横空·儿女情多》,借项羽、虞姬故事生发,感慨兴亡,清劲健拔,刚柔并济。刘秉忠"天君几时挥手,倒银河、直下洗器尘"(《木兰花慢·混一后赋》),表达一介相臣的豪迈自信。元末邵亨贞则以词展现社会动乱和忧患意识,其《浣溪沙·丁酉早春试笔,东钱南金》、《兰陵王·岁晚忆王彦强而作》等皆感慨时世之作,词风浑厚沉郁。即使元人笔下的应酬奉承的祝寿词、凄绝艳婉的送别词等传统题材,也不时地融入社会人生内容,政治感慨与国命民运、身世感怀与个人情愫纠结在一起。

　　同时,元人也继承了宋人融唐诗入词的传统,热衷于向诗歌语言的借鉴,从而增加词作的庄重雅致,使词更近诗歌情调。他们在字面、句法、旨意、结构等各个方面化用唐诗,如白朴"老来可惜欢娱地"(《水龙吟·万金不买青春》)来自杜甫"可惜欢娱地,都非少壮时。"(《可惜》)刘敏中"记达人有语,痛饮读离骚"(《六州歌头·窥天以管》)的下句即是张祜《江南杂题》中的成句"幽栖日无事,痛饮读离骚。"而李俊明的"任春红、吹上桃花人面"(《满江红》)、白朴的"萦损题诗崔护,几回南陌春风"(《清平乐》)、刘敏中的"惭愧相思千里,也看同去年崔护"(《菩萨蛮》)等均化用崔护的《题都城南庄》之意。②诸如此类,灵活多变。"金元词人对唐诗的融化,还可看作是对金元诗坛波澜壮阔的宗唐复古潮流的回应,更是词至金元进一步向诗靠拢或者说诗词分界已经被淡化的表征","正可消

---

①　王博文《天籁集序》,《词集序跋萃编》,第 464 页。
②　崔诗曰:"去年今日此门中,人面桃花相映红。人面不知何处去,桃花依旧笑春风。"

解因曲化而带来的媚俗习气。"①

　　词人主体精神的张扬，词体言志功能的加强，抒写内容的充实厚重，语言修辞的雅化，势必带来词作风格的转变，明人王世贞批评元词："元有曲无词，如虞、赵诸公辈，不免以才情属曲而以气概属词，词所以亡也。"②以"气概"言元词，虽不免失于全，但基本还是符合实际的，说明自苏轼、辛弃疾、元好问一路下来的豪放刚健的艺术风格，在元代得到发扬和加强，甚至成为元词的主要审美特质，词不再是"男子作闺音"的天下，表现出或清丽旷达、或沉郁顿挫、或壮阔劲健等多种艺术形态，某种程度上导致了词体自身传统特性的削弱。

　　元代是一个具有明显北国风情的朝代，受北方地域文化、时代政治及苏学北行的影响，再加上词乐衰微、元曲兴起等文学因素，元词总体上呈现出明显诗化的发展格局。词之缘情较大程度上突破了艳情私情之苑囿，更加趋于言志，应歌娱人让位于言志自娱，雅言诗语遍布词体，豪健悲慨之声传响于词苑，体现了元词的独特风姿。当然，这并不否定元词中大量艳婉柔丽的恋情作品的存在。

（二）元词的曲化色彩

　　刘毓盘《词史》谈及元词时，有这样一段话常为人引用，"关、马、郑、白为元曲四大家，鲜于枢、姚燧、冯子振、白无咎、乔吉、张可久、陶宗仪等皆工于曲，故其词亦近于曲。"对于此处的元词"近于曲"之说，已成为词学研究者们的共识。这当然与新兴曲体文学的繁盛以及词、曲的渊源关系有关，元词在体式特征上无可避免地染上曲体色彩。同诗化一样，虽然元词曲化现象并未统治整个词坛，

---

　　① 赵永源《金元词人融化唐诗风尚略论》，《江海学刊》2002 年第 2 期。
　　② 《艺苑卮言》，《词话丛编》，第 393 页。

但这一创作倾向却是极为突出，并对明词产生了重要影响。"这一倾向大致体现在三个方面：一是部分作品风格趋于通俗浅白；二是某些作品在用韵上相对宽泛，即与元曲的用韵方法相接近；三是作品句式允许有衬字。"①赵维江先生的分析主要落实在技法与格调上，对此已讨论得非常详细，本文不再赘言，仅作一简述和补充。

　　如前所述，南宋诗、词合并倾向已然严重，一味地追求雅化与文学功能的加强，使词的许多特质因此失落，尤其词体娱乐迎众与合乐歌唱的功能与特性受到扼制，词的传统体性受到严重打击，词体越发成为文人士大夫们的自赏抒怀工具，与其他文化阶层诸如市井大众、乐工歌妓们的联系逐渐减少，由音乐文学渐转为案头文学，发展已露颓态。至元代，由于曲体兴盛的强烈参照，词更呈现出衰败之势。不过，元词在延续宋代诗、词融合的同时，又在俗曲娱乐的影响下，多了另外一个选择，即控制诗、词的合体趋势，再次将词体从诗歌身边拉回至娱人乐己与雅俗相兼的主流气质中来。

　　北方新兴乐曲的生成与流行对词乐产生了极大的冲击，如明人王世贞说："词兴而乐府亡矣，曲兴而词亡矣，非乐府与词之亡，其调亡也。"②即是针对此现象的表述，明言词乐词调的散佚是词体不兴的主要原因。由于词体与曲体皆是音乐文学，都是文本与歌本的合体，所以，在元曲产生初期，应该有与词并行发展、不太相扰的一段时间，然而随着曲乐在社会上的受众面与影响力的扩大，本已呈散佚态势的词乐更遭冷落，在日常的演唱中，一部分词体的声腔可能会从具体歌法、合乐方式等方面，向曲乐体系倾斜，出现了"词乐曲唱"或"曲乐词唱"的"词曲递变"阶段的乐调混乱现象，从而出现配合音乐体制而生的词、曲的创作混淆。

　　当然，词体曲化除了在音乐上向曲乐的偏移，更多是表现在内

---

　　① 赵维江《略论金元词的类曲倾向》，《齐鲁学刊》2003 年第 3 期。
　　② 《艺苑卮言》，《词话丛编》，第 385 页。

容形式、语言风格、整体格调上的曲化。曲体是一种更适合市井消费的艺术形式，是一种更接近普遍大众欣赏趣味的文学样式，这种文体属性从根本上决定了其在表现内容、表达方式等各方面的通俗浅露，正与南宋以来词体的雅化诗化趋势背道而驰。

　　元代文人在将曲之用韵、衬字等写作技法移用于词的同时，也较多地加入了曲体的一些典型题材。散曲的题材极为广杂，任半塘《散曲通论》对此有一段概括之言："若论二者（词、曲）之内容，当然为词纯而曲杂。……就散曲以观，上至时会盛衰、政事兴废，下而里巷琐故、帏闼秘闻，其间形形式式，或议或叙，举无不可于此体中发挥之者。冠冕则极其冠冕，淫鄙则极其淫鄙，而都不失其为当行也。以言人物，则公卿士夫、骚人墨客，固足以写；贩贾走卒，娼女弄人，亦足以写。且在作者意中，初不以与公卿士夫、骚人墨客有所歧视也。大而天日山河，细而米盐枣栗，美而名姝胜境，丑而恶疾畸形，殆无不足以写，而细者丑者，初亦不与大者美者有所歧视也。要之，衡其作品大多数量，虽为风云月露，游戏讥嘲，而意境所到，材料所收，因古今上下、文质雅俗，恢恢乎从不知有所限，从不辨孰者为可能、而孰者为不可能，孰者为能容、孰者为不能容也。其涵盖之广，因诗文之所不及。"①词之题材至元已经诗化之路冲破艳情樊篱，得到极大的开拓，在内容上与元曲亦有一些共同题材，如隐逸之志与山林之乐皆是元代词、曲中常见题材，正如王博文所言："（遗民词人）自幼经丧乱，仓皇失母，便有山川满目之叹。逮亡国，恒郁郁不乐，以故放浪形骸，期于适意。"②

　　由于元代特殊的文化思想氛围，元曲中充盈着浓浓的避世思想，对于幽居归隐生活的全力表现及对人生世事无常的集中慨叹，成为元曲最突出的主题倾向，表现出自身无法与现实对抗而只得

---

① 转引自李祥林《元曲索隐》，四川教育出版社，2003 年，第 237 页。
② 《天籁集序》，《词集序跋萃编》，第 464 页。

无奈求得与世无争的闲居人生,潜隐着一种浓厚的悲剧意识和对现实的批判精神,充满着强烈的愤世嫉俗的精神,故能将入世与避世混谈,将高雅与鄙俗合融,将庄重与随意打通,从而呈现出雅不避俗、俗不伤雅的世间享乐之风,颇有玩世之态。元人多为词曲兼作,或以曲为主,附带作词,很少有专注于词体创作之人,故当他们填词时,自然地将元曲的主流内容与核心精神带入词,元词中遂出现了许多新的内容元素。如对情事的专注转而对逸世的热情,对个体生命的体悟转而对人性本质的反省,对世间乐事的沉迷转而对时事现实的不满等,整体格调亦由伤感沉静朝着戏谑调侃倾斜。即如风花雪月题材,经南宋文人雅化努力后,此类题材渐少且情调趋于含蓄婉雅,然至元词中,为迎合市井大众,此类作品复又风行,且有随意与轻佻之嫌。

带着强烈的玩世心态,人们作词已无南宋人之文字与结构上的精雕细琢,常常采用直陈方式,不用借助物象或意象呈意,也没有那么多的修饰讲究,言心中所想,慨心中所叹,抒心中所念,习惯在词中一直说将去,而不留余地,甚至直接谈论酒色财禄,不事隐晦,直白大胆。同时,他们舍弃了过于典雅富丽的字句,运用流行俚俗语言,率真抒怀,真切直露,活泼灵动,较多地带有通俗化、口语化和议论化的特点。"词之坏于明,而实坏于元。俳优窜而大雅之正音已失,阡陌开而井田之旧迹难寻,"①元词中常常无端地插入曲体语词,如口语、方言等,与词中一些或清雅、或疏放、或富艳、或密丽的字句产生冲突,破坏了词体的圆融性和整体的美感,往往导致意境轻浅,弄得词不像词,曲不像曲。如"花信紧,二十四番愁。风雨五更头。侵阶苔藓宜罗袜,逗衣梅润试香篝。绿窗闲,人梦觉,鸟声幽。　　按秦筝、学弄相思调;写幽情、恨杀知音少。向何处,说风流! 一丝杨柳千丝恨,三分春色二分休。落花时,流水

---

① 江顺诒辑《词学集成》卷一,《词话丛编》,第3223页。

里,两悠悠。"(司马昂夫《最高楼·暮春》)虽是典型的闺怨题材,亦有精炼的景物描写和细致的心理刻画,然总体感觉是流畅明快,尤其口语的运用,以及"头"、"杀"、"时"、"里"等散曲中习见的虚词的插入,使之带上了明显的散曲味道。

吴梅曾言:"元人词中,往往有与曲相混处。"①刘毓盘说:"元人词其流利者,每似曲,又多合为一篇,易于相混。"②王恽的《秋涧乐府》中即有几十首散曲小令,白朴、刘敏中、张可久、虞集等人的词集中也可找出许多散曲,这种词集中掺杂众多散曲小令的常见混编现象正说明了,元词在整体风格上与元曲的相似。即使是以雅正著称的清丽派代表张翥和虞集词中,也都有明显的散曲影响。如:"功名利达,任纷纷奔竞。纵使得来也侥幸。老眼看多时,钟鼎山林,须信道、造物安排有命。 人生行乐耳,对月临风,一咏一觞且乘兴。五十五年春,南北东西,自笑萍踪久无定。好学取、渊明赋归来,但种柳栽花,便成三径。"(张翥《洞仙歌》)再如:"扰扰阎浮。清浊同流。费精神、补喜填忧。岁云暮矣,卿可归休。有板支颐,书遮眼,被蒙头。 蝼蚁王侯。华屋山丘。待他时、老去优游。筑间茅屋,买个黄牛。种芋成区,瓜作圃,稻盈畴。"(张翥《行香子》)对世事的焦虑与无奈,对人生迟暮的慨叹悲愤,对尘世奔波的恐惧不堪,对田园隐逸的向往,都以口语化的语言结构直接托出,曲化色彩较浓。

对于元词的曲化,古今人皆有自己的看法,或褒或贬,见解不一,以否定之论居多。况周颐说:"设令元贤继起者,不为词亦为曲会所转移,俾肆力于倚声,以语南渡名家,何遽多让。"③颇有叹惋可惜之意。元词的曲化是时代风会的结果,虽在一定程度上削弱

---

① 《词学通论》,华东师范大学出版社,1996年,第129页。
② 《词史》,上海书店出版社,1985年,第167页。
③ 《蕙风词话》卷三,《词话丛编》,第4479页。

了词的自身文体性,却也在某种程度上体现了元词面对曲体兴盛的压力,求新求变的努力,如其吸取曲趣、曲意及曲学精神入词,使元词呈现出不同于宋词的独特色彩,也不妨看做是词坛一大亮色。因而,从词史的整体发展来看,带有一定散曲色彩的元词仍应有其一足之地。

纵览词史,元词正处在一个转型时期,此时的文坛是诗、词、曲三体并行的格局,历史悠久的诗体与时代新兴的曲体在创作上所表现出来的影响力,都远远超过了已显衰势的词体。诗、词、曲分属三个不同的诗歌发展阶段,它们彼此密切联系,且又各具体性,诗歌与散曲分处两端,在言志与缘情、典雅与通俗、文学化与音乐化等方面皆呈相反走势,词则介于二者之间,不可避免地受到它们的影响,引起自身体性的变化。

与唐宋词相比,元词不再是时代文学的主流风尚,成为文坛附属一体,又受到北方文化的浸染,元词的文体功能、表现内容及表达手法等方面皆发生了不同程度的变化,词的传统文体特征不再鲜明,部分偏离了所谓的词体本色规范,呈现出一种向诗歌与散曲两端靠近的趋势,词体被赋予了诗体和曲体的某种特质与功能,在诸多方面具有与诗歌和散曲类似的地方,即所谓"类诗与类曲"。元词的诗化和曲化必然导致词体本身特性减弱,从而引起创作衰微,这是词体转型过程中难以避免的负面作用。但也使得词体形态更为多样化,体现了元词自身独有的特点,而元词被赋予的此种新的时代特色和发展态势为明清词的变革提供了一定的选择性。

元代诗化与曲化的词体为明清词的走势准备了体制上的参照系。明代通俗文艺繁盛,曲学发展更盛,词体曲化程度加强的同时,诗化程度有所缓解,这一方面造成明词的词体特性更为减弱,无论是音乐韵律、语言风格还是整体格调,都更明显地带上了曲体之特质,另一方面也使明词的言志抒怀功能有所降低,在内容抒写方面渐失传统诗教之规范,这两方面都引起了学人们的不满,不管是维护词体之本色当行者,还是尊重词之破体引之上诗者,皆对之进行批评,遂形成明词不振之局面,成为中国词体文学发展过程中的一个最低谷。之后,清人在以上两个方面展开了对明词的反思与肃清,终于迎来了词体发展的又一兴盛期,但这一兴盛期的词与前一兴盛期的唐宋词在内涵与外延上已有了很大的不同,这些不同皆是由元明词之变革引起的。虽然元词已经显露出词体的颓微,但其颇具特色的创作实绩,特别是其在词体演进历程中所具有的词体转型意义,赋予了它们特殊的词史地位和丰富的研究价值。

第四节　词、曲离合中的明词

说到明词,一个必谈无疑的话题就是词体曲化,这既是明代词坛的最明显特点,也是词学研究中始终无法回避的问题。明词曲化的表现形式极为多样,"有直白浅切的语体风格,有世俗玩世的心态旨趣,有滑稽诙谐的艺术趣味,还有的带有某种戏剧化的情境。有些词你很难指出它在哪一点上似曲,却在总体精神上给人似曲的感觉。"①

(一) 明前期词的曲化走势

元代曲盛词微,已出现一定程度的词体曲化现象。值元末明初的动乱时期,一些遗民词人着意以词表现那个风云激荡的历史阶段,作品大都具有深广的社会内涵和充实的思想感情,具有明显的言志倾向,成为明代词坛的良好开端。然而,一些文坛名家的笔下依然不同程度地延续了元词的曲化走势。正如谢章挺所言:"明

---

① 张仲谋《明词史》,第18页。

自刘诚意、高季迪数君而后，师传既失，鄙风斯煽，误以编曲为编词。"①

刘基、杨基与高启皆为明初词坛的领军人物，分别有词集《写情集》、《眉庵集》和《扣舷集》。沿元词而下，三人作品都有诗、词风格相通之处，词作展示出作为政坛高层人物的儒士风调，感物兴怀，清刚雅致，气韵生动，亦有幽洁之情致，别有高境。但字里行间也存有曲体之影子，尤其高启词的曲化痕迹较为明显。其词虽有学稼轩词之意，疏朗放旷，但常常抱着游戏的态度，写得过于粗豪随意，好用口语，在清新明朗之外时而给人俚俗油滑之感，如"此时愁杀桓司马，暮雨秋风满汉南""谩说无双，倾城曾数，八人少个六人多""谁能发、香裀解看，怕肉尚温和"（《多丽·吊七姬》）"竹门茅屋槿篱笆，道似田家，又似山家""从来不会治生涯，谁与些些，天与些些"（《一剪梅·闲居》）等皆有曲体语言风味。其《摸鱼儿·自适》："近年稍谙时事，傍人休笑头缩。赌棋几局输赢注，正似世情翻覆。思算熟，向前去、不如，退后无羞辱，三般检束。莫恃微才，莫夸高论，莫趁闲追逐。   虽都道，富贵人之所欲。天曾付几多福？倘来入还手须做，底用看人眉目。聊自足，见放着、有田可种，有书堪读。村醪且漉。这后段行藏，从天发付，何须用龟卜。"更是以诙谐之笔和俗言俚语，将自适避世和享乐玩世的散曲主导题材进行了直截了当地表述，曲体风味尤为浓重。

这一时期词体曲化色彩最浓的当属以《剪灯新话》著称的瞿佑，这是一个穿行在雅俗文学之间的士人。其人早有才名，生活较为放荡无检束，颇有所谓的文人艳冶风流之气，词作多为逢场做戏的游戏之作，如《西江月·妓朱观奴营造求题疏》，或逞才使气、故显新巧的炫博之作，如《卜算子·暮春》，或应酬拜谒的交际之作，如《临江仙·贺冯源太守生子》等。他还善于翻曲为词，如清代褚

---

① 《赌棋山庄词话》卷九，《词话丛编》，第 3433 页。

人获《坚瓠集》卷二记："瞿宗吉听妓'月子弯弯'之歌，遂翻为词云云。"由于其创作态度草率轻浮，故语言结构偏于粗疏，字句缺少修饰，抒写过于直露，在整体意韵气格方面与曲相通。如"木犀花底立多时，待他后院烧香罢。"（《踏莎行·秋夜》）"疏星淡月弄辉光，做个元宵模样。"（《西江月·甲午元夕》）"形影在，底须添个闲烦恼。"（《千秋岁·辞谢赵尚书等》）等，从意象字面、句式结构上皆是曲体手法，类似语句在瞿佑词中俯拾皆是。更有其《渔家傲·寿杨复初先生》："喜来不涉邯郸道，愁来不窜沙门岛。惟有村居闲最好。无事恼，苔阶竹径频频扫。　有酒可斟琴可抱，长年拟看三松倒。臼内灵砂亲自捣。归隐早，朝来未放玄真老。"虽然词后有瞿佑跋语，以知音者姿态说明此谱格律，但其中隐逸避世、自足自乐的主题抒写，"喜来"、"愁来"、"惟有"、"无事恼"、"归隐早"等字法句式，文白相兼，雅俗合立，散发出浓浓的散曲味道，词中已渗入曲体意趣。从其《乐府遗音》所存作品来看，词、曲混为一编，既是文体观念混乱的表现，也证明其词作与曲体气味相通。

　　瞿佑等人尚处在明代词体曲化的开山群体之中，其词虽有曲化趋势，却大多着重表现在字句上面，在整体风格上还大体保持着词的文体特质。此时，词体曲化尚未成为词坛普及现象，但曲体质素更多地进入词体，已经在某些词家手中有了一定范围的显现，形成词坛丰富多样的艺术风貌，表现出与元词的变异。词体曲化很大程度上是明词低下地位所引发的结果，人们常常抱有轻浮自娱的创作态度，视词为游戏消遣的工具，即如文坛低潮期的永乐、成化年间，几乎无人将精力放在词体上，作者多以插科打诨的方式作词，口语方言充斥其中，表达直白透彻，如"真个可怜宵，一刻千金价。"（马洪《生查子·春夜》）"原来却在瑶阶下，独自踏花行。"（马洪《少年游》）"我只晓得，蹙额为忧，解颜为笑，那去探他肚里。"（桑悦《苏武慢》其一）词渐失精工雅致，多了浅俗粗露，俳谐自嘲、颓唐放纵潜入词中，曲之意趣始渗入词境，表现出明词的新变趋势。

(二) 明中期词的普遍曲化

　　明弘治至嘉靖年间,随着文坛整体的复苏,词坛也开始活跃起来,涌现出一大批著名词人,如杨慎、夏言、陈霆、陈铎等,创作了大量的名篇佳作,产生了许多词话、词选、词谱等,在理论与实践两方面都呈现出兴盛之势,被看做是明词的中兴期。面对较为稳定的社会局势,此时文人们的心态渐趋平和,始有意识地关注词体,对前代及当代词学进行理性的考察与反思。如陈霆《渚山堂词话》认为,明代词坛的缺失一在音律乖违失谐,二在语言低下俚俗,眼光可谓精准独到。针对于此,文人们如陈铎、张綎等,遂有从辨析音律与复归典雅两个维度展开批评与修正,力图恢复南宋词之传统风貌,显示出较强的文体独立意识。

　　与此同时,明代散曲文学发展迅速,出现了第一个真正的高潮,诸如陈铎、王九思、康海、沈仕等,都是创作丰富且各具特色的散曲大家,亦是填词大军中的重要成员。他们多以曲家自居,亦以曲家知名,视作词为余事,故在进行词体创作时会不自觉地将曲体手法及气韵运用其中,词体曲化现象更加普遍。

　　杨慎是此一时期的文坛巨擘,在词学方面用功颇多,曾被推为明人第一、当代词宗,却在词、曲辨别中显得极为模糊,常常犯词曲不分的错误,其词学大作《词品》和几部选本中就存在着将曲牌与词调混同、将词曲进行笼统讨论等现象。其词集《升庵长短句》及续集中也收了不少散曲作品,如《好女儿》、《误佳期》、《殿前欢》、《四块玉》等,创作方面亦难免有曲体色彩的移入。他的词作多表现出世隐居之志、旷达闲适之情,具有因仕途不顺及贬谪怨怀所引发的避世心态,这俨然是散曲主流题材向词体的蔓延,故其词虽然也多感慨历史兴衰与人生无常,却缺乏对现实的关注与深切的感受,格调不高。

杨慎喜欢将曲体语句杂入词体,如其《南乡子·荆州元夕》其二:"官柳动新枝,万缕黄金万缕丝,折赠行人千里去。回期,莫待清霜叶落时。　　细雨妒芳姿,禁住莺翁与燕儿,待得晴明好天气。迟迟。花絮飞残水满地。"所用几乎全是口语化的词语,"莺翁"、"燕儿"都是元代曲中的常见意象和抒情对象,"万缕黄金万缕丝"、"禁住莺翁与燕儿"、"待得晴明好天气"等,通俗直白,也都是接近散曲的用语,与传统词语颇有差异,使词作带上明显的散曲风味。王文才评其《满庭芳·梦中作》①曰:"此调属散曲小令,与词异格。"②再如《长相思》:"雨声声,夜更更,窗外萧萧滴到明,梦儿怎么成?　　望盈盈,盼卿卿,鬼病恹恹太瘦生,见时他也惊。"《一剪梅·戏简西峃宿杏花楼》上片:"宋玉墙头杏子花,香也堪夸,艳也堪夸。东风鸟外一枝斜,问是谁家? 江上人家。"《天仙子》下片:"回首欢娱成寂寞,惊散鸳鸯风浪恶。思量不合怨旁人,他也错,我也错,好段姻缘生误却。"不仅间杂曲语,且带有诙谐趣味,在审美风格上明显与词拉开了距离,而更相近于曲。对此,吴衡照指出:"明词无专门名家,一二才人如杨用修、王元美、汤义仍辈,皆以传奇手为之,宜乎词之不振也。其患在好尽,而字面往往混入曲子。"③陈廷焯亦云:"用修小令,合者有五代人遗意,而时杂曲语,令读者短气。"④皆点出了杨慎词的曲化事实。

此一时期的吴中文人,如沈周、唐寅和祝允明等,大都在书画之余兼擅词作,他们崇尚自由闲适的生活方式,拥有艺术化的人生态度,在文学方面亦追求意趣的高雅与放旷的格调,带着一种不羁的玩世心态作词,作品常有戏谑嘲讽之气,整体风格上偏于曲化一

① "疏林暮鸦,人归古渡,雁落平沙。青山隐隐夕阳下,远水兼葭。鸭头绿、一江浪花,鱼尾红、几缕残霞。云帆挂,星河客槎,万里寄天涯。"。

② 王文才《杨慎词曲集》,四川人民出版社,1984年,第93页。

③ 《莲子居词话》卷三,《词话丛编》,第2461页。

④ 《白雨斋词话》卷三,《词话丛编》,第3824页。

路，成为明词曲化的助力者。沈周词方言口语杂用，如"今年情比去年差，便把娉婷追上纸，终莫如他。"（《浪淘沙·题画白牡丹》）"可怪春光，今年偏早，闺中冷落如何好。因他一去不归来，愁时只是吟芳草。"（《踏莎行·春闺》）皆浅显如话，真朴自然，又多俳谐味道，几近散曲。"江南第一才子"的唐寅作词更是随意而为，逞能炫才，语句尘俗，直露浅白，张仲谋先生曾经评说："词至唐寅，与散曲几无分别。"①祝允明词的曲化色彩更浓，立意浮浅，多用口语，风格诙谐，有些作品甚至可以说是以曲写词。如其《鹊桥仙》"云师鹘突，雨师顽劣，连春不歇。看看弄得没来由，都不管、好时好节。   儿童没此兴，老人愁结，怕又把江南鱼鳖。想天也会吊忠臣，直哭到、今朝不歇。"完全是一种曲体格调。而且，唐寅、祝允明还喜欢写联章体，如唐寅《踏莎行·闺情》以春、夏、秋、冬四季为序，逐层铺叙闺中女子的愁苦哀怨、相思念远，祝允明则有 12 首表现叹世遁隐题材的《苏武慢》，这些作品均借鉴了散曲中的套数手法，内容重复，对同一题材反复渲染铺叙，时时流露着散曲风味。

此时的曲化现象已相当普遍，如以曲学见长的王九思存词 56首，多游戏成词，直笔写意，缺少思致，"这番"、"休论"、"头上苍天"、"直恁"、"才看破"等俗言俚语充斥词中，又多颓废放旷之气格，带有很深的曲化痕迹。而小说家吴承恩的词俗艳之气较浓，具有强烈的世俗生活气息，还沾染上了散曲中常见的戏剧故事因素，曲化角度进一步打开。可以说，这些文人进行词体创作时，很大程度上放弃了传统词体委曲婉约、细腻含蓄的表达方式，以及圆融明丽、沉静内敛的审美追求，而是大量采用曲体的浅近直白、粗放外露的表现手法，从而获得迅速而强烈的情感体验，不再是通过联想和思索传达给读者以幽微意绪，而常常给人以视觉与听觉上的直观感受，失去了词体之留味余韵。

———————————

① 张仲谋《明词史》，第 165 页。

不仅如此,他们还将散曲体制融进词体,以散曲的语言组织及字句结构对词体进行改造,使词体在最基本的外在体制形式上亦与曲靠近,词、曲更易混淆,词体曲化得以全面呈现。作为一种音乐文学,词一向是"调有定格,句有定数,字有定音",对音律、平仄、字数、语构等都有较为严格的要求,不能对调式进行随意的增减。曲则不同,它可以因内容需要和歌唱要求增加衬字,变化格律,是一种较为自由灵活的音乐文学体式。此时的文人常无视此种区别,不顾词牌规则,作词时任意增减字数,甚至改变语句的结构,呈现了散曲的诸多体制特点。

此时,词体曲化程度已较前期有了进一步的加强,曲化现象相当普遍,人们较少关注词体的文体特质。虽然也不乏能大体坚守词、曲疆界的文人,如陈霆、陈铎、文徵明等,词较少沾染曲子风调,或清楚流丽,或绮靡蕴藉,或情致宛然,曲化痕迹很淡,却也常有游戏为词之嫌。他们虽然尽量在创作上避曲就词,努力保持词体的文体性,但在理论上却又往往词曲不分,尤其在词、曲的文体概念上多是并称混用,反映了此时词、曲混杂的文坛学术背景。

可见,明代中期的文人不仅在词中杂用曲语,频运曲法,更是将曲体的表现主题与精神格调引入词中,甚至在最显在的文体形式方面也受到曲体自由体式的影响,词的曲化方向更加多元化。尽管有人遵循词之本色,试图追求词、曲的各自风格类型,但声小势弱,难掩大流,词体曲化逐渐成为词坛主要趋势。

(三)明后期词的曲化极致

明代后期,尤其隆庆到万历年间,通俗文学极度繁盛,对传统雅文学形成了极大的冲击。已完全成为案头欣赏的书面文学的词体,既没有传统诗歌一样悠久的历史积淀和诗教的支撑,也失去了流行曲体那样的娱乐消遣的功能,难以保持自身特性,被通俗文学所带来的大浪冲刷着,曲化现象更为普遍,更为严重。这一时期的许多词人词作都带上了浓浓的曲化色彩,词体曲化程度几乎达到了极端,成为明代词坛最引人关注的突出特点,也最为后人所贬责。

　　王世贞是一名饱学之士,是明代后期最负盛名的文学家和文坛领袖,鼓吹"文必秦汉,诗必盛唐",视词为小道、余事,以之为游戏消遣工具。他论词重婉约轻豪放,对词的体性有较为明确清晰的认识,但在创作实践中却常常难分词、曲。其现存近九十首词作中,有比较接近传统本色词风的作品,亦杂有不少戏谑俳谐之作,常以通俗曲体手法入词,存在着较多的曲化现象,如词调、曲牌时有相混之处。虽然能写出一些秀雅佳句,却往往在词中随意插入尖新之俗言曲语,从而破坏了词作整体浑融圆润之感,沾染上较为浓重的散曲色调。如《临江仙·迟日三眠浑似柳》以拟人手法揭示"中年风物易关情"的郁闷心情,却在其中将"不知因个甚,撩乱没支撑"此类口语化句子融进去,词体静雅之格瞬间失却。其《更漏子·楚天低》下片"灯才荧,香初烬,又被子规催紧。最是你,奈何人,临歧波眼横。"则完全是以曲语写词了。

　　施绍莘是晚明典型的风流闲散文人,亦是词曲名家,擅写绮语艳词,下笔轻率,语辞浅俗,其词在很大程度上带有散曲的味道,是明代后期词体曲化创作的代表人物。诸如"与谁两个挣输赢,恁地不知安分。"(《西江月·警悟》)"昨宵初六,今宵初七。"(《满江红·旅中七夕》)"又添些、一刻千金债。忖心头、有个人人在。……当年记、他在阑干外,曾看我:晚换浓妆,有些些怜爱。"(《拜星月慢·香了寒金》)等,此类语句处处存在于其词中,时时散发着浓郁的曲体风调。

　　这样的创作现象同样存在于晚明众多文人身上,从现存明代词作中随便挑出一些,就可以发现大量曲化作品,如吴承恩《西江月》:"人道他家好醉。"《点绛唇》:"待月心情,只恐红儿解。"全用散曲语言,而《蝶恋花》:"红粉围墙开小院,杨柳垂檐,齐罩黄金线。斜倚门儿遥望见,见人笑闪芙蓉面。　兽啮铜环扁一扇,香雪娇云,苦被闲遮断。忽地一声闻宝钏,隔帘弹出飞花片。"则给读者描述了一个完整的戏剧情节。陈继儒《霜天晓角·警世》其三:"仙翁笑倒,同志如君少。有甚么风吹来了。日月忙,乾坤扰,争是仙家好。　不病不贫不老。醉腾腾,没昏晓。利名夏树芳。"《桃源忆故人》:"有为功德知多少,纷殿蕊宫争造,善信阪依若宝,作植那宗老?眼前阿堵如秋草,一诺千金不烧。守令监司介绍,不羡誉绅好。"俨然是以词调写散曲。周履靖《鹦鹉曲·咏渔》:"侬家七里滩头住,是个无拘束渔父。扁舟舣住钓矶边,来去一篙新雨。得鱼沽酒杏花村,醉模糊、风飘去。醒来欸乃一声歌,却飘在芦花深处。"亦失词味。高濂《浪淘沙·题情》:"心事乱如麻,由我由他。平分咫尺是天涯。不了不休长短恨,尽为君家。　流水共飞花,负却年华。夜深低祝月儿斜。银汉鹊桥何日渡,了却嗟呀。"非插科打诨,也不是消极玩世,但全词普遍使用浅显口语,尽露情意,曲体风味立显。杨宛《生查子·闺情》:"侬家住石城,惯向莲塘里,时见并头莲,又见鸳鸯戏。　终朝着意怜,一煞娇嗔起,折却并头莲,打起鸳鸯睡。"语体风格几近散曲,又富有戏剧性情节,更加重其曲味。类似此种作品,可谓俯拾皆是,代表了此一时期词体的共同发展趋势。

　　明代后期几乎没有专门词人,也没有值得称道的名家,文人往往词曲兼擅,又多以词为诗文、书画、曲学之余事,少有用工用心之作。他们常以通俗笔法写词,遂使词体无论在字句结构、语言色彩、情感意趣、表现主题、精神气格、审美风格等方面都尽显曲体风味,是对词体最大程度的曲化改造,也成就了明词自身独特的个性特征。

　　值明末清初,时移势异,时代变故改变了文人们的生活方式和创作心态,词体开始转向。陈子龙等人开始反思延续二百多年的曲化现象，虽仍视词为绮语艳科，但一种哀怨惆怅的浓浓思绪不断流转于词章字句之中，词体的抒情言志功能得以重新开发，国难家仇、个人命乖等时代感与忧患感进入词体，生发出厚重的沉郁凄清之气。诸家词人从花间北宋之无意寄托至有意寄托，言志情怀有所变化，传统诗歌的题材几乎完全纳入词中，开始朝着诗歌的抒情方向进展。这种易代之际所产生的文体变化，为清词中兴提供了一种选择途径。

郑骞曾说："明代的文人，凝重谨饬之士，都走上复古之途，他们讲的是周秦汉唐、诗赋古文，词在他们眼里是后起的小道末技，不值得注意。放浪不羁瘝傺不平的才子们，则发泄其才情怀抱在曲上边，偶尔填词，也因为作惯了曲的关系，思致笔路都固定在曲那方面，再也写不出好词来。"①明词与元词的生存状态较为相似，皆处于传统诗文和新兴曲体的夹击中，受到二者的共同挤压。元明词的差异在于诗化与曲化的程度不同，元词以诗化为主流，曲化为支脉，俱为显态，化合方式较为相似。明词则与诗的距离趋远，与曲的距离拉近，曲化色彩明显浓于诗化色调。按照中国传统的文体地位高卑观念，明词离儒家诗教走得远了些，自然落了下风，这也是清人定下"明词衰亡"基调的主要原因，也是清人对之进行批判并加以修正的最重要之处。

明词的曲化现象在词的演进史上是一种不可回避的客观存在，不可采取全盘肯定或否定的态度。从理论上来讲，曲化可以看做词体变革的一种方式，适度的改造或许给词体带来不同的一片发展空间，但从创作实际来看，明人作词的极大随意性较大程度上扭曲了此种变革。"不管怎么说，'新变'本身使明词成为'明词'——一种具有自我时代特征的文学样式，更遑论它对清词的复

---

① 郑骞《论词衰于明、曲衰于清》，《艺文杂志》1944 年第 10 期。

兴所产生的'前车之鉴'式的作用了。"①邓红梅曾对此提出了自己
的观点,她说:"明词前不似唐宋词后不似清词,与主要建立在唐宋
词文本上的清代词论相龃龉。这使得我们对明词的态度处于两难
之际:以清代主流词论对明词的鄙薄来衡定明词,是拿一个常态
的标准来圈定'另类'——只要我们还承认明词是词,或起码是词
之一体——这是于明词不公;肯定明词在格律和美感上的变异之
处,这是于词体不公。因为词体在接受者的经验中,就是合于特种
音乐性格(在那种音乐消亡的时代是其遗留下的影子——格律)、
具备特种美感效果的抒情文学,如果音乐和美感的特性都可以被
打破,那么,词体的体性又留存在何处呢? ……也许这里存在着一
个'度'的问题,即一切文体的体性在稳定性之外都包含着某些不
稳定因素,包含了此文体为发展而自救的弹性,在这一弹性范围之
内的变异不会改变文体的性质,所以是被允许的。具体到对明词
的评价,也应该运用这一标准。"②主张对待明词曲化现象要进行
具体情况具体分析,从不同的角度对明词变异加以评价,可谓折中
之论。

第五节　诗、词合一的清词

　　词介于诗、曲之间,具有较大的弹性和包容力,在其发展过程
中承受着诗歌和散曲双向作用力的影响。从唐五代开始,词一直
在诗与曲的不断渗透和挤压中前进,呈现出各个阶段不同程度的
诗化与曲化现象,到明朝,词体曲化达至顶峰,曲化及其所加重的
俗化现象等,严重损害了词的清雅韵致与文体格调。于是,清代文
人学者们的第一要务,就是要革除明词的曲化之风。在他们严分

---

① 王晓骊《承前启后——明初词艺术特征综论》,《贵州社会科学》2003 年第 2 期。
② 邓红梅《明词综论》,《中国韵文学刊》1999 年第 1 期。

词、曲的同时,却拉近了诗、词的关系,经过一代代清人的反思与探索,确立了词体向诗歌回归的途径。从文体地位、主题内容、表现手法、审美风格、精神格调等各方面进行了全方位的变革,词似乎得以始尊而独显,从而进入了文坛的正殿,实现了词体的复兴。"清词的'中兴',按其实质乃是词的抒情功能的再次得到充分发挥的一次复兴,是词重又获得生气活力的一次新繁荣。'中兴'不是消极的程式的恢复,不是沿着原有轨迹或渠道的回归。""词在清代,已用其实在的、充分发达的抒情功能表征着词这一文体早就不再是倚声之小道,不只是浅斟低唱、雕红刻翠徒供清娱的艳科了。所以,清人之词,已在整体意义上发展成为与诗完全并立的抒情之体,任何诗庄词媚一类别体说均被实践所辩正。词的可庄可媚、亦庄亦媚,恰好表现了其卓特多样的抒情功能。清词只能是一个特定历史时期的文学现象的指称,它是那个特定的时空中运动着的一种抒情文体。"①

(一) 清初词抒情功能的加强与雅化趋势的形成

随着满族统治集团的入主中原,统辖天下,广大汉族知识分子面临着异族统治的社会现实,心性敏感的他们面对频繁的战乱、异色的国土、危难的仕途和残损的文化传统,心中激荡着悲凉酸涩之感,郁闷、哀伤、愤慨、怨怼、迷茫、恐惧等种种意绪撞击着他们的心灵,唤起强烈的表达愿望。然而,清廷的异端思想与社会舆论的严格防控,以及触目惊心的文字狱,又迫使文人学士们小心翼翼,难以将满腹心怀赋之于防范甚严的传统诗文之中。相对而言,一向被视为小道末技的词体,因其一般意义上的艳情主旨和媚婉意态,尚未进入清廷的文化肃清范围,于是,人们遂把词作为主要抒写形

---

① 严迪昌《清词史》,第 2 页、第 4 页。

式,通过个人私情及春花秋月等词体传统题材含蓄隐晦地传达内心的辛酸愁闷,表现自己对时事变迁的感慨,既可以从容方便地展示情感,缓解内心的压抑,又能躲避风险,远离祸端,造成了清初词体的繁盛。这正是气运、时运及人心所向,促使"诗至余而诗亡,诗至于余而诗复存也。"①或者可以这样说,清词中兴的起步即是从扩大与加强词体抒情功能开始的,人们将原来赋之于诗的内容完全移注入词中,正是词体向诗歌的回归。

　　清初词人即开始了对明词的清算,主要针对明词的曲化之味及俚俗之气加以纠正。首先从理论上进行词、曲二体的文体辨析工作,对二者的各自特质展开探索与比较。然而,尽管他们有严辨词、曲之意识,但二者之间的密切关系及词坛存在已久的曲化走势,使词、曲辨体较为困难,在实际的创作实践中依然时显词、曲混乱状态。如李渔的《忆王孙》、沈谦《十二时慢》、张积润《帝台春》、丁澎《安公子》、陈维崧《醉太平》等,其中大量口语的穿插、一字韵脚的使用、戏谑调侃的语调、直白浅露的表达等,皆带有浓浓的曲化味道。谢章铤对此看得很清楚,曾这样评论沈谦词:"好尽好排,取法未高……且时时阑入元曲。"②这些曲化词的出现也许与作者的身份地位有着极大的关系,像李渔、沈谦等人,虽是一介文士,内心自然有着雅致情趣的一面,但由于他们皆以曲家名世,且在市井间长期从事商业演出和刻书出版,趋众媚俗则成为其审美情趣的另一面,常常以雅俗相合为其最终的审美追求,又以曲家手眼填词,体现在他们的词作中,即有明显的曲化色彩,又表现出与明人不同的雅化意识。如:"弹泪湿流光,闷倚回廊。屏音金鸭袅余香。有限青春无限事,不要思量。　　只是软心肠,蓦地悲伤。别时言语总荒唐。寒食清明都过了,难道端阳。"(沈谦《浪淘沙·春恨》)

---

① 《历代词话》卷十引述《词统序略》。

② 《赌棋山庄词话》卷八,《词话丛编》,第 3423 页。

语体风格虽具曲味,但俗言俚语减少,具有一定的含思隐致。这种现象说明,此时期的文人们在进行词体创作时的矛盾心态,造成理论与实践中的并不完全一致,当然也显示出他们已开启了变革明词曲化的步伐。

随着清初文人们对词体认识的加深,在创作上也在逐步摆脱词、曲相混的状况,尤其是亲身经历了易代之变、家国之难及个人沉浮,又受到历史变革时代的文化心态的影响,他们一改明代文人词作中常有的嘲讽玩世的风气,以较为严肃庄重地态度抒发沉闷伤痛、愤怒怨恨及反思悔恨等寓含社会性的丰富内容,故词作具有了与传统诗文一样的言志抒情功能,改变了明词的旨趣浮浅,显得异常深刻,从精神格调上阻止了词体的曲化。

吴伟业以诗名扬天下,是清初文坛的领袖大家,其词虽为诗名所掩,但《梅村词》依然较好地体现了此一时期处于进退无据的处世矛盾状态中的作家情绪,其早年词作属香艳一路,既有花间本色,亦有曲家味道,但至晚年则用词主写身世之痛、时事之感,特具悲慨激扬之气。这种融身世之感与时事之概的作品,在相当程度上开创了特定的风气,如柳州词派的清雄旷放、豪迈悲凉,广陵词人追花间艳语却隐含悲情等,在抒情功能与风格情调上越发靠近诗歌。徐士俊曾对康熙四年影响颇大的"江村唱和词"进行评论,其《三子唱和词序》言:"盖三先生(曹尔堪、宋琬、王士禄)胸中各抱怀思,互相感叹,不托诸诗,而一一寓之于词,岂非以诗之谨严,反多豪放,词之妍秀,足耐幽寻乎?"即是说明词之文体讲究深婉,较诗歌更为含蓄,处于严酷高压社会现实中的人们,遂将怀思与感叹从诗歌中移至词体,借词以抒写心志,词在抒写内容上完全代替了诗歌。由于题材内容的改变,词体审美风格也呈现出相应的变化。广陵词人大多喜好绮丽柔艳的花间之作,但在集会酬唱和选词择调的各种词坛活动中,出现了多种审美情趣兼容并包的现象,增强了词体抒情的广泛性与自由性,预示了清词面貌的改变。而遗民词人因身世悲苦的遭遇,词旨多怀故国之思,整体风格倾向于悲慨苍凉,既寓慨叹于柔情之中,亦有一股郁勃之气,风云之势,如王夫之的《满江红·新月》表达复国信念,《昭君怨·咏柳》《摸鱼儿》(潇湘小八景)诉亡国悲哀,皆比兴寄托,寓意深远,"字字楚骚心",蕴藉萧瑟,又不时突破音律的限制,尽抒其情,风格遒上。屈大均词纵横跌宕,豪健雄放,如《长亭怨·与李天生冬夜宿雁门关作》,纯以白描的潜气内转,抒发矢志复明之心,《梦江南》诸词感伤凄婉,饱含遗民的亡国哀逝情怀,词中展现出的极为阔大的表现空间,寂廖苍茫的时空之中弥漫着浓浓的悲壮情韵。这些词作一定程度上拉近了与社会现实的距离,引导了词体的前进轨辙。

　　康熙年间逐渐活跃起来的阳羡一派挑战"词为小道"的传统观念,认为词的本体功能完全可与经史比肩,可补古人所未备,主张言为心声,情乎为真,风格多样,从根本上否认了诗庄词媚的惯常看法。在创作实践中反思前朝词风,考察明末清初词人的得失利弊,努力追求一种体制与抒情相称的表现形式。他们远承诗骚旨意,近守词之婉媚本色,将经史百家、诗骚乐府等运之入词,词的抒情空间容量日见拓宽。他们将忧伤怨悱的不平之鸣进一步引入词体,"敢拈大题目,出大意义,"[1]抒述民生之哀,慨叹故国之痛,表现乡土民俗,将文人内在深怀的民本思想纳入词体,使词充入了新的活力生气,开启了新的词史篇章。如陈维崧以史笔入词,用词反映明末清初的国事,有词史之称,《夏初临·本意》眷怀故国,悲悼明朝灭亡,《贺新郎·纤夫词》记赋役征丁、战争破坏之苦,《南乡子·江南杂咏》抒民生之哀,纵横议论,气势浑茫,骨力劲拔,与其诗歌几无二致。至于其中年之后将赋的手法和歌行的叙事笔法入词,更是丰富了词体表现手法,进一步提升了词体的抒情功能。其他如任绳隗词的清峭苍凉的格调,史惟圆入微出厚、重在志意的创

---

① 谢章铤《赌棋山庄词话》卷八,《词话丛编》,第 3423 页。

作，蒋景祁词的气势开阔、雄健明爽的韵味，皆是将词看作诗之一脉，与经史一样可寓意言志的理论实践。

随着清朝统一全国，走向鼎盛，阳羡词人的悲慨凄怨的声音渐渐不再适应时代需求，此时的朱彝尊始涉倚声，顺应太平，开浙西词派，以醇正高雅之音开创清词新格局。朱氏守词为小技、艳科之说，其《紫云词序》言："昌黎子曰：'欢愉之辞难工，愁苦之言易好。'斯亦善言诗矣。至于词，或不然。大都欢愉之辞，工者十九，而言愁苦者十一焉耳。故诗际兵戈俶扰、流离琐尾，而作者愈工，词则宜于宴嬉逸乐，以歌咏太平，此学士大夫并存焉而不废也。"以诗、词相异的观念说明词体点缀盛世、歌咏太平的主旨。但他有一篇《乐府补题序》，云："诵其词可以观志意所存，虽有山林友朋之娱，而身世之感别有凄然言外者。其骚人《橘颂》之遗音乎？"又在《红盐词序》中说："词虽小技，昔之通儒巨公往往为之。盖有诗所难言者，委曲倚之于声，其辞愈微，而其旨益远。善言词者，假闺房儿女子之言，通之于《离骚》变雅之义。此尤不得志于时者所宜寄情焉耳。"表现出对香草美人、比兴寄托的重视，暴露出其虽为迎合新时代将词定位于娱情之间，但诗教传统的寄托之意、骚雅之义仍为其最终追求。

然而，朱氏所言意旨较为狭窄，与志远些，与情更近，所以其追求的骚雅的审美情趣必定与传统诗歌之骚雅内涵发生变化。当朱彝尊主张词主要为抒幽愤之情、述失意之志的手段时，骚雅的追求是为了求得词情之优美厚重，而当他极力倡导以词歌功颂世时，骚雅就只剩下外壳而无实质内容了，此时醇雅的追求只是恪守儒家的雅正观念，进而以"思无邪"的原则除去俚俗之气罢了，亦是一种将词体向诗歌拉近的表现。也就是说，朱氏此时提倡的向诗歌的靠拢，是在词体逸乐歌咏基础上的回归，是所谓的由俗进雅的改变方向，是在大致保持词的外在体貌和娱乐功能的前提下，将词拉回至传统诗歌的醇雅风骚。

在这种词体观的指引下,朱彝尊的词作无论是言情、咏物还是抒愤,大都以意趣为主,如《卖花声·雨花台》"衰柳白门湾,潮打城还。小长干接大长干。歌板酒旗零落尽,剩有渔竿。　秋草六朝寒,花雨空坛。更无人处一凭阑。燕子斜阳来又去,如此江山。"虽寄故国之思,却意旨散淡,情趣雅致。即如怀古之作《金明池·燕台怀古,和申随叔翰林》一阕亦是如此,"西苑妆楼,南城猎骑,几处箫吹芦叶? 孤岛外、生烟夕照,对千里万里积雪。更谁来、击筑高阳? 但满眼、花豹明驼相接。剩野火楼桑,秋尘石鼓,陌上行人空说。　战斗渔阳何曾歇? 笑古往今来,浪传豪杰。绿头鸭、悲吟未了,白翎雀、醉歌还阕。数燕云、十六神洲,有多少、园陵颓垣断碣。正石马嘶残,金仙泪尽,古水荒沟寒月。"情境化合无迹,以空灵之笔传达深沉之旨,格调清雅。可见,"朱氏的词学观是在变迁中趋向保守的。他那本质上是回返儒家传统诗教观念的醇雅清正之说,实系对顺康之际日渐拓开的词的新变进行了一次收缩性规范,从某种意义上来说是一次束缚和扼制,或者说是逆向发展。"①由抒心志到重意趣,从扬气势到倡雅醇,从具象写实到抽象清空,此期的词风有了较大的变化,应是新的时势背景下文人雅士心态变化的结果。

曾主盟文坛、与朱氏并称"朱王"的王士禛创神韵诗派,讲求明隽圆润,含蓄流利,前人评其余事所作词有花间隽语,极哀艳之情,略露兴亡之感,颇似其诗的神韵,着痕轻淡,吞吐其意。这正说明王氏诗、词同调,其将对诗歌的追求移用于词。山东曹贞吉以诗闻名,词作雄深苍茫,与其气清力厚的诗风显然有着极为密切的内在关系。如"瘴云苦。遍五溪、沙明水碧,声声不断,只劝行人休去。行人今古如织,正复何事、关卿频寄语? 空祠废驿,便征衫湿尽,马蹄难驻。"(《留客住·鹧鸪》上片)借物咏写隔绝两地的兄弟处境。

---

① 《清词史》,第 277 页。

"太华垂旒,黄河喷雪,咸秦百二重城。危楼千尺,刁斗静无声。落日红旗半卷,秋风急,牧马悲鸣。闲凭吊,兴亡满眼,衰草汉诸陵。"(《满庭芳·和人潼关》上片)感慨战乱,深沉厚重,皆以词抒写人生悲感,与其诗全然一致。纳兰虽被看作清词最为本色之代表,然其悼亡词、边塞词中的厚情深意、壮阔场景都展示出其奇情壮采,均情辞兼备,超迈有神,尤其展露其慨然不平的词作自有一种风驰雷鸣的气韵,亦超越词体之柔婉,而具诗歌之精神气格。

清初,由于词体自身的娱乐与艳情等特殊性,成为思想文化控制最为薄弱的一个环节,文人学士们为了保全自身,又有许多心志无法在传统诗歌中安放,于是词成了他们的最佳选择,词在很大程度上取代了诗歌的言志抒怀之功能。虽然词体在整体境界和主体格调方面似乎是沿《花间》余习而来,但内在意蕴与表达方式已开启了清词对诗歌回归的先路。

(二) 清代中期词的多样流变

康熙自三藩乱定后,全面加强了思想文化的控制,出台了各种有形无形的控制与消灭反叛逆反情绪的政治措施,社会上的文化限制愈来愈严密,形势也越发严峻。词体也失去了其较为自由惬意的存在方式,加入了被管制肃清的范围之中。但与诗歌不同,词体所受规范整治的部分主要集中其文学功能上,而其合乐歌唱、音谐辞美的娱人作用却得到重视。在这样的时代文学背景之下,词体的社会功能有所淡化,丧失了抒情主体的个人志趣,追逐声律格调和俊语僻典成为词坛风尚,词由初期的兴盛转趋于衰落。

前期浙派中人倡导醇雅,宗尚清空,提倡比兴寄托,反对纤巧绮靡之气,对词体的复雅与回归诗体功劳卓著,但以文字娱情的实际创作却造成了词雅而不厚的格调,离诗歌之教义尚有距离,难以张扬词体,与其初创之时的力尊词体可谓背道而驰。以幽隽著称的厉鹗，追求清绮幽洁的审美风格，其词思致微远，情韵淡雅，具有一种冷艳俊雅的色调。如其《百字令·丁酉清明》"春光老去，恨年年心事，春能拘管。永日空园双燕语，折尽柳条长短。白眼看天，青袍似草，最觉当歌懒。惝惝门巷，落花早又吹满。　　凝想烟月当时，饧箫旧市，惯逐嬉春伴。一自笑桃人去后，几叶碧云深浅。乱掷榆钱，细垂桐乳，尚惹游丝转。望中何处？那堪天远山远。"时光流逝、青春不再、终年漂泊的愤慨之情，以清冷俊逸之法写出，词境虽幽冷清寒，却时有郁勃之气，只是沾染浙派之弊，落笔轻淡，力求雅致，又多局限于一己情怀，失旨意之深厚。位列"吴中七子"的王昶精于经学，为通儒大家，亦早有诗名。他将诗坛格调派意法援入词体，其词雍容尔雅，颇具盛世之音，如"江村处处垂香稻"、"山农笑，红莲今岁收成早"（《竹香子·西陵道中》）、"几番微雨湿征衣，喜见青青麦"（《渔家傲·莎村观刈》）等语，描述了农家丰产景象。即如失意之时作品，如"恁惟悴天涯，丁香空结。雁过潇湘断也，更难望、京华云千叠"（《催雪·长沙小除夜有寄》），写旅抒怀，词句精稳，意蕴疏淡，亦遵循着诗教温雅之传统。

　　人们对词坛上出现的此类乏厚旨、少意味，只求清雅的作品表现了不满，开始了有针对性的改造。吴锡麒为张渌卿《露华词》作序，首先修正了前辈之说，言："昔欧阳公序圣俞诗，谓穷而后工，而吾谓唯词尤甚。"将词与诗并看，重申"穷而后工"之旨，有了明显的加强词体意旨的意识。又言："词之派有二：一则幽微要眇之音，宛转缠绵之致……一则慷慨激昂之气，纵横跌宕之才……一陶并铸，双峡分流，情貌无遗，正变斯备。"认同词体的多样风格。其词虽有才情浅弱之弊，但多少也展现出俊风健格之气。如："垂者云耶，立者铁耶，相对峥嵘万古。绕一发中原，自成门户。照出墙边冷月，怕更向、秦时从头数。断鞭笼袖，回身马上，细看来路。"（《无闷·出古北口》上片）笔势劲健。"江南三月听莺天，买酒莫论钱。晚笋余花，绿阴青子，春老夕阳前。　　欲寻旧梦前溪去，过了柳三眠。桑径人稀,吴蚕才动,寒倚一梯烟。"(《少年游》)自然而不乏秀逸情韵。得"浙派殿军"之称的郭麐本属性灵派诗人,诗学观念转移至词,力主表现性情,遂以轻灵明快之语抒写心中愤闷之情。如"为君试质前贤,更有个、吾家博物传。是蒙庄阔达,未离文字;谢郎轻薄,多为诗篇。磊落景纯,虫鱼诠释,凤子春驹有阙焉。亡应补,任丛残科斗,寒落蜗涎。"(《沁园春》下片)以幽默之语写落魄情怀,微露酸楚之意味。这些词作一定程度上纠正了浙派以来的词旨浅薄之弊,加强了词体表现自我、传达心志的诗体基本功能。

与此同时,阳羡词风的流韵余响亦成为这一时期词史进程中的重要组成部分。蒋士铨可谓接续陈维崧之最佳者,其诗雄奇刚健,传之于其词,少丽句绮语,多以硬语劲笔写奇逸之气,含深挚之情,寓厚重之旨。如"十龄骑马随吾父。历中原、东西南北,乾坤如许。天下河山看大半,弱冠幡然归去。风折我、中庭椿树。血渍麻衣初脱了,旧青衫、又染京华土。败翎折,堕齐鲁。"(《贺新郎·廿八岁初度日感怀,时客青州》下片)铺陈直叙,任情抒述,将人生旅迹写入胸怀。再如"眼前一片馍黏境。黑甜中、痴人恋梦,达人求醒。阅尽因缘皆幻泡,才觉有身非幸。况哀乐、劳生分领。历乱游蜂钻故纸,溺腥膻、醉饱怜公等。草头露,但俄顷。"(《贺新郎·愁似形随影》)写四海承平之际的生存愁绪,愤慨郁结,颇与当世词坛风气相左。同样,黄景仁的《竹眠词》抒述人生倦意和怨苦心境:"苍苍者天,生我何为? 令人慨慷。叹其年难及,丁时已过;一寒至此,辛味都尝。"(《沁园春·壬辰生日自寿,时年二十四》)"曾相识,谁傍朱门贵宅? 上林谁更栖息? 几丛枯木惊霜重,我是归去倦翩。飞暂歇。却好趁、渔船小坐秋帆侧。"(《摸鱼儿·归鸦》)凄怆悲凉,真实反映了那个时代文人士子仕途沉沦的命运。作为乾嘉诗坛大家和著名学者,洪亮吉与黄景仁诗歌齐名,词风亦近,"寥廓约顽仙,踏红云种田。待秋成、岁月三千。拟钓六鳌沧海去,虽不饱,且烹鲜。"(《唐多令》下片)"无家我共僧居寺。只萧萧、寒云丙舍,尚堪南指。入梦总从吾父母,醒处怕逢妻子。况薄命、久无人齿。明日出门谁念我？就飘蓬、断梗商行止。尔去矣,泪流驶。"(《金缕曲》下片)或迷离恍惚之神驰冥想,或切近生活现实而盘转情深,展示了其真实的人生情怀,颇具其诗之清疏气格。他们作词情真意挚,个人身世之感与时代际遇入之于词,与诗歌一样有着明显的对时事悲怀的流露。虽时有赋体散文化倾向,更扩展了词的空间容量,词体的表现领域和社会功能有了一定的开拓,为后人提供了借鉴的方向。

除有对阳羡词风的雄劲凌厉之势驭慷慨悲壮之情的承续外,受时风众势之所趋,出现了诸如史承谦、储秘书、任曾贻等人的对此风的调整,他们变雄深雅健为幽洁凄婉。如:"灯影分红,帘痕映翠,朝来独倚雕阑。诗慵酒懒,谁与慰愁颜？晴色渐苏梅柳,风和雪、忽又阑姗。春情远,千回万转,才肯到人间。 斑斑。听细雨,寒威未减,闷掩重关。叹鬓丝如许,那禁摧残。屈指踏春挑菜,西园路,盼断双弯。怕伊也,生生憔悴,依旧锁眉山。"(史承谦《满庭芳》)"赵北燕南几度经？春雨来程,秋雨归程。等闲消尽少年情,枕上钟声,马上鸡声。 此去重寻沙社盟,帆逐云轻,梦逐鸥轻。判将深隐谢浮名,花当倾城,书当倾城。"(储秘书《一剪梅·赵北口旅店题壁》)"断雁西风古驿,暮烟落日荒城。乍来江馆驻宵程,砧声今夜月,灯影昔年情。 拂晓片帆欲去,一川流水泠泠。蜻蜓如叶划波轻。客愁高下树,飞梦短长亭。"(任曾贻《临江仙·暨阳道中》)多抒述个人世事际遇的感受,皆情思浓郁,清雅幽婉而潜气内转,笔致曲婉,情致精雅。

总体而言,传统的诗教观念经过千百年的因袭和传承,文体观念与审美习惯等方面无不渗透诗教的种种制约因素,视词为小道的传统习见在此时重又盛行。姚椿《词录自序》即言:"文艺者大道之末,词又文艺之末"、"藉此为人事酬应",成为清中叶以来的一种流行观点,这应是此期词体不振的原因之一。但视词为余事的同时,人们又多推崇词的抒情的独立性,"每遇情事曲折,诗不能尽者,辄以倚声歌之",因此,这一时期的清词在意格雅趣上进行了提升,却无意中弱化了情志力量,在提倡雅正、追求寄托之时,消解了部分词体的娱乐与言情的体征。所言之情虽突破了词为艳语的牢笼,但毕竟受制于时代与个人思想和经历,多从一己生活感受出发,情感的厚度与广度还有待后辈人的扩充与变革。尽管如此,词体的文学社会功能的加强,雅正观念的提倡,不断地缩小着诗、词之间的差距,词向诗的全面回归近在眼前。

三、晚清词坛的回归诗教

嘉庆以来,清朝盛世已成过眼云烟,各种社会矛盾趋于尖锐。面对衰败之势,学者文士们忧心忡忡,不再醉心于个人生活的悠闲雅致,重又将目光转向了政教治世、国计民生等现实问题上,实学大兴。一生专注于经学与古文上的张惠言,并没有将多大精力投注于诗词韵文,却顺应时代学术空气和思想潮流,将其学术思想与方法引申到词学领域,倡导词体的意内言外、比兴寄托和深美闳约之致,引领了常州词派。张惠言并没有完全摒弃词体小道末技的观点,认为"其文小,其声哀",但主张词应"与诗赋之流同类而讽诵"、"以道贤人君子幽约怨悱不能自言之情"①,希望通过诗、词合类统一的方式提高词体地位,推温庭筠为最高典范,以经学家解经的方法探寻作品的微言大义,得其"深美闳约""低徊要眇"之致,其词学尊体观明显恪守儒家诗教的温柔敦厚、怨而不怒的义理,在文艺观和审美观上都体现着浓厚的复古倾向。

常州词派中坚人物周济对此有所修正,他说:"后世之乐,去诗远矣,词最近之,是故入人为深,感人为远,往往流连反复,有平矜

---

① 《词选序》,《词集序跋萃编》,第 796 页。

释躁、惩忿窒欲、敦薄宽鄙之功。"①就主体观点而言，仍是张惠言"词者，意内而言外，变风骚人之遗"的解说，依然是温柔敦厚的"思无邪"的诗教观。但他接受了词体内容与风格上的多样性，认为词体不能仅仅局限于"离别怀思，感士不遇"的抒写模式之中，"诗有史，词亦有史"②，强调了词体的重要社会功能，并提出"非寄托不入，专寄托不出"③的观点，主张作品的内在情志与外在形体的结合。之后，刘熙载、谢章铤、谭献、冯煦、陈廷焯、况周颐皆在寄托之上加以深入探讨，将忧世情怀、温厚性情、个体际遇、比兴手法等诗歌各种因素悉数移植入词体，清代词学总体呈现出回归诗统的一致性。

在晚清词体观念和词学理论的引领下，词坛创作呈现出一种讲求有意寄托、严守比兴之法的越来越近于诗歌，甚至与诗歌合一的趋势。其实，有时理论与实践往往并不完全相应，晚清词坛在理论上达到了最高境界，这最终应得益于词体漫长的创作进程的积淀和反思。相对而言，晚清词坛在创作上却不能尽如人意，虽作家作品数量庞大，佳作却不多，词学家尤甚。然词体诗化程度的提升丰富了晚清词的表达方式，增加了言志抒情的厚重感，扩大了词体的社会功能，词亦同诗一样无所不能了。

张惠言存词不多，多写得浑雅疏朗。他善用比兴，以词展示自己的处世心态，抒发时世感慨。如："王气东来百战艰，行人指点土花斑。杏山过了又松山。边马百年思塞草，征夫双泪唱刀环。何人回首战场间。"（《浣溪沙》）多重意象，多样时空，多种慨叹。再如："便有成连佳趣，理瑶丝、写他清欢。夜长无奈，愁深梦浅，不堪重听！料得明朝，山头应见，雪昏云醒。待扶桑净洗，冲融立马，看

---

① 《词辨自序》，《词集序跋萃编》，第 782 页。
② 《介存斋论词杂著》，《词话丛编》，第 1630 页。
③ 《宋四家词选序论》，《词集序跋萃编》，第 802 页。

风帆稳。"(《水龙吟·夜闻海涛声》下片)饱含清朗之气,有大雅儒者风范。周济词则大多意思隐晦,多忧生悼世之萧瑟情调:"络纬啼秋啼不已,一种秋声,万种秋心里。残月似嫌人未起,斜光直透罗帏底。　　唤起闲庭看露洗,薄翠疏红,毕竟能余几?记得春花真似绮,谁将片片随流水?"(《蝶恋花》)忧患愁闷,往往能做到寄托入,却做不到无痕之境。

　　龚自珍以诗文开一代风气,其词亦与诗一样成为其传述宣泄忧生悼世的心绪,其《鹊踏枝·过人家废园作》"漠漠春芜春不住,藤刺牵衣,碍却行人路。偏是无情偏解舞,濛濛扑面皆飞絮。绣院深沈谁是主?一朵孤花,墙角明如许!莫怨无人来折取,花开不合阳春暮。"以象征寄托的手法表达个人的社会处境。蒋春霖即认为其词:"祖乐府,与诗同源。"①具风雅之旨和温柔怨慕之意。蒋春霖追求厚重圆融的词境,常以清灵虚空之笔抒发浓重深沉的离乱之情,如:"惊飞燕子魂无定,荒洲坠如残叶。树影疑人,鹃声幻鬼,欹侧春冰途滑。颓云万叠。又雨击寒沙,乱鸣金铁。似引宵程,隔溪磷火乍明灭。　　江间奔浪怒涌,断笳时隐隐,相和鸣咽。野渡舟危,空村草湿,一饭芦中凄绝。孤城雾结。剩胃网离鸿,怨啼昏月。险梦愁题,杜鹃枝上血。"(《台城路》)从不同角度抒写感受,感慨无尽。

　　谢章铤词以幽细婉曲的形态写时事民生,抒政治情怀,如:"雨疏疏,风索索,一片伤心楼阁。人影只,烛花单,罗衣彻夜寒。断虫吟,孤雁语,添出许多酸楚。云黯淡,树模糊,家山认得无?"(《更漏子》)画面凄清,意蕴冷峭。"算几度、鸥边拼酒。一月垂天,万山窥牖。看剑哀歌,当年此际,同吾友。而今往矣,空折得、离亭柳。柳已绿成阴,欲齐上、江楼能否?"(《长亭怨慢·登金山塔院》上片)批判昏庸的政治局面,以词体展示传统诗歌表现的社会大问

---

① 李肇增《水云楼词序》,《词集序跋萃编》,第585页。

题、大意义。张景祁词苍莽悲凉,忧时伤世,"楼船望断,叹浮天万里,尽成鲸窟。别有仙槎凌浩渺,遥指神山珲节。琼岛生尘,珠崖割土,此恨何时雪?龙愁鼍愤,夜潮犹助鸣咽。　　回忆鸣镝飞空,飙轮逐浪,脱险真奇绝。十幅布帆无恙在,把酒狂呼明月。海鸟忘机,溪云共宿,时事今休说。惊沙如雨,任他窗纸敲裂。"(《酹江月》)悲慨当时的海事现状,用词体传统的体式和习见的意象形态,表现台湾故实,与诗歌一样地站在社会现实的前沿,发挥着重要的文学功能。谭献规矩常州词派比兴寄托之说,遵循怨而不怒、温柔敦厚的儒家忠爱之道。"大江流日夜,空亭浪卷,千里起悲心。问花花不语,几度轻寒,怎处好登临?春幡颤袅,怜旧时人面难寻。浑不似、故山颜色,莺燕共沉吟。　　销沉,六朝裙屐,百战旌旗,付渔樵高枕。何处有、藏鸦细柳,系马平林?钓矶我亦垂纶手,看断云、飞过荒浔。天未暮,帘前只是阴阴。"(《渡江云·大观亭同阳湖赵敬亭、江夏郑赞侯》)虽借助意象来含蓄意志,依然切近乱世时序。

到清末四大家,词之境界已基本开拓殆尽,词体亦进入末世。王鹏运宗尚常州词派,其词多曲笔隐现,寄意托怀,末世的动荡使其创作了不少参与时事、感慨甚深的作品。如"倦寻芳,慵对镜,人倚画阑暮。燕妒莺猜,相向甚情绪?落英依旧缤纷,轻阴难乞,枉多事,愁风愁雨。　　小园路,试问能几销凝?流光又轻误。联袂留春,春去竟如许。可怜有限芳菲,无边风月,怎都付、等闲飞絮"(《祝英台近·次韵道希春感》),吟咏春愁而寄寓家国内容;朱孝臧词幽忧怨悱,沉抑绵邈,意蕴深隐,有屈骚韵致;郑文焯词或绮艳密丽,或疏朗俊逸,以隐逸之气哀吟衰世;况周颐注重词体厚重浑涵之气,兴寄深微,委婉情韵中寓清狂悲凉之感。他们皆以幽微曲婉之词,述时世风云,展幽愤心态,将抒情主体隐于物象或景象之后,自觉地将词作为参与现实政治的一种自我表情达意的手段,改变了娱情怡志、陶写性灵的作词方式,进一步提升了词体社会功能和文体价值。除了外在体式,词基本上与言志之诗无甚区别。

　　作为倚声之体,词一向以缘情为本色当行,多抒写个体生活感受与私人情感,与社会政治有一定的距离。虽然宋人就已开始了对词体表现功能的开拓,但传统词体观念依然使得词在表现历史事件和社会现实方面较为薄弱。晚清学人为了弥补此种不足,也为了增加他们表情达意的选择途径,遂大力推尊词体,提升词的文体地位,在思想和艺术方面努力探讨词体的文体特质,同时又借鉴诗歌传统的表现方法,尽力将词拉近诗歌,词体诗化理论在此时臻于极致,无论是沉郁、比兴寄托、风骚之意、重拙大、境界等学说,都是对词体创作中追求诗境创作经验的总结,是对词体境界的新要求。因此,词在保留了其文学体式的基本特色的前提下,内容和形式都得到最大程度上的丰富,在很大程度上成为与传统意义相符的抒情诗,词体创作展示出新的风貌。

　　清词的中兴,与清代词人的词体观念与理论创新密切相关。他们在创作意识上虽认定词之幽隐细微的独具特征,却往往将词认定为与诗同源同质的文体,遂将儒家诗教引入词学,以义理制约意志,又以比兴寄托手法规范词体的表情达意的方式,多方面丰富词体的表现手法,最大程度上开拓词境,从而求得词体"低徊要眇以喻致"的标准境界。可以说,清词的复兴是在词体向诗歌队列行进的基础上,在诗、词合一的观念指导下实现的,从而全方位地实行了词体的诗化。因此,我们不能再用唐宋词的模式去观照清词,严格意义而言,清词已不再是完全意义上的词体,俨然是长短句之诗了。任何文体在其发展进程中,都有可以变革拓展的空间,当然也有它固有的自身局限性,一旦文体自身的承受力失去了控制,文体特性自然会遭受消解,文体的独立性必然难以保持,发展势必走向偏颇。从这一角度来看,词在经历清代前期的一度中兴后,诗化现象带来的总体走势是趋向衰竭。

结　　语

词的发展进程是诗与词的分离与合流的过程,中间又有曲体的加入与退出。从根本上而言,诗与词从来就没有分离过,只是在词体的不同发展阶段,诗歌特性或因素在词体作品中所占比重、所起作用和渗透程度不同而已。许伯卿指出:"词实际上走过了一条从与诗等同到与诗分离又逐渐向诗回归并最终等同于诗的道路。'与诗等同'指敦煌词和盛中唐词,'与诗分离'指晚唐五代词,两宋词正处于'逐渐向诗回归'的关键性历史阶段,'最终等同与诗'指清词,言'最终'是因为词在元明曾有过倒退和反复。"①此处的倒退与反复即指元明时期的词体曲化的突出现象。胡适《词选序》更是词与诗、曲相联系,将词的历史分为了三大时期:一、晚唐到元初(850—1250),词的自然演变时期。以词写诗和词的诗化并存,有意与无意并存,是诗词互动的时期。二、元到明清之际(1250—1650),曲子时期。词之曲化的突出阶段。三、清初到今日,模仿填词的时期,以诗为词的有意之作,纯为以词写诗。

词是一个极为开放的体系。五代时,曲子词开始与诗歌分道,走上自己"别是一家"的独立发展道路,也就是说,曲子词在走过近三百年的作为歌诗附庸的生涯后,开始脱离诗歌获得了第一步文体独立,这是曲子词成长道路中的关键一步,意义非同小可。当它经过唐五代一百多年的创作之后,其最初的应歌性与宫廷文学性都已发挥殆尽,宋初时开始出现向主流文化回归的趋势。人们将诗歌中的传统题材吸纳入词中,又尝试着借鉴诗文的笔势章法,如议论、比喻、记叙、用典等,扩大词的抒情功能与叙事功能,用词抒发士大夫的家国怀抱和仕途唱和,打破传统的词为艳科的局限,由

---

① 许伯卿《宋代词体诗化理论演进史论》,《文学评论》2008 年第 3 期。

女性阴柔的审美情趣向士大夫的审美情趣靠拢。至此,词以其极大的包容性与诗融合,借词言志,抒发家国情怀和政治抱负及朋友之谊,还创下词之别调——豪放气象,获得顶峰式的发展。时至南宋,词乐散佚,曲子词与音乐的关系逐渐疏离,文学性得以突显,被文人学士们努力地以雅化力量拉回到诗歌的家园。元词一方面面临宋词遗产,一方面又有时代新文体的冲击,呈现出诗化与曲化双重走势,对明清词影响深远。在明清不同的时代文化背景中,明词强化了曲体的色彩,发展了词体本初的消遣娱乐和发抒隐情的功能,原先潜隐在词体内部的音乐特质在时代曲子的感召下,耐不住性子地走出来,尽量往流行乐曲及娱乐功能上靠近,希望重新展示自己的音乐文学的本途,回归本体,然音乐的变异并未使词体的这次重整获得成功,曲化很大程度上破坏了词体的文体质感。清代学者们展开了对明词曲化的无情解剖,加强了诗歌的渗透,最大程度上扩充了词体的言志抒怀的领域,强势将词纳入诗歌的统绪之中,成为词体诗化的最大成功者,重新走上诗词一体化的道路。有意思的是,经过千年的奔走,词体似乎做了个螺旋式的翻转。无论明词的曲化,还是清词的诗化,其实都应该对词体的衰微承担责任,只是由于中国固有的传统的文体地位高低的观念作祟,人们往往将曲化之词看做词体的俗化与降格,而将词的诗化看做对词的雅化与提升,于是所谓明词衰亡、清词中兴的观念就成为学界较为一致的看法,明人成为词体的罪人,数百年来受到人们的批评和攻击,清人却成为词体的复兴者,得到人们的尊崇和欣赏。

　　每一种文体都有其产生兴盛时形成的审美规范,具有传承性与稳定性,同时每一种文体也有一定的发展空间,具有延展性与变通性,文体即是在稳定与变化中不断发展的。词是在社会文化发展的特定背景下产生的一种抒情体,是对长期建立起来的悠久诗歌中的某一类题材和某一种风格的集中展示,诗、词本不分家,后世所谓的变体与"以诗为词"更多是指约定俗成的词体本色之外的诗歌的其他题材和风格对词体的渗透，并占据了较大优势和主要地位。于是词体呈现出与温氏开创的花间传统风格的不同，使词具有了诗歌的广阔题材、深厚意旨、精神格调及雄健清刚的风格。这一方面体现为诗歌对词体的主导作用和二者的密切联系，另一方面也说明词体较为单一的内容和风格不能满足文人的表达需求。于是词体越来越多地融汇诗歌其他的题材与风格，也达到了无意不可入的状态，词体表现功能达到极致。然而，词体独有的特质同时被一点一点的融解淡化，后世的词读着就越来越像诗了。

由此可见，词体具有强大的包容性，正是由于它与诗、曲有着明显的不同，又与二者存在天然的联系，是一母同胞，故它在与二者保持距离、固守个性的同时，亦不可避免地与二者发生着联系，词正是在诗和曲二者的挤压和融通中发展演变的。从词与诗、曲共生互摄及排挤背离的文体关系的角度来认知词体发展历史，是一个更接近于词体发展真实状态的视角，可有助于深化对词体的认识，更加全面地走入词学理论世界。

第三章　词体诗化与曲化的
成因及创作得失

　　从词体发展进程来看,它始终在诗、曲的挤压和融汇中前进,并取得了辉煌的成就。可见,词是一种包容性极强的文体,那么,如何会产生这样的现象呢,同样是韵文,为什么诗与曲的交汇极少,而二者与词却发生了如此紧密的联系?

　　词体的诗化与曲化现象的生成,并不是一个单纯的创作问题,而是诸多因素参与的结果。首先,文体观念是促使词体创作走向诗化与曲化的驱动力。各个时期人们对词的本体特性与功能地位的认识,一定程度上影响了人们的创作心态,形成词体创作方式的不同选择,造成词体对他种文体的转移。其次,在词体诗化与曲化的进程中,文人学士们的身份地位也是其中一个极为重要的因素。古代文人多以传统诗歌作为主要抒情方式,即使极喜曲子词,但词为小道的传统观念使他们羞于以词家自居,元明文人又常以曲体扬名世间,或为词曲兼擅,极少专注于词体的专门文人,这便造成了他们在作词时往往会将诗歌或曲体的表现手法、思维方式和精神格调引入词体,产生词体的分体现象。此外,诗、词、曲三种文体在各个历史阶段的发展不平衡,也在某些方面促成了词向诗、曲的转移。诗歌历史久远,积淀深厚,曲体则是新生事物,充满活力,词则介入新旧体之间,难免为二者所渗透。另外,词体自母体中所携带的诗体与曲体因素,更是决定了词体在发展进程中对诗歌和曲体的必然倾斜。清代全能型的文学家和理论家李渔曾经提出:"作词之难,难于上不似诗,下不类曲,不淄不磷,立于二者之中,大约空疏者作词,无意肖曲而不觉仿佛乎曲,有学问人作词,尽力避诗而究竟不离于诗。"说明了词体的尴尬处境使之极易在创作时与诗、曲混淆。并指出了个中缘故:"一则苦于习久难变,一则苦于舍此实无也。"①极具慧眼地点到了两大原因,一是创作习惯在词中的延伸,二是词中本就隐含有诗、曲的文体质素。正是由于上述几点原因,词在发展过程中不断地向诗或曲倾斜,形成其持续变更的唐宋词之诗化、元词之诗化与曲化相重、明词的曲化、清词的诗化等各具时代特色的发展态势。

中国古代各种文体的演进历史,其实就是彼此互动互摄的历史。新兴文体在其萌芽阶段,因没有独立的文体地位和鲜明的文体属性,会受到旧式文体的攻击,不可避免地出现与旧式文体混同合一的创作现象。经过文人们的大量实践活动,最终形成不同于他体的自我属性。然而,随着新兴文体的上升趋势,它又会受到新兴文体的影响,在努力保持本体特性的同时,也会有意无意地吸取新兴文体的特点以求发展。无论文体功能还是审美风格都介于诗、曲之间的词体,正是此种文学发展规律的最好体现者。我们在进行词学研究时,只有将词放在具体的时代与文化背景下去解析,才能认识某一历史阶段词体的真实面貌,发现其存在价值与词史意义。

词是一种音乐文学,是借鉴近体诗格律并以词乐定调来进行创作的一种诗歌体裁,其本身自来源于诗体,与近体诗为一母两胎,同时又以表现时代音乐为条件,其生成即寓有诗歌与乐曲的双重属性。按照诗教传统观念和诗、词、曲的固有等级观念,词体诗化越来越得到人们的承认,虽在某种程度上削弱了词体的独立性

---

① 《窥词管见》,《词话丛编》第 549 页。

和独特性，限制了词体的发展，使词成为与诗歌一样的庄重严肃的案头文学，却不失为提升词体品位的最佳途径。与之相反，词体曲化将俚俗戏谑的情趣意格引入词体，显然有损词体越发精艳典雅的风格韵致，亦不是词体发展的合理选择，但曲化较大程度上解放了词在体制、语言、音律、功能等方面的拘限，是一种使词体回归音乐文学、延续音乐体性方面的尝试，也不妨看作是面临俗文学兴盛的词体寻找发展机遇的一种选择。

第一节　词体诗化与曲化的成因

在词学研究中，词的诗化与曲化问题是一个常谈不衰的永恒话题，是在考察词史发展时必须面对的问题，也是词体理论生发的重要基点，因而长久以来受到学界的极大关注，有着各种各种的解读。仔细梳理二十世纪以来学人们对词之诗化与曲化的研究，大多集中于时代环境的促因、词之诗化与曲化的表现形态与具体创作方式等，触及到了词之诗化与曲化的诸多因素，只是尚未能更为全面地把握其中复杂多样的形成因素。本节将主要从文体发展态势、文体观念变化、作者身份转换、词之内在的诗、曲因素等四个方面，集中探讨词之诗化与曲化的成因。

（一）文体发展的不平衡

中晚唐时期，词尚处于摸索阶段，独立特质正在逐渐形成之中，诗歌依然是抒情达意的最重要、最有影响的文体，传统文体不可动摇的强势地位，必定会将自身因素强行纳入新兴文体，一为限制其发展，维护自身地位，一为注入本体质性，保留自身影响。所以，除了音乐、环境、体制等，中晚唐诗歌的变化是词体主体风格形成的重要原因之一。与词体生成环境相称，适应晚唐时风并占据诗坛主流的艳情诗歌在文坛的集中呈现，成就了词体的题材倾向和审美风格，并以传承已久的诗法技巧去迎合和满足文人诗客的审美情趣。这种文体变化虽不是刻意而为，却在以诗写词的背景下彰显词体文体特质，并通过五代词人的集体创作逐渐凝定下来。诗、词分工渐趋明确，诗的言志功能与词的娱乐功能的分立促进了词之本色的确立，但诗歌固有的香草美人、比兴寄托等观念与旨趣仍惯性地在词中显露出来。诗歌在长期的发展过程中，形成了自己的表达方式，即使是抒写男女之情，也常常被赋予政治社会因素，难以适应用助娇娆之态的女性化歌唱，所以，当艳婉之词在西蜀南唐文坛大为兴盛之时，绮艳诗歌开始走向低潮，至宋代则成为词体的御用题材。

　　宋代初期，无论诗歌还是词体，都处在向前代诗、词模仿学习的阶段，尝试着建构新时代的文体风格，皆是发展的低潮期。随着宋初诗文革新运动的顺利进展，重思理、讲格调、雄放雅健的宋诗的审美主潮得以形成。与此同时，重情致、讲音律、华艳柔美的词体本色也在秦观等人手中延承下来，诗、词形成了明显的审美标准的对立与冲突，却都进入迅速发展的时期。虽然如此，由于“词为艳科”“诗庄词媚”的传统观念，词体地位趋于卑下，尤其是软媚艳婉的词体风格，受到主流文化的嘲笑与打击，难以在文坛中与诗歌相抗衡。随着诗文革新运动的顺利进展，其影响力度与革新范围也开始触及了身份地位都极为低下的词体，宋诗的理性思维、重儒尚雅、求新创异等新的文风染及词体创作。于是，从范仲淹、晏殊、欧阳修等词作的人生感慨，到柳永的仕途失意等，都成为词体新的内容，苏轼较为大尺度地对抒写题材，尤其是意境与气格方面的变革，带来了词体诗化最强有力的表现。虽然有人对之褒贬不一，但这种将诗意、诗旨、诗心并诗材全面纳入词体的做法，却在南宋儒学色彩浓重的时代氛围中被传承下来。南宋文人们在大力纠正苏词忽视音律的同时，对字句的精雕细刻、表达的含蓄婉约、意旨的深远幽隐、风格的雅正委曲的追求,将词从晚唐五代时对主流文化的偏离中慢慢拉回,也使词能在宋代大儒理学盛行之时,与诗歌一样成为抒情言志的有力工具,成为一代之文学,这与宋词并未远离传统儒家诗统有着十分密切的关系。

宋元之交,曲学始盛,成为元代文学的代表,一定时段和一定程度上有赶超诗歌之势,出现了诗、词、曲三体并行的文坛格局。其中传统的诗体与新兴的曲体在创作上的活力与兴盛,都远远超过了已呈衰势的词体,词体不可避免地受到来自诗歌与曲体的两极强力的牵引,其体式格调由此而发生某种程度的变异,也就在所难免,呈现出一种前代所未有的"类诗"与"类曲"的双重特征。此时,诗歌因其古老身份依然受到文人的重视与尊崇,发展态势平稳,牢牢占据着文坛的主要地位,一如既往地对词体产生强烈的渗透力。再加上元代文坛普遍接受苏轼的文学观念及学术理论,更强化了词体的诗化色彩。凡时世慨叹、人生寄意等皆可借词体进行表达,词也显示出多样风格,不仅有传统幽细委婉之态,更有雄阔刚劲之势,言志多气的审美风格也吻合了诗歌传统情趣。然而,社会政局的变化流迁、大众时风的流行趋势、世俗文化的迅速发达,导致曲体文学的趋盛,很大程度上分散了人们对诗歌的兴趣与重视,也改变了人们的审美情趣,更倾向于世俗享乐化,对同为合乐可歌的词体形成极大的冲击。于是,曲体的浅显直白的表现手法、戏谑调侃的创作方式便自然进入到词体作品中,稀释了词体本有的含蓄之思与委婉之致,词便带上了曲体色调。

明代,尤其中期以后,商品经济大发展,带来了城市的日益繁荣、市民阶层的迅速壮大和世俗享乐需求的增加。大街小巷遍布勾栏瓦舍,戏曲、说唱、小说话本等空前繁荣,通俗文化极为兴盛,活跃于文人群体和民间大众之间的新兴音乐文学样式——曲体文学达至顶峰,传统文学即旧体文学样式——诗、词,已由往日的中心地位退居边缘,于是在进行诗词创作时,文人们难免会借助通俗文学的表现手法，尤其与词较为接近的曲体方式，变革诗、词，迎合大众及文人的审美追求，以挽回雅文学发展的衰退之势，自然促成了诗、词向曲体的靠拢。由于诗歌在形式体制上与曲差异较大，又具有定型较早、极为固定的传统特点和历史悠久、不可撼动的文坛主盟地位，少有空间为他体所侵，曲化流势难以形成。同时，明代诗学走复古之路，与前代相比，没有太大的变化，未形成强有力的社会影响力，自然减弱了对词体的渗透力，再加上明人对词体艳婉柔媚的多数肯定，词体的诗化色彩有所退化。相对而言，在形体与功能上与曲极为接近的词体，却给了曲体文学极大的可乘之机，开放了很大的注入空间。曲体也借其强大的发展势态强势将曲乐、曲法、曲风、曲意全面渗入词中，从而造成了明词极为浓重的曲化色彩。

至清代，实学复兴，诗学精神回归，各种流派、多种理论造就了诗歌创作领域的热闹场景，重又呈现诗坛的繁盛面貌，对其他各类文体，尤其相近抒情文体的词产生了重要影响。先著《词洁·发凡》言："盖宋人之词，可以言音律；而今人之词，只可以言辞章。宋之词兼尚耳，而今之词惟寓目，似可不必过为抨击也。"说明清词已完全失去词之音乐属性，成为单纯以文字来表情达意的长短句之诗了，为诗歌向词体的移植提供了最佳的时机与条件。诗歌也顺应时代文艺思潮，将诗教意旨、诗歌技法及精神气质等全方位地融进词体，词体的诗化到达极致，词体终于完全回归至传统诗教，走入儒家文化主流之列。

可见，传统文体具有时间上和观念上的优势，经过历史的沉淀后形成难以动摇的强大势力，面对新兴文体时，为了保护已占地盘，保持文坛影响力，必将自身因素强行纳入新兴文体，阻碍其自由发展。反过来说，新兴文体借助强大的生命力和流行时尚元素，为了扩展地盘，扩大影响力，也会对旧式文体展开攻击，阻止其反向渗透。因此，诗、词、曲在不同时段发展的不平衡状态是词体诗化与曲化的成因之一。

（二）文体观念的指引

任何人的创作都是在一定的创作意识指导下进行的，或潜在或明言，苏轼之所以被称之为"以诗为词"的领军人物，也正是源于其超前的词体观念，以及由此而引导的创作实践。古典诗歌具有悠久的历史传统，在其长期的发展演进过程中，形成以"思无邪""诗言志"为核心的儒家正统诗学观，潜移默化地渗透至一代又一代文人学士心中，并固化为一种规范和准则，得到人们的认同与遵守，成为习惯性的创作观念。中唐时期，当文人们开始尝试词体创作时，存在于他们心中的已然定型化的诗歌传统品性观，自然会对艳科、风情写作产生一定的抗拒，或在抒写艳情时有意无意地加入政治时事、人生感慨等社会性内容，从他们的词作中依然可以清晰地看到诗歌的影子。正如董希平所言："诗词分野模糊是中唐词坛的一个标志，诗词分野出现模糊难辨、诗词创作观念朦胧两可的情况，是中唐诗人介入歌词创作、词体在演进过程中向诗歌进行借鉴所出现的必然现象。"①

伴随着燕乐的兴起，中唐产生了一种与传统诗歌在情韵格调方面有些许差异的新型歌词。初兴之时尚未形成鲜明的特点，人们并未将其当做一种新兴文体看待，仍将歌词看做是民间乐调的一部分，抱着好奇心态尝试模仿。因此，在文体观念上，中唐文人尚未认识到诗歌与歌词的差异，尚未把握诗歌与歌词的界限，甚至可以说，还没有去体认二者区别的意识，只是隐约感觉到流行歌词与传统诗歌的不同，并对其新颖奇异的特点产生了浓厚的兴趣，遂

①　董希平《唐五代北宋前期词之研究——以诗词互动为中心》，昆仑出版社，2006年，第 27 页。

产生不少歌词作品。在这样一种模糊的文体观念的引领下,创作领域自然处在诗词混沌不清的状态,诗词相互渗透的情形极为常见。中唐词在体式上已经显现出与诗歌的不同,比如每篇作品都有词牌却没有题目,抒写内容一般与词调相合,可齐言、可杂言,可单片、也可分上下片,字数、句数不像律诗有严格的规定,皆以所属词调之乐曲为标准,以及"由乐以定辞"的乐曲与歌词的新型配合方式,都显示出对音乐的依附性。即便如此,有些文人还将自己的词作收入诗集,并且按照诗歌的分类标准将它们列入律诗和乐府之中,基本上视词为诗。

由于没有独立的创作观念,中唐文人作词时自然以诗歌为参考对象,遵循着言志抒怀的诗歌传统进行词体创作,并不限于艳情内容的抒写,呈现出与诗歌相似的较为广泛的表现领域,如描述隐居生活的张志和的《渔歌子》、怀念江南风光人物的白居易的《忆江南》、表现边塞生活的韦应物的《调笑令》、体现济世胸怀的刘禹锡的《浪淘沙》以及表现风土民俗的《竹枝词》等,词具有与诗相近的题材和功能。这在第二章中也有较为详细的分析。

随着晚唐文人染指词体渐多,人们对词体的关注度也在提高,但多将之看作是酒宴文会上的娱人侑酒时的产品,并未以文学眼光看待歌词,仍未形成明确的词体观念,依然以熟习的诗歌手法创作词体。晚唐艳情诗风的流行及歌妓唱词的传播方式,使晚唐词的内容与中唐相比开始收缩,男女之情成为主流题材,但诗人文士的文化素养使词渐脱俗言俚字,浅白直露,倾向于句雅调谐,含蓄婉曲,"花间鼻祖"温庭筠成为此一时期的代表。他将歌词看做娱乐之具或炫才之品,未有明确的作词法则,仍然将诗歌的表现方式纳入词体,只是由于其词较为突出且单一的风月艳情题材与绮丽婉媚风格,无意中形成了与传统诗歌相异的特点,被人称之为"侧艳之词"。欧阳炯编选《花间集》,本意是提供一部可供公子王孙酒宴之间享乐的歌词唱本,却第一次正式涉及歌词的创作环境、社会功能、价值取向及审美风格，认为词乃歌宴酒席供歌妓演唱以侑酒助兴的，以音乐为本位，应以男女艳情为主要表现内容，要具有绮丽艳婉的风格意态，基本认同了晚唐词坛的绮靡艳丽之风。

　　经过《花间集》的集中展示，温庭筠的那种所谓"侧艳之词"遂成为词体的本色典范，词开始彰显出自己的独有特色。欧阳炯为代表的五代词体观念，看到的只是词的音乐属性，声律、辞采等方面的要求都是为了配合合乐歌唱的需要，并未将之以一种文学体性加以重视，他们对诗、词往往持两种截然不同的态度，显然将词体列于诗体之外。虽然欧阳炯的词体价值取向，很大程度上背离了儒家传统诗教，词与诗逐渐拉开距离，自成一体，但其自诩为有别于民间通俗的莲歌渔唱的"诗客曲子词"，明确标明作者的诗客身份，以与民间俗曲相区别，有意无意之间显现出将词体向艳体诗歌一样雅化的倾向，暴露了文人士子心中牢不可摧的诗歌情结，这种倾向在南唐君臣的词作中表现得更为明显，艳冶浅俗之气趋弱，呈现出清艳雅丽的词风。

　　宋初词与诗歌一样多为公卿游宴之时的酬唱应和之作，人们将填词看作是"敢陈薄技，聊佐清欢"，视为小道末技，尚未将词体纳入诗文革新运动之中，词依然是流连风月、感时伤序等闲情逸绪的主要抒写工具，与南唐时无大差别，并未吸引多少文人学士的关注，唤起他们的改造意识。柳永出现，使词的面貌焕然一变，与多数宋人一样，柳永视诗、词异体，作品差别明显，《乐章集》中的大量词作多是恋情香艳、绮丽浮靡之作，但他开始将都市繁华、市民情趣、失意情结、歌妓辛酸等写入词中，并成功将赋体铺陈手法移用填词，表现出其融汇各体文体的努力，亦有扩大词体表现功能的贡献，只是其词作中更为突出的一些"骫骳从俗"的作品与传统诗教产生违逆，被人诟病，遭到奚落，从而引发了苏轼等人的变革之意。

　　苏轼将北宋诗文革新运动的精神带到词坛，其词论虽然零散简约，却体现出与前人不同的独特见识。他以诗歌为参照、标尺来衡量词的优劣与得失,如评柳永《八声甘州》的"霜风凄紧,关河冷落,残照当楼"之语句,为"不减唐人高处。"①在《与蔡景繁书》中,云:"颁示新词,此古人长短句诗也。"言其词作不同于当今流行歌词的柔靡婉转,而是古老诗歌或乐府中的长短句,已然流露出诗为词源的认识。而"清诗绝俗,甚典而丽。搜研物情,刮发幽翳。微词宛转,盖诗之裔"②,则明确表示了诗、词同源的观点,指出词为诗之苗裔,由诗一脉承传,无疑是对词为小道的提升。苏轼强调诗、词本一的目的,是使词也能像诗那样表达丰富开放的人生际遇和广阔复杂的社会现实,同诗歌一样成为文人表情达意的工具。在苏轼心目中,诗、词可等量齐观,二者异构同质,词在抒发情性的内在精神方面与诗歌相同。在《答陈季常书》中,他说:"又惠新词,句句警拔,此诗人之雄,非小词也。"赞其词警拔雄健,非通常小词的绮媚姿态,在审美风貌上与诗歌相近,从内容、功能、风格等多方面将词拉近诗体。

苏轼以诗统为词统,表现出以诗为词的理论自觉,打破词为艳科、止于应歌的固有观念,成为"以诗为词"的代表人物。在苏轼影响下,苏门文人论词多从情性出发,黄庭坚把晏幾道的一些言情之作,与《高唐赋》《洛神赋》相提并论,认同其词"寓以诗人句法"的表达方式,称之以"清壮顿挫……狎邪之大雅,豪士之鼓吹"③。晁补之肯定苏词的性情抒写,并以之为由为苏词的不谐音律进行辩解,认为"居士词横放杰出,自是曲子中缚不住者"④。张耒认同以词陶写性情的理论主张,其评贺铸词的"满心而发,肆口而成,"⑤正与"情动于中而形于言"的儒家诗教相合。在此种理论的指导下,

① 赵令畤《侯鲭录》卷七。
② 《祭张子野文》。
③ 《小山词序》,《词集序跋萃编》,第51页。
④ 《能改斋词话》卷一,《词话丛编》,第125页。
⑤ 《东山词序》,《词集序跋萃编》,第121页。

苏轼等人开始有意识地引诗入词,突破了"诗庄词媚"的传统模式,在词的内容、题材、风格、情趣、句法、声律、功能等诸多方面,进行了一系列富有开创性的革新,词被合乐应歌而遮蔽了的文学属性得以开发,抒情功用得以加强,文学价值得以提升。带着传统诗歌抒发情性的指向,词渐渐从酒楼歌肆走向书斋案头,从歌儿舞女之口走向文人士子之心,摆脱了音乐的附庸地位而向诗歌回归,成为了抒情诗体之一种,也较大程度上改变了人们对词体的态度。苏轼之后,已有不少人开始将词看作传达个人情性的途径,以较为严肃庄重的态度进行创作。

苏轼"词为诗裔"的词体观念,主要体现了词体对于诗歌的继承性以及二者之间的同一性,它们不仅仅体现在形式上,更重要的体现在内容格调上,苏轼更重视词与诗在表现内容和精神气质上的相通方面。相对而言,苏轼在阐释词为"诗之苗裔"时,更多强调的是词与诗的一致性,而没有充分注意词与诗的差异性,尤其在音乐属性方面的差异。北宋末年,李清照站了出来,针对苏轼倡导的词之诗化而提出了"词别是一家"的观点,以词应合律可歌为基本出发点,说明词与音乐的密切关系,以及词与诗的不同之处,主张严分诗、词界限,并以此为绳墨来衡量前人词作的长短得失,肯定柳永"变旧声作新声""协音律",否认欧阳修、苏轼等人的"句读不葺之诗。"在此基础上,李清照还提出了词的文学审美特点,如高雅、浑成、讲究情致、典重、含思宛转等,而这些要求同样也是中国古代诗歌的传统审美规范,说明尽管李清照为维护词的独特性而严分诗、词疆界,但在进行理性探知和建构本色理论时依然未能完全走出诗统,其本人尤其是南渡之后的词作在题材内蕴方面即有明显的诗化色彩。

宋室南渡以后,民族灾难对人们的生活与命运形成了极大的冲击,也较大程度上改变了他们的文学价值观念。南宋词坛,理论上较多地承继了苏轼"词为诗裔"的观念,大致形成并确立了诗词一体、诗词相通的观念。南宋初年的朱弁既已开始关注此一问题，其《风月堂诗话》曰："东坡谓词曲为诗之苗裔，其言良是。然今之长短句，比之古乐府歌词，虽云同出于诗，而祖风已扫地矣。"郑刚中《乌有编序》进而说："长短句亦诗也。诗有节奏，昔人或长短其句而歌之，被酒不平，呕吟慷慨，亦足以发胸中之微隐。"王灼《碧鸡漫志》说："西汉时，今所谓古乐府者渐兴，晋、魏为盛，隋氏取汉以来乐器、歌章、古调并入清乐，余波至李唐始绝。唐中叶虽有古乐府，而播在声律则鲜矣；士大夫作者，不过以诗一体自名耳。盖隋以来，今之所谓曲子者渐兴，至唐稍盛，今则繁声淫奏，殆不可数。古歌变为古乐府，古乐府变为今曲子，其本一也。"又谓："东坡先生以文章余事作诗，溢而作词曲，高处出神入天，平处尚临镜笑春，不顾侪辈。或曰：'长短句中诗也。'为此说者，乃是遭柳永野狐涎之毒，诗与乐府同出，岂当分异。"[1]胡寅亦谓："词曲者，古乐府之末造也。古乐府者，诗之旁流也。"[2]王炎曰："古诗自风雅以降，汉魏间乃有乐府，而曲居其一。今之长短句，盖乐府曲之苗裔也。"[3]朱熹《朱子语类》亦云："古乐府只是诗，中间却添许多泛声。后来人怕失了那泛声，逐一声添个实字，遂成长短句，今曲子便是。"陈蓂更是将词上比《诗经》，其《燕喜词叙》云："春秋列国之大夫，聘会燕飨，必歌诗以见意。诗之可歌尚矣。后世阳春白雪之曲，其歌诗之流乎？沿袭至今，作之者非一。造意正平，措词典雅，格清而不俗，音乐而不淫，斯为上矣。"他们或认为诗、词同源，或强调诗、词一理，虽不免有矫枉过正之嫌，却都是从歌诗演变的角度，认定词体产生与古诗乐府的渊源关系，强调词与诗的同一性，并从精神品性上向诗歌的境界靠拢，与苏轼的诗、词一体论在本质上一脉相承，

---

① 《词话丛编》，第 83 页。
② 《酒边集序》，《词集序跋萃编》，第 168 页。
③ 《双溪诗余自序》，《词集序跋萃编》，第 302 页。

且又有所超越。

既然词是歌诗之流变，其功能与价值自当与诗歌相等，南宋人表达了对词体社会功用的重视。陆游论词针对《花间集》而抨击士风流宕，从反面说明了词体应具有反映社会现实的作用。陈亮以词作为自己陈述"经济之怀"的工具，范开肯定辛词的陶写气节、功业的社会功能。刘克庄、刘辰翁都肯定苏、辛词的言志作用，宋末林景熙在《胡汲古乐府序》中对《花间集》的"香奁组织之辞"以及宋代"词家争慕效之，粉泽相高，不知其靡"的创作倾向表现了极大的不满，明确指出："乐府，诗之变也，诗发乎情，止乎礼，美化厚俗，胥此焉寄，岂一变为乐府，乃遽与诗异哉。"将词称作"古乐府"，其从诗歌中变化而来，也应"发乎情，止乎礼"，在抒写内容与价值功能上本与诗歌原无差异，直接将词论引向传统的诗论。詹效之说曹冠词"得于六义之遗意，纯乎雅正者也"、"足以感发人之善心"、"有助于教化。"①词的功用已被提升到有助教化、感发善心、表达心志的程度，在这方面与诗歌也就没有什么区别了。这些理论观念可看作是对苏轼诗化理论的延续、深化与发展。

从文学发展以及诗、词创作的实际来看，诗言志、词言情，已成为文坛上约定俗成的认知观念，体现了诗、词在传达情性方面的侧重点不同。然而，尽管志与情有所区别，分别体现了主体心理结构中的理性因素与感性因素，但它们毕竟归属并统一于主体的心理结构，在主体精神方面相互关联，这决定了二者之间的难以分离。到北宋中后期，词逐渐脱离音乐而变为"不歌而诵"，从听觉的、可歌的艺术，转变为视觉的、书面的文学，由声情为主转变以文字为主，这种变化很大程度上影响了词的生存和创作环境。因此，南宋文人，在强调词体合乐之时，更加突出其文学属性，与诗化理论相配合，强调"思无邪"，要"屏去浮艳，乐而不淫"，不"为情所役"，亦

---

① 《燕喜词序》，《词集序跋萃编》，第 228 页。

不作豪壮语,崇尚醇厚雅正,明显带着温柔敦厚的诗教主旨的影响。于是,他们热衷于对词体创作文法的关注和探索,以诗法通之于词,将传承几千年的古老诗歌的创作模式纳入词体,使词体在表现形式和气格情调方面趋于清空典重,以助其恢复古老的风雅传统。他们虽未将诗化理论完全转移至言志之道,但将缘情与言志结合,肯定词体抒发情性,有所寄托,则成为宋末诗学理论的主流。

南宋词坛重新认识苏轼"以诗为词"的创作,又顺应时代文化潮流,进一步开发北宋以来的诗词同源一理的内涵,词体诗化理论受到普遍认同。将此种理论观念投射于词体创作中的结果是,无论辛派词人的志高意远、器大声闳,还是格律词人的意深致远、清空骚雅,无论艳情词的浓情蜜意、婉媚艳丽,还是咏物词的托意深远、含蓄隐晦,都体现出对晚唐五代以来传统词体的变革,诗教精神和诗歌技法都或隐或显地呈现于大量的词体作品中。

金元二朝,词学理论批评意识上呈现出一种对立趋势,一是以陆辅之为代表的南宋风雅词派雅化理论的继承,讲论词法,重视章法、句法与字法的锤炼,追求典雅中正,结果造成部分元词的纤巧妍丽,失去了精神气骨。一是从王若虚、元好问直至刘将孙的诗化路线,这是占据着金元词学批评主流地位的理论观点,是对苏轼的"词为诗裔"说更为全面和深入的接受。

王若虚并非词学专家,现存十余则词论都出自其《滹南诗话》中。他继承苏轼"诗词同源""词为诗裔"的观点,提出"诗、词只是一理",从诗、词同属抒情文体的共性出发,主张词写真情,提倡严肃的创作态度,明显偏重于重文轻声,重内容轻形式,基本上是站在诗论家的立场来论词,在词的艺术特征、形式体制方面未有较为全面深入的探究。但其充分肯定苏轼的"以诗为词",诗、词一理的观点直接影响了元好问的词学观念。遗山论词,极力推崇苏、辛之词,特别重视二者的真实性情的展示,认为他们的作品,于"情性之外，不知有文字"①，是时代精神与人格理想的自然展示。元好问把词看成一种具有独特体性的抒情体裁，是作者主体情感的自然表露，明确地将古典诗学核心观点"吟咏情性"引入词学，却未对之作充分论述。元代刘将孙继之后，以情性作为其词学观的生发点，将其定位于"各自极其中之所欲言"，即作者主体内在情感的自由展现。他提出诗、词属"同一机轴"，"发乎情性"是诗、词等抒情文体的本质特性，将"吟咏情性"作为词体的一个基本性能予以突出和强调，将之提到词学创作原则的高度。②

　　事实上，元代的词虽然仍然可以歌唱，但往往只局限于文人集会，唱词与听歌已成为一种文人雅事，市井大众传播环境基本上为新兴曲体所占据。文人多将词看作诗歌同类，而忽视了其可入乐的歌词性质。"铁崖体"诗人杨维桢在《渔樵谱序》中说："《诗》三百后一变为骚赋，再变为曲引、为歌谣，极变为倚声制辞，而长短句平仄调出焉。"清晰地表述了曲子词的源头即为上古诗歌，大体上说明了诗、词在本质上一脉相承的关系，是"词为诗裔"观点的阐释。如前所论，苏轼"词为诗裔"说的实质是强调词体与诗体的共性，主要着眼于诗词二体在抒情功能上的相通性，较少关注词体的个性化色彩。至金元时期，元好问等人更是以"情性"说为核心，从本质层面上消除了词体与诗体之间的鸿沟，实际上有以儒家诗教来规定作品思想感情的用意。这种在当日词坛呈现主导倾向的词体诗化理论，自然带动了创作领域的诗化现象，元词诗化也成为元词发展的主流走势，无论表现内容还是审美风格都有明显的"类诗"倾向。文人们论诗谈词常常以诗、词并称，在编选诗、词集子时，也往往集为一编，称为"诗词集"，"诗词"已成为一个固定用语出现在人们的日常谈论中，与宋代相比，词体的诗化趋势

---

①《新轩乐府引》，《遗山先生文集》卷三十六，四部丛刊本。
②《胡以实诗词序》，《词集序跋萃编》，第 481 页。

有所加强。

与此同时,元代曲学兴起,唱曲听曲成为社会时尚,民间市井俗文化渐趋发达,对以传统诗歌为中心的主流文化形成冲击与超越,日益雅化的词体也不免受到影响。人们对词体特征的认识变得复杂起来,如大都词人群中的北派代表词家王恽,有一首《行香子·秋霁遥岑》,前有小序云:"乙酉岁九月二十五日,过林氏西圃,与主人公泊张道士看花小酌。林曰:'若作数语,以记其事,使通俗易解甚佳。既归不百步,得乐府《行香子》一阕,醉立斜阳浩歌而去。"本应以婉曲绮丽的词语记载暮色中赏月小酌的风雅趣事,却要以通俗之语、浅易之言呈现。王恽在其词《玉漏迟·越山征路杳》后有跋曰:"二篇自觉语硬音凡,固非乐府正体,望吾子取其直书,可也。""乐府正体"当指词体传统的柔媚婉丽的特征,在王恽看来,"语硬音凡"显然不符合词体要求,却又有意如此填词,正反映了在曲体文学的影响下词体风格的变异,说明元代词家在某种程度上接受了通俗浅显、生硬平直等原本属于曲类文体的特质,表现出词体观念的动摇与混乱,进而在创作取向上会有意无意地趋向于社会流行文体的审美风尚,词作不免带有通俗化、口语化、议论化以及浅显直露等特征。与前代相比,元代词坛呈现出更为复杂的走势。词坛诗化理论的引导,以及音乐系统的变迁和词乐、唱法的渐失,使词已经有明显的徒诗化倾向,然词体内的音乐属性与佐欢功能并未完全丧失。虽然词体在可歌娱乐方面已失去市民大众市场,却未完全淡出社会娱乐传唱的视野。而正是在这一点上,词与曲的关系要比诗歌近得多。因此,在词体向诗歌移位的同时,也会时不时地走近曲体,呈现出两种走向。

明代,城市经济发展迅猛,市民阶层进一步壮大,通俗文艺极为盛行,文艺的娱乐功能得以加强。处于繁盛期的曲体与诗歌、词体共存于文坛,颇有超越旧体之势。在词学理论批评方面,明人多守"词为小道"、词为艳科等前代陈说,如"词于不朽之业，最为小乘。"①他们认为词体无法与诗同日而语，二者在语体风格具有截然不同的特点，界限明显，这也许是明人诗、词作品关系较远的原因之一。相对而言，在明人的文体观念中，却往往词、曲不分，笼统地将二者视为一体，论词时多以曲作参照，以曲拟词、以曲释词甚至以曲评词，这种现象在词论家和曲论家那里都是如此。如陈霆《渚山堂词话》卷一称："刘伯温有《写情集》，皆词曲也。"卷二论朱淑真，称"其词曲颇多"。卷三比较高启、杨基词风异同："他诗文未论，独于词曲，杨所赋类清便绮丽，颇近唐宋风致；而高于此，殊为不及。"②这几处所讲的词曲，其实都是专指词体。曲家朱权在《太和正音谱·古今群英乐府格势》中，评："马东篱之词，如朝阳鸣凤"，"张小山之词，如瑶天笙鹤"。何良俊《四友斋曲说》称："马之词老健而乏姿媚，关之词激厉而少蕴藉"。王骥德言："元词选者甚多，然皆后人施手，醇疵不免。惟《太平乐府》系杨澹斋所选，首首皆佳。"③沈宠绥《弦索辩讹·自序》："昭代填词者，无虑数十百家。矜格律则推词隐（沈璟），擅才情则推临川（汤显祖）。"以上曲家所说之"词"，当指散曲或剧曲，都为曲体。清人沈德符《万历野获编》赞陈铎："今传诵南曲，如'东风转风华'，云是元人高则诚，不知乃陈大声与徐髯仙联句也。今人但知陈大声南调之工耳，其北曲《一枝花》（天空碧水澄）全套，与马致远'百岁光阴'皆咏秋景，真堪伯仲。又《题情新水令》（碧桃花外一声钟）全套，亦绵丽不减元人。本朝词手，似无胜之者。"此处称赞陈铎的散曲之工，却以本朝词手称之。明人还有南词、北词之分，因前后期所指不同，或分指词体与散曲，或分指传奇与杂剧，更增加了词、曲称谓的混杂滥用，类似评语在明代词论曲论中可谓俯拾皆是。

---

① 俞彦《爰园词话》，《词话丛编》，第399页。

② 《词话丛编》，第359页、361页、372页。

③ 《曲律》，第183页。

　　语词概念上的混淆使用反映了明代词、曲不加分别的理论背景,此种现象的产生正出于明人对词、曲共通性的认知。从本质上说,二者都是以长短错落的语句配合特定的音乐来演唱的文本,二者在用韵、衬字等形式上的不同,只是同一体性内的差异,非本质之别,元曲中就有不少来自词体的牌调。只是由于二者所配合的音乐差别,才导致了在内容、题材和风格等方面的不同。从词体合乐可歌的性质出发,明人多主张词为乐府之变,王世贞提出:"词者,乐府之变也。"①俞彦说得更为具体:"词何以名诗余,诗亡然后词作,故曰余也,非诗亡,所以歌咏诗者亡也。词亡然后南北曲作,非词亡,所以歌咏词者亡也。谓诗余兴而乐府亡,南北曲兴而诗余亡者,否也。"②认为词到曲的演进,是不同时代特定音乐系统变异的结果。词并未消失,只是不能像原来的词乐那样演唱,却可以以当时的流行曲乐相配来唱。所以,明人认为词与曲皆是乐府,不管它依何乐,只要能入乐歌唱,不管称词还是曲,都是一体。

　　有了这一前提条件,明人论词的体性,一般都从词体与音乐的关系入手,关注词的音乐体性,遂对词之体段、句度、声韵进行总结。在强调维护词的音乐体性的同时,明人也展开对词体文学功能的探讨。受明代社会文艺思潮的影响,明代词论家纷纷把注意力投向词体缘情的特性,接受了"诗庄词媚"、"诗言志、词言情"的传统观念,又增加了新的思想内蕴,对所言之情有明确指向,如:"言情之作,必托于闺襜之际。"③他们往往将"情"局限于人体生存与享乐的情欲,如"天之风月,地之花柳,与人之歌舞"④等,而远离了社会性和政治性的情感。

---

　　① 《艺苑卮言》,《词话丛编》,第 385 页。
　　② 《爰园词话》,《词话丛编》,第 399 页。
　　③ 陈子龙《三子诗余序》,《词集序跋萃编》,第 507 页。
　　④ 杨慎《词品》卷三,《词话丛编》,第 467 页。

　　在这样的体性观的引导下，明代也产生了较为明确的词体风格论。张綖首次提出词分婉约与豪放二体，却明言婉约为正体，此种词体正变观得到大多数明人的认同，如："词贵感人，要当以婉约为正。否则虽极精工，终乖本色，非有识之士所取也。"①"词须婉转绵丽，浅至儇俏，挟春月烟花，于闺襜内奏之。……至于慷慨磊落，纵横豪爽，抑亦其次，不作可耳。"②"诗余以婉丽流畅为美。"③故艳丽婉媚成为明人的主要审美风格取向。

　　一般而言，明人的"词为小乘"的保守观念，导致人们创作态度的随意，出现大量游戏之作，使作品染上曲体的玩世精神。明人"主情"的词体观与曲之着重娱情的文体功能正好相应，尤其将所言之情限定得近乎情欲，以及偏嗜婉约、重情轻理的词体审美观念，反映在创作领域，遂产生了不少浅显淫艳之作，使词作染上曲体的世俗浮靡情调，严重疏离了儒家诗教。直到明末清初，一部分词学家在时代更替、世事变乱的现实面前，不满意明词的曲化走势，重新开启了词体诗化之路。

　　对明词的反思与批判成为清代词坛主流，纠正明词曲化则成为词坛主要的努力方向。因此，将词从世俗曲体中拉出，使之重新回归到传统诗歌的正宗体系，则是清人的全部工作和最终目的。词乐在清代基本消失，随着《诗余图谱》《啸余谱》等词谱的刊刻，词体创作彻底完成了由倚声填词、倚词填词向倚谱填词转型，词的性质与诗更趋一致。王象晋云："宋之填词即宋之诗可也，即李唐成周之诗亦可也。"④即表明词与诗歌的同质性，词的音乐属性基本丧失殆尽。词体的这种存在状态为清代词体观念的确立提供了新

　　① 徐师曾《文体明辨序说》，人民出版社，1962 年，第 165 页。
　　② 王世贞《艺苑卮言》，《词话丛编》，第 385 页。
　　③ 何良俊《草堂诗余序》，《词集序跋萃编》，第 670 页。
　　④ 《重刻〈诗余图谱〉序》，《词集序跋萃编》，第 895 页。

的考察角度,成为词体向诗歌回归的最好契机。

　　清代词论主要围绕辨词体、觅词统两个方向展开。清人找到
了词体自身的恰当位置,形成词要"上不似诗,下不似曲"的共识。
由于清人极为警惕明词的曲化问题,在辨体时自然将重心放在了
词、曲之别上,而出于推尊词体的目的,大体思路是上攀古风诗骚,
词与诗歌必然纠缠在一起。虽然在他们的内心深处仍浸染着"词
为小道"之说,但清代初年即已出现了某种修正中和意识,如"词虽
小道,然非多读书则不能工"①"虽填辞小技,亦兼词令议论叙事三
者之妙""词诚薄技,然实文事之绪余"②;更多论点则表现出普遍
的尊体意向,如丁澎将词上溯诗骚,其为龚鼎孳《定山堂诗余》作
序,认为:"诗余者,三百篇之遗而汉乐府之流系,其源出于诗,诗本
文章,文章本乎德业,即谓诗余为德业之余,亦无不可者。"尤侗《延
露词序》亦称:"诗以余亡,亦以余存,"说明诗之精神气质在其"余"
即词体内获得延伸与继承。阳羡词家陈维崧言:"为经为史,曰诗
曰词,闭门造车,谅无异辙也。""选词所以存词,其即所以存经存史
也夫。"③更是将词推上经史的高度,从根本上动摇并否定了词为
末技的传统观点。之后,浙西词派、常州词派论家在不断地修正和
深化中,进一步将词体提升到与诗并行的文体地位,如汪森、厉鹗
分别从语言句式、倚声合乐和思想内容的角度将词祖推至三百篇,
王昶以音乐为线索,认为词为"诗之正也,"不仅是"《诗》之苗裔,且
以补《诗》之穷"④。张惠言亦言"(词)与诗赋之流同类而风诵
之"⑤,明确表示将词与诗赋一样,列于儒家传统所认可的正统文
学的阵营中。

---

　　① 彭逊遹《金粟词话》,《词话丛编》,第 724 页。
　　② 贺裳《皱水轩词筌》,《词话丛编》,第 698 页、709 页。
　　③ 《词选序》,《词集序跋萃编》,第 761 页。
　　④ 《国朝词综自序》,《词集序跋萃编》,第 775 页。
　　⑤ 《词选序》,《词集序跋萃编》,第 795 页。

在词与诗同质一体的词体观的基础上,清人对词体创作也展开了多方面的讨论,尤其关注词体表达方式与审美风格的探讨。浙派词人提倡醇雅,认为"言情者或失之俚,使事者或失之伉,鄱阳姜夔出,句琢字炼,归于醇雅"①。实际上是以乐而不淫、怨而不怒、清婉醇正的诗教精神规范词体。朱彝尊在《陈纬云〈红盐词〉序》中要求:"善言词者,假闺房儿女子之言,通之于《离骚》、变雅之义。"《紫云词序》认为"词者诗之余,然其流既分,不可复合……要其术则一而已。"主张词与诗在托意寄兴方面是一致的。这一提法得到浙派后人的不断补充,并直接启发了常州词派张惠言的比兴寄托解词之法。

厉鹗将论词标准之雅并同于《诗经》三体之一的雅,着重于内容的雅正,他说:"所托兴,乃在感时赋物、登高送远之间。远而文,澹而秀,缠绵而不失其正,骋雅人之能事,方将凌铄周、秦,颉颃姜、史,日进焉而未有所止。"②倾向于对儒家伦理道德观念的维护,符合传统诗教的要求。张惠言强调立意,推崇比兴,认为词"缘情造物,兴于微言,以相感动,极命风谣里巷男女哀乐,以道贤人君子幽约怨悱不能自言之情,低回要眇,以喻其致。盖诗之比兴,变风之义,骚人之歌,则近之矣"③;要求词体既要有讽谕美刺的功能,又需具含蓄委婉的审美,力图把词体纳入温柔敦厚的诗教轨道。此后,周济的寄托出入、谭献的折中柔厚、陈廷焯的沉郁温厚、况周颐的"重、拙、大"等,皆以此为核心,完全将词与诗并看同待了。

在这样的词学理论批评的背景下,词坛风尚有了很大的改变,由前代的曲化趋势转而进入清词的诗化环境,作家作品层出不穷,数量庞大,多有浓浓的诗化色彩,除了外在形式上,词在创作上俨

---

① 汪森《词综序》,《词集序跋萃编》,第 748 页。
② 《群雅词集序》,《词集序跋萃编》,第 559 页。
③ 《词选序》,《词集序跋萃编》,第 796 页。

然与诗歌无二致了。

　　理论指导实践,实践催生理论。任何文体在其成熟定型之后,都会形成一定的审美规定性,同时又具有相对的变通性。在其发展过程中,它必然会受到创作者的文体观念和审美思想的指引和影响,在规范性和变通性之间产生摇摆。词也不例外,正是在其发展阶段中不断变化的词体观念的引领下,形成各不相同的时代特征,在保守与变革、稳定与转化、诗化与曲化中持续前进。

(三) 作者身份、气格的转换

　　作品与作家的关系是文学研究中的一个重要论题,从古到今已有不少评述,如明人江盈科云:"从古以来,诗有诗人,文有文人,譬如琴者不能制笛,刻玉者不能镂金,专擅则独诣,双骛则两废。有唐一代,诗人如李如杜,皆不能为文章。李即为文数篇,然皆俳偶之词,不脱诗料。求其兼诣并至,自杜樊川、柳柳州之外,殆不多见。韩昌黎文起八代,而诗笔未免质木,所乏俊声秀色,终难脍炙人口。宋朝惟欧阳公,号称双美。天才如苏长公,而其诗独七言古,不失唐格。若七言律绝,便以议论典故为诗,所谓文人之诗,非诗人之诗也。"①指出文人各有专擅之体,非谙各体,当以此体作者身份从事他体创作时,难免会有文体相融之处,终有失格之嫌。清李渔亦有类似表述,如前已所引其言:"作词之难,难于上不似诗,下不类曲,不淄不磷,立于二者之中。大约空疏者作词,无意肖曲,而不觉仿佛乎曲。有学问人作词,尽力避诗,而究竟不离于诗也。一则苦于习久变,一则迫于舍此实无也。欲为天下词人去此二弊,当令浅者深之,高者下之,一俯一仰,而处于才不才之间,词之三昧

---

① 《雪涛诗评》,《明诗话全编第六册》,江苏古籍出版社,1997 年,第 5832 页。

得矣。"①认为作者的不同精神结构，以及各有专长的文人身份特征，是影响词体诗化与曲化的因素。清田同之云："填词亦各见其性情，性情豪放者，强作婉约语，毕竟豪气未除。性情婉约者，强作豪放语，不觉婉态自露。"②亦是此意。

魏晋以来，随着文学自觉的开启，文学开始独立于学术之外，于是从儒者队伍中分离出纯粹的文士，范晔《后汉书》始分文苑传与儒林传即是一个表征。儒者以辅佐人君、大行治道为己任，而文士则追求抒发情怀、驰骋文才，这就是儒林与文苑传统、精神之主要区别，却无形之中也使文士自身即带有一定的儒者情怀，并与诗教相合而一。历代中国文人身上兼有儒雅与风流两种素质，常以儒士称谓。在不同的文化环境下，二者呈现出或合一或分离的状态，造成文人精神气度的变化，进而形成文学创作时的风格境界的差异。

中晚唐文人开始作词，就是以文士身份进行的尝试，五代《花间集》所录歌词就称之为"诗客曲子词"，即是以诗人的身份、诗歌的品位创作的合乐可歌之词。宋词繁盛，成为一代之文学，但终宋之际，除柳永、周邦彦，极少有仅专注于词的文人，诗人与词人的身份交叠使用。其实自宋自清乃至近现代，诗人与词人的身份界定一直处于模糊不清或相互交叉的状态中，更由于诗尊词卑的传统观念的影响，人们常以诗文家自居。因此，无论是早期的"诗客曲子词"，还是后世词学所提出的"诗人之词"，都印证了诗歌对词体的渗透是词体创作的一种常态，作者的诗人身份和诗歌创作经验都是填词时无法回避的，作者的诗人气度及诗性精神也会自然注入词体。与此相似，元明时期的词人与曲家的身份也是互相交叉、极为模糊的，处于通俗文化发达时期的词人，不自觉地染上曲家避

---

① 《窥词管见》，《词话丛编》，第 549 页。

② 《西圃词说》，《词话丛编》，第 1455 页。

世玩世的精神气质,且当日文人多将创作重心放置于兴盛曲体之上,较少关注已显衰势的词体,故呈现出词体向曲体吸取融汇的现象。

具体而言,晚唐词坛雅俗不拘、兼容并包,作词之人多为个性张扬、耽于享乐之士,词人性格得到空前自由的发展,有着更为多样的选择,而人生失意、伤离悲苦、世态炎凉等末世情态,强化了词人身上的江湖游子、市井青楼之气,形成了后世对于词人性格的放荡不羁、才子无行、轻薄躁进的定位。此种印象也是后世文人蔑视词家、耻于词人身份的重要原因。晚唐是进士文化的天下,正是由诗而词的关键,以诗赋取士的科举考试,使得士人将所习的重心从儒学经典转到了诗赋文章,反转了儒学与文学的传统地位,儒林传统精神倾斜、转化,使得统治阶级的新成员即进士阶层,在思想道德、出处大节上形成了一系列被视作无行、轻薄的特点,如温庭筠、皇甫松等人。于是以娱乐享乐功能为主的词在这种士风下迅速发展起来,但晚唐文人所接受的诗赋教育及练就的诗赋创作能力,使他们不自觉地将诗歌技法带入词中,雅化了民间词,渐渐形成文人词的独有风貌,只是士人情怀在词中渐渐淡化至消散。

五代乱世,处于唐宋文化易代之间,文人人格复杂多样,无行浪子、文雅书生、庄重儒士、雍容君臣,又值诗衰词兴之际,五代文人以多样身份全面适应并接纳了晚唐词体,发展和凝定了词体特质,其中的南唐词人以帝王宰臣的身份抒写国变家亡的人生感慨、世事无常,士大夫情怀复现词作之中,其中的精神气格中已含蕴了宋初士大夫词人的性格因素。

宋代重文轻武的朝廷政策提供给儒士们良好的自由空间,城市享乐风气与世俗燕乐歌舞的发展形成悠闲享受的处世心态,促使宋人具有丰富多样的个体生活情趣,形成雅致的生活追求和娱乐方式。不过,面对五代士风流荡的局面,新晋王朝开始整肃人心,推崇雅正,创建新的文化格局,在大力恢复道统的时代背景下,宋人并未只耽于追求世俗享乐，却极为重视个人精神品格的建构。他们或许出身低微，然科举考试带来身份地位的改变，同时道德与学术的涵养，使他们表现出士大夫沉静内敛、优游从容的气度，如晏殊、欧阳修、苏轼、王安石、辛弃疾等。他们讲求思辩，崇尚学术，砥砺气节，文章以经世致用为归，平居以儒雅雍容为上，形成了有名的宋儒风范。宋人的文人、官员、学者三位一体的多重身份，也决定了他们将文学创作当作俗务或雅趣，是才能与修养的一种体现，亦是世俗生活不可或缺的一种方式。在这点上，诗与词没有本质上的区别。宋人普遍以政治儒者的身份自居，诗词文学只是他们的政事余事。

　　因而，宋代文人谈经论义，探究经世治国之术，强调济世修身的内圣之学，往往以官员、学士的身份出入社会公众场合，创作社会政治气息很浓的诗歌，显示传统的诗者观念，保持严肃庄重的诗人形象，却以文人词家的面目出现在公事之余的私人歌宴酒席上，纵情享乐，在酒酣耳热、狂歌软舞之时，抒写风月艳情，流露人生感慨，发抒无常哀愁，展示其风流蕴藉的词家风流。两种身份从两个方面满足了宋人的心理和社会需要，然"在他们看来，诗人与词人二者是统一的，但是有主次，诗人是第一角色，词人是第二角色。对于一个完美的宋代士大夫人格来说，第一角色的完美之余，便会延展为第二角色。"①

　　诗人之志与诗人之才是最根本的文学素养，诗人人格气质的高拔必然提升词人的人格气质，故"以余力游戏为词，而风流闲雅，超出意表"②。词不过是文人学士文采诗思溢出的产物，词人也不过是文士诗客的附加值，沿着诗文在载道言志抒情上的余绪，词自然意正格高，二者绝不可颠倒主次。可见，宋代词人是在宋儒人格

---

① 董希平《晚唐五代北宋前期词研究》，昆仑出版社，2006 年，第 184 页。
② 李之仪《跋吴思道小词》。

塑造及诗文本位的传统中成长起来的，违背了二者任何一点，都难以为社会所接受。如柳永是宋代词坛大家，"凡有饮水处，皆歌柳词"，却因流连妨间、以词扬名屡屡累及宦途。韩维更是劝晏幾道："愿郎君捐有余之才，补不足之德，不胜门下老吏之望云。"①皆将词看作道德文章之对立面，只可偶尔逞才娱人而已。新的社会文化环境中塑造的宋人多样身份定位，有助于传统的诗人雅志与词人风流的和谐共处，不过，宋人诗人词家的复合身份始终是以诗主词次的定势存在的。他们立足于诗人身份，又兼顾词家角色，从而使得词也成为宋代文化中的重要组成部分。他们将儒者精神带入词中，也必将儒家传统诗教带入词中，从语句、风格、意境尤其是精神个性方面带来词的诗化。即如纯以文士身份经世并以词家名世之柳永、晏幾道、姜夔等，他们的词品更具有词初起时的以抒情为主、言志为辅的特点，虽对词体有所变革，但并未对词之本体性进行实质性突破。他们皆被认定为词中高手，主要因为他们兼具诗人词人双重身份，双擅诗词，既能时时选取诗语入词，融化诗人句法，却又能做到不远离词韵词境。

词这一文体正是经过作者身份和精神气质的转换实现了功能上的演变，拓展了生存空间，丰富了内容情调，提高了词法词品，诸如苏轼的以诗为词、姜夔的移诗法入词等，其实都是词人借用诗歌内在的丰厚底蕴，促成词体的迅速发展，并使之达到鼎盛。宋词常常表现得典雅婉丽，风流蕴藉，咏富贵景象而气度雍容不落鄙俗，写风月相思而情思绵邈不落轻佻，感慨情志而清空骚雅不落粗豪，清辞丽句中流溢着浓浓的诗情画意和儒者的书卷气，颇有诗歌精神气度。

王水照先生在《宋代文学通论》较为详细地论述了士人身份与人格精神对词体诗化的影响，他认为，宋代文士"大都富有对政治

---

① 邵博《邵氏闻见后录》卷十九，刘德权、李剑雄校点，中华书局，1983 年。

社会的关注热情,怀有'以天下为己任'的责任感和使命感,努力于经世济时的功业建树中,实现自我的生命价值","崇尚气节,高扬人格力量","直接导致文学中儒家重教化的文学观的强调和发扬",并将其"渗透到了原本与封建伦理相违拗的词学领域之中,"①于是,词的创作观念和社会功能发生改变,进而影响到题材内容与审美风格的变化,"以诗为词"便是十分自然的事情。

元王朝以征战起家,强于武治,弱于文治,终元一代均无正常的科举体制,再加上元王朝对汉人的钳制意识,士人失去进身之阶,被剥夺了文人阶层实现其传统人生价值的机会,失落了传统文人的应有位置,迷茫了自我的社会身份认定。儒者与文人身份开始脱离,他们不再是宋代的治政贤才和社会栋梁,而成为世俗平民的一部分,又因谋生、时风等因素所致,被无奈地抛入通俗曲体的创作行列,被贴上曲家之身份。诗人、词人、曲家三位合一,彼此交叉,随着三者的不断变位,词体创作也呈现出不同的变化。元朝前期的由宋入元之士还保留着宋儒风范与诗人情怀,秉持着宋代诗人词家的身份定位,崇尚苏、辛的人格精神,将世事感慨赋予于诗,亦呈现于词,词显诗色遂成主调。随着元代文人身份地位的难以改变,文人心态也开始转向。他们一方面在精神上认定自己的儒者身份,依然将建功立业的治世情怀做为人生价值的追求,叹惋着个人命运,发出"困煞布衣"的悲慨,内心深处排斥着世俗生活。另一方面,现实中居于社会低层位置,仅仅以识字读书作为与老百姓相区别的文人身份,又迫使他们不可能居高临下的观赏世俗生活,自然而然地接纳了市井平民的审美情趣,亦为迎合大众创作大量充满世俗气息的曲作。

因此,元代文人身上体现了精神上的超脱旷达与生活上的卑微世俗,在身份定位上呈现出模糊状态。当他们带着儒者诗客的

---

① 《宋代文学通论》,河南大学出版社 1997 年,第 13 页。

心态作词时，往往是将词作为案头文学的抒情诗体看待，是一种反省自赏行为，或文人之间的交际行为，保持着艳而不淫、怨而不怒的诗教规范。这样的作品较为真实地展示作者的主体意识，内心的志向追求、困惑郁闷等意绪也会以一种较为平和庄重、清雅旷放的格调展现出来，接近诗歌的意旨韵致。而当他们放下身段，以曲家身份作词时，常常是把词看做一种正在衰落的可歌之体，既是一种娱人消遣行为，亦是一种最佳发泄方式。于是，他们便可以无视儒家道德规范的约束，打破诗教温柔敦厚的限制，用浅白俚俗的语言、自由随意的韵律、流利明快的方式直白地表达内心的不平、怨怼、失落，呈现出豪放率真、浅俗直露的曲家色彩，这种创作趋势在曲体文学达至极盛、曲家辈出的明代表现得更为突出。

　　明代，朝廷的动荡、王权的高压、政治的腐败，迫使文人明哲保身，不敢直言，逐渐丢失了士人应该遵循和坚守的诸如正直、淡泊、责任等品格。同时，程朱理学的空洞僵化，学术风气空疏，统治思想不断受到冲击，再加上城市经济的发展，市民阶层的壮大，资本主义的萌芽，统治阶级的骄奢淫逸，造成明代社会贪欢享乐之风和拜金逐利主义的盛行。另外，科举"八股文"非文非术，却被明人当作至文，形成"八股兴而文章衰"、"科举盛而儒术微"①的文化形态。明代社会思潮未能使明人真正接受儒家思想文化的精神实质，未能形成立身处世的独立原则，从而导致士风的浮薄鄙陋。穆宗时大臣杨时乔在其名篇《三几九弊三势疏》中，曾具体描述了当时士风："治道由人心维持，人心由士气兴起。今士气委靡成风，譬则越绵不团而软，由往时辅臣议礼争胜，假峻刑以箝众口，一二贪婪固宠者继起，阴惧公议，袭用旧法，遂俾士大夫礼义廉耻之维不立。驯至此时，以言不出口为淳厚，推奸避事为老成，员巧委曲为善处，迁就苟容为行志，柔媚卑逊为谦谨，虚默高谈为清流，论及时

---

①《明史·儒林传序》，中华书局点校本，1974年。

事为沽名,忧及民隐为越分。居上位以矫亢刻削为风裁,官下位以逢迎希合为称职,趋爵位以奔竞辨诹为才能,纵货贿以侈大延纳为豪俊。世变江河,愈趋愈下。"士风堕落已到何等地步! 尤其明朝中晚期,随着商品经济的迅速发展,社会逐利风气日盛,文士经济状况却更趋贫困化,极大地动摇了传统政教下的士人人生观和价值观。士人的观念体系和行为方式皆发生了异化,表现为铺张奢华、享乐成风、虚伪巧饰、标新好奇等若干方面,本已恶化的士风更是江河日下,进而形成躁急奔进、人格扭曲的现象。

于是,在明代极其动荡的社会环境和复杂多变的政治环境中,大多数士人未能明确自己的社会责任,丧失了基本封建道德,失却了文化主导的身份角色,迷茫于自我价值的认定。他们不受传统束缚,怀疑被奉为经典的儒学教义,叛离传统政教。他们嗜酒狎妓,公然追逐声色享受,蔑视礼法,张扬任情,追求生活的情趣,放任自我欲念,在自娱自适中寻求压抑郁闷情绪的释放,表现出强烈的个性意识,带来开拓创新的盲目任性。他们崇尚一种率意酣畅,任性自适的俗趣,将对自由自适的个性追求带入文学创作,提倡在作品中大胆融入自我意识,自由真实地展示生活情感、欲望与志趣,像唐寅就写有大量表现其任情放浪、豪奢纵诞的生活形迹的文学作品,充满了恣肆乖张的意趣。同时,打破各种文体的樊篱,认为"文章新奇,无定格式,只要发人所不能发,句法字法调法,一一从自己胸中流出,此真新奇也"①,主张"法不相沿,各极其变,各穷其趣"②,通过各种文学样式尤其是曲体文学宣泄长期抑郁在内心的孤傲、怨愤和狂狷。

明代曲家辈出,人们并不以作曲家而自卑,反而以作品的搬演

---

① 袁宏道《答李元善》,《袁宏道集笺校》卷二十二,钱伯城笺校,上海古籍出版社,1981 年。

② 袁宏道《叙小修诗》,同上。

流传引以为豪,诗人词客的身份此时似乎让位于曲家,或者更准确一点地说,诗人词客的精神气质淡化,被曲家的个性风貌所遮掩。他们或用玩世骂世的方式,诛伐时弊,或以调侃戏谑的方式,讽时刺世,于嬉笑之间尽情倾泄怀才不遇的满腔愤懑。他们不拘于语言形式和表现手法,打破传统诗词的含蓄典雅、严格音律等不利于意绪表达的原则规范,甚至随意安排文体句式和行文结构,对既定文体的外在体制与内在特质进行大胆地突破,呈现出疏放不羁的狂士风范。长期弥漫在社会上的文士风流,不仅聚结于文人阶层自身,亦形成了社会对此种士风的宽容,乃至趋附的心态,曲化之词充斥于明代词坛也就不足为怪了。

随着明代宗庙社稷的崩盘,学术思想也发生了很大的变化,晚明心学在数传之后渐失修己治人的儒学本旨。清人遂开启了儒学传统的复兴之路,而残酷的文学狱使人们讳言议论,自觉地或无奈地用实证的态度来对待儒学,走向训诂解经的考据之中,在经学、朴学、汉学、实学等名目下成一时显学,别开生面。实学的发达在很大程度上改变了文士的精神面貌与处世方式,他们强烈批判明人的浮薄士风,重新解读儒家经典,大力宣扬儒家政教,逐渐回归儒者队列,重塑儒士风范。清人多以学者自居,把学问放在第一位,有一种不慕荣利的宁静淡泊、稳重儒雅之气格。学术之外,他们也写诗填词,却只是将诗客、词家看作学者的附属身份,甚至解诗注词也带着经学家的眼光。他们将经学之气带入文学创作,写诗以弘扬儒家治世安家、伦理道德为主旨,严守儒家诗教的乐而不淫、温柔敦厚等原则,提倡沉郁厚重、比兴寄托。他们视词为诗歌的一支脉或延伸体,二者异体同质,词可以在外在体制上彰显个性,在内在精神上只能与诗歌同现并立。于是,词被最大限度上拉回到儒家传统诗教之中,在抒情功能、抒写内容、表现技巧和审美风格等方面基本上与诗歌保持了一致,词的诗化色彩较任何时代都要浓郁。

　　清王士祯尝云:"有诗人之词,有词人之词。诗人之词,自然胜引,托寄高旷,如虞山、曲周、吉水、兰阳、新建、益都诸公是也。词人之词,缠绵荡往,穷纤极隐,则凝父、遐周、专僧、去矜诸君而外,此理正难简会。"①这段话虽然未能说清楚文人身份与词作风格之间相应的原因,却承认作者的精神个性与身份定位等主体因素对词之风格的形成有着难以理清的密切关联。清沈谦曰:"承诗启曲者,词也,上不可以似诗,下不可以似曲。然诗与曲又俱可入词,贵人自运。"②清孙麟趾亦云:"近人作词,尚端庄者如诗,尚流利者如曲。不知词自有界限,越其界限,即非词。"③二人更为明确地表示,在词体诗化或曲化的选择上,作者的文体身份与个性气质起着至关重要的作用,会影响他们的创作方式,制约他们的表现因素的选择,从而促成文体规范性的变化,实现文体特质的融合。无论从词体创作还是词学理论的进程,我们都可以清晰地看到在词之诗化和曲化的过程中,词作者的身份是一个极为重要的影响因子。

(四) 词体的固有体性

　　词是一种音乐文学,是借鉴近体诗格律以乐调加以规范的一种诗歌体裁。词产生之初,其可乐歌唱的音乐性质占据着主导地位,早期文人们的尝试之作大都以可歌娱乐作为创作目的。当越来越多的文人加入词体创作队伍中,音乐素养的高低不一成为他们填词的最大阻碍,于是,转而将已定型的近体诗的格律方式应用于词体,按照平仄填写词牌,使歌词进一步定型化,尤其在语言文字方面渐趋规范,促成词体文学体制的完成,最终使新兴曲词发展

---

① 邹祗谟《远志斋词衷》,《词话丛编》,第 656 页。
② 《填词杂说》,《词话丛编》,第 629 页。
③ 《词迳》,《词话丛编》,第 2554 页。

成为一种文学体裁。

可见，词本身即来自诗体与乐曲，自身与近体诗为一母两胎，同时又以表现时代音乐为条件，其生成即寓有诗歌与曲体的两重体性，具有音乐与文学的双重性质，彰显其音乐属性的乐曲与后世散曲、剧曲关系密切，而代表其文学属性的歌词则与诗歌、曲词极为相近，词体的发展即是其两个基本结构要素——歌词和乐曲的互动过程。歌词和乐曲在词体结构中所处地位、所起作用的此消彼长，形成了不同历史阶段的词体特色。

中晚唐时期，倚声填词的创作方式和歌妓演唱的传播方式，正是词体音乐质性占据主导地位的佐证。人们并未将关注的焦点放置于文词之上，而多以音调谐美为主要的创作原则，在保证词体合乐可歌的前提下，依然以自己习惯的诗歌手法填词，故出现了以温庭筠为代表的诗词一体化创作现象。这其实是在晚唐诗歌的艳情化趋势下的诗体格调的变化，即向词的统一，或者说是首先以诗为词，集中抒写长期积淀下来的诗歌中的思妇闺怨、伤春悲秋、离别相思等以艳情、悲情为中心的题材，凸显强化诗歌多样风格中的柔媚艳丽、细腻婉曲一体，并使它们成为新兴词体的主导发展趋势，故而在其诗词一体的背后却不成想成为词体独立体质的展现，也成为后世人们对词体认识的最初模式。也就是说，"词体从本质上来说，不过是由诗之某一体性发展壮大而成一专门之文体而已。以诗为词，从内在体制而言，就是把原本属于诗歌的某种体性借鉴演变为词的主要体性。……词是对悠久诗歌传统中某一类型题材和风格的集中展示，这也决定了词体本身具有对诗歌其他题材和风格的包容性，故而为'以诗为词'提供了空间"①。这种对词体中某些题材和风格过于集中的呈现，使得词体似乎有了其不同于传统诗体的特色。五代时出现了文人词集，强化了温词风格，同时，

---

① 彭玉平《唐宋语境中的以诗为词》，《复旦学报》2009 年第 5 期。

在注重其娱乐性的演唱功能的同时,文人们亦开始讲究语言、格律、风格等文学因素。这样,本以曲调为标志的音乐文学——曲子词,也越来越多地呈现出以词格为标志的语言文学特征,形成了曲子词在五代宋初朝着歌词与乐曲平衡并行的方向发展。

宋初诗文革新的影响力渗入词中,曲子词中的诗性因素逐渐得到张扬和扩大,诗词同源、诗为词源等词体观的形成与实践,促使了词体结构因素的根本性改变。原来作为主导的音乐因素的曲调,只成为词体某种外在形式的一种要求,而本为次要地位的文字因素的歌词却上升为结构的主体。这种改变较大程度上割裂了曲与词之间的内在联系,曲调的制约力减弱了,词在情感意绪和文体风格上的表现空间得以扩展。晏(殊)、欧的人生哲理与温婉冷隽,柳、周的赋笔手法与富艳精工,苏、辛的言志情怀与旷达豪放,晏(幾道)、秦的身世之感与幽细伤婉,黄、陈的江西硬语与疏宕沉郁,姜、张的伤时感怀与清雅气格等,不断地从抒写内容、表现方式、审美风格等诸方面,将词体体性的狭窄单一引向诗歌的广阔丰富。词渐已发展成为与诗完全并立的抒情文体,具有了与诗相同的言志的社会功能。

随着唐宋燕乐在元代的趋于衰落,尤其明代以后,词乐音谱大多亡佚,歌法失传,歌词与乐曲之间已缺少必然的联系。于是,人们在创作词作时,一方面尝试着将词放入曲乐中演唱,一定程度上促进了词的曲化,另一方面只能将关注的重点放到字句声韵等语言文学因素上,从而使得词几乎丧失了音乐要素,成为单纯具有格律形式的案头诗体,词律由此渐兴,词谱亦应运而生。所以,明清以后,词在格律要求上已经与诗歌没有什么大的区别了,抒情功能也与诗大体等同。清人评词,不仅是当代词,包括唐宋词,都会直接从纯诗性文体的角度出发,作词自然也完全遵循诗歌文本的创作法则了,遂使词重新走上传统诗学的道路上来,将词拉向更高地位的诗歌一族,词的诗化色彩更浓,词渐渐与诗合流,也真正走完了一生。

从词体中所具有的诗性因素的角度来看,词其实是对近体诗的进一步格律化,决定着词最终将成为更具有声律讲求的别一种诗体,使词与生俱来具有的文人诗歌所固有的文化基因,在特定的历史阶段被开掘和强化。与此同时,逐渐强大的诗性因素必将词体先天带有的声乐表演的性质、娱宾遣兴的功能、世俗文化的质素排除出词体,使之回归传统雅文化的行列中来。

虽然词体的诗性因素不断被放大与加强,曲性因素受到弱化和压抑,然而其音乐属性并未甘心情愿地从词体退却,一直以隐忍的姿态等待着曲性因素在后世的爆发时机。宋末元初,曲体逐渐独立成熟并以迅猛之势发展起来,成为元代文坛的主流时尚。与此同时,词的发展在诗歌压迫下逐渐失去其音乐与娱乐的文体特性,完全趋于文人化抒情的路径,唐五代以来所形成的词的原本形态受到了挤压,其进展路途变得有些不太顺畅了。为了寻求自身的进一步生存空间与发展际遇,词体潜隐的质素如合乐可歌、俚俗直白、滑稽调侃等,便在新的时代下凸显出来,得以滋养与加强。尤其词乐和曲乐同属燕乐系统,有着极大的相似性,"乐府"性质的共同诉求使原本失去的音乐质素得以再次生发,并向流行曲乐倾斜,以迎合日益发达的曲体文学,曲化色彩逐渐显现,并在明代呈词体主流趋势。诚如宋翔凤《乐府余论》所谓"宋、元之间,词与曲一也,以文写之则为词,以声度之则为曲"①。

明代曲学的进一步兴盛,使词中的曲性质素在元词曲化的基础上得到进一步的表现,形成明词的一大特色。明人认为词、曲同源,都来自乐曲音调,一样都是音乐文学。本于此种认知,他们严格遵循词体的音乐质素,希望能够将词重新拉回至音乐文学行列之中,宁与曲似,不与诗同。词乐虽已大部亡佚,但仍然有少数可依旧谱而歌者,也有大量以词入曲的作品。大部分明人所能歌唱

---

① 《词话丛编》,第 2498 页。

的词调，多与曲牌同名，演唱应是完全依托于曲乐，这样部分词牌融入曲牌之中，且曲之形式与词完全一致，很容易导致词曲不分的现象与认识。词体所具有的流行乐曲的质性使其不断地寻找合适的配乐，或以词调入曲，或用曲乐曲调唱词，词的合乐可歌性有所增强，只是曲乐与词相配，在音韵、节奏、情调等各方面必然产生变化，影响词的创作风格和审美倾向，比如口语化和浅俗化等，从而导致整体似曲的风貌特征。故而在明词中，诗化色彩淡化，曲化色彩加强，成为明词最具个性的特点。这种发展走势似乎是对词体合乐可歌的本初状态的回归，也是对词体发展的一个改革方向或者途径，只是这种变革很难在传统诗教的风骚雅意中得到承认，遂成为后人诟病明词的主要原因。对此，胡元翎如此解释："因为总体诗化了的词也有一个渐变的过程，其中深藏于骨子中的曲基因不是能立即随其功能的变化而消失，它要经历不断的汰洗过程，而且这种基因是作为一种生命本质而存在，它是活的，在合适的条件下有时就会蓬勃兴起……自她出生即带来的曲的基因令其在备受压抑的状态中也要顽强地去找寻适合的养分，发展这一天分，那么不同时期正在活跃的音乐形态都可能是它寻找并吸纳的对象，那么，曲化就发生了。"①可谓的论。

在词体初起的盛中唐时代，具有悠久历史的传统诗歌以及流行于民间、渐已成势的俗曲，就在词体身上晕染上了各自浓浓的色彩，使词体自始就具有了丰富多彩且复杂多变的体性因素，也赋予了词体多样的发展方向和革新机会，提供了强大的变革可能性。随着时代的变化，文化走势与政治趋向的不同，适应各个时代的文坛风云变幻，词之内在的诗性与曲性质素也会此起彼伏，或淡化退缩，或膨胀明显，或两相平衡，呈现出词体发展进程中的诗化与曲

---

① 《"词之曲化"辨》，《文学遗产》2009 年第 2 期。

化色彩,这实际上是词体在不同的时代文化背景下寻求自己更为适合的发展路径。可见,文体的变化有各种各样的外在因素,然而最本质的东西还取决于自身,如果缺失变化之质素,终究也不会有实质性的改变。就如同曲与诗之间关系的距离,在文学发展史上,我们很少看到诗的曲化与曲之诗化,这种现象不是文体地位高卑的传统观念以及外在各种因素所能解释清楚的,最重要的原因还是在于二者之间的文体系统因素的不兼容性。

从另一角度说,词体虽然与诗、曲并称为诗歌之三体,实际上,词在其一生经历中从未能完全独立出来,其深深隐藏在内中的诗体与曲体的因素,会时不时地扰乱其内中的平静,从而使词在发展过程中不断地向诗或向曲倾斜,形成其不断变更的唐宋词之诗化、元词之诗化与曲化相重、明词的曲化、清词的诗化等各具时代特色的发展态势。事实上,无论"以诗为词",还是词体曲化的形成,都决定于词之文体在产生之初所具有的内在质素。

诗的概念有广义狭义之分,广义的诗歌泛指一切抒情叙事的文学样式,词是其中之一,狭义的诗歌指古近体诗体。曲的概念亦有广狭之分,广义的曲泛指一切与音乐相配合的文学样式,词是其中之一。狭义的曲指以散曲和剧曲为代表的特定文学样式。有意思的是,广义的诗歌和曲体都可将词纳入其中,这也在某种意义上说明,词体与生俱来就具有诗体和曲体的某种体性,在其一生的进展中必然在适当的时候有所偏重,而时不时地呈现出诗化与曲化色彩。然而,只要在本质上不损害或者说丢弃了词体的本体属性,就应该看做是词体前进的方向,追求发展的途径,而不应只拘泥于在词体初成时的所谓本色性。

第二节 词体诗化与曲化的创作得失

作为一种独立文体,词具有自身独有的文体特征和规范,具有其他任何文体都无法取代的文学功能和审美追求。词要想在众多文体并存的文坛上，保持顽强的生命力和持续发展的态势，势必要在文体渗透的运动过程中及时改良，适度转变其文体规范。自词体从民间产生之日起，就面临着文人们的改造与变革，从唐到宋，从金元到明清，词一直在诗化与曲化的不同倾向中摇摆，呈现出各个时段的不同特点。任何事物都具有两面性，词之诗化与曲化亦如此，两种创作方式因时而出，各有特色，在词体发展过程中既起过推动作用，也产生过一定的阻碍力。作为词史上的破体创作现象，无论词之诗化，还是词之曲化，都自有其存在的价值与意义。

（一）词体诗化的创作得失

词本是从近体诗而来，与诗歌在很多方面都有密切的关联。早期文人词、晚唐五代花间词，都未能离开对诗体的依赖，无意之中将诗歌的诸多要素纳入词中，词的文体特质即是通过对诗歌的借鉴而得以形成。晚唐五代，词体逐渐形成了其较为集中且固定的抒写内容和艺术风格，趋于定型化，词遂成为一种专注于言情娱乐、倾向于香艳婉曲的独立文体。词体演进至宋代，适逢诗文革新运动，难避其锋，受到文人学士们的多方改良，或扩充题材、或加入哲思、或借用诗法、或开拓功能等，至苏轼始全方位地进行了"以诗为词"的尝试。之后，周邦彦、姜夔、辛弃疾等在苏词基础上，又各自从不同角度对词体加以诗化。此时的人们在重视词体音律、试图保持词之合乐可歌的音乐属性的同时，更加讲究句法字法等文字技巧，努力地以诗歌的雅正传统去改造词体，可入乐的诗化词渐渐充斥词坛。元明时期，随着词乐的散佚，词的合乐可歌性几乎丧失，词就从可歌娱乐的音乐文学变成了诵读抒情的案头文字，词的诗化道路似乎更为顺畅。虽然人们也曾尝试着以新兴乐曲配词演唱，却改变了词体的韵味，失却词之传统风调。清人为了提升词体地位,重又将词体拉至纯文学的队列,强行以传统诗教规范词体,将词看做与诗歌异构同质的抒情文体,有意识地以词写诗,词体诗化达到极致。

可见,词体诗化始终伴随着词史发展脚步,词体从定型成熟到萧条衰微,都未能摆脱诗化的影子,只是不同时期的诗体借鉴的角度、深度及目的不尽相同,有着不同的性质和意义。在词体定型之前,人们对诗歌的吸取是对旧式文体的依赖和创作习惯的延伸,是词体独立之前的必然选择,其结果是对诗歌的逐渐剥离,进而自是一家。当词体已然成为可与诗一样抒发情感的独立文体后,此时的诗体借鉴就带有回归诗体的目的了,无论是语言、技巧的借用,还是题材、风格的吸取,都在尽量缩小此前词体与诗歌的疏离。

由于词本身就含有诸多诗性因素,为"以诗为词"提供了一定的生存空间,因此,"以诗为词"的创作方式具有一定的合理性,在词的发展进程中确也产生了不少积极影响。必须肯定,大量借鉴、吸收诗歌的文体规范的"以诗为词",极大地开拓了词的题材内容,丰富了艺术风格,增强了文学功能,提高了表现技巧,亦提升了词体气格。"以诗为词"使词走出了单一狭窄的艳科区域,摆脱了音乐的附庸地位,赋予了词体深远厚重的内涵,凸显了词的文学属性,突破了词的音律限制,很大程度上解放了词体,给了词体更大的自由发展空间,尤其在推尊词体方面起到了积极而关键的作用。正是借助于诗尊词卑的传统观念,"以诗为词"的创作方式不仅仅是将清雅的语言和多样的技法代入词中,更重要的是把诗人的气质个性和诗歌的内在精神移植于词体,使词具有了传统诗歌的文学属性和社会功能,进而提升至与诗歌并行而立的高度,从而实现尊体,带来了词体创作的兴盛局面。

但我们也必须看到,"以诗为词"的创作手法实质上是一种破体方式,把诗法、诗风乃至诗心引人词中,本身即含有破坏词体文体特质、削弱词体独立性的倾向,从而导致词体丧失其作为独特文学体式的特征,最终走向衰败。首先,词本是一种音乐文学,词体的音律特征是其本体特性的主导部分,音韵谐美正是其实现侑酒佐欢的娱乐功能的重要要素。"以诗为词"却常常漠视词体的音乐本性,完全以案头文学的方式进行创作,重视词体的语言文字结构和表现技法,却忽视了词体的乐调组织和音律规范,常为了某种特殊声情表达的需要,而有意改变乐调格律,所谓因意害律。以此种角度而言,词体的合乐可歌的特点被限制,由此带来娱乐佐欢的功能受到挤压,部分文化功能因此丧失。

其次,"以诗为词"往往以雅黜俗,以豪放健笔驱婉媚柔墨,将词体自由穿梭于雅俗之间、为各个阶层所共赏的宽松状态,收缩至文人雅士的生活领域,将其改造成具有高雅清旷之境界的雅文学。词被渐渐地引离了它本来很宜于运转的世俗的轨道,大众通俗文学性能被大大地降低,这亦是对词体文化功能的压制。文化功能的弱化,促使词渐渐从社会文化大阵营中退缩至纯文学领域,虽然在文学表现功能方面有所提升,但毕竟缩小了词体的生存空间,减少了词体的传播途径,限制了词体的发展机遇,最终导致词体的衰微。

再者,"以诗为词"常常无视词体的主体性,强行以诗教原则加以规范,不断地以诗歌的文体质性置换词的文体质素,消解了词体的内在特质,丢弃了词的独特风调,偏离了词之本体属性,使词变得即不是诗,亦不复是词,在词体中兴的外表之下,其实是词真正地走向死亡。

(二)词体曲化的创作得失

南宋之后,随着乐谱的几近失传,合乐可歌的词体渐渐失去了其音乐性质,向循文诵读的案头诗体转化,按乐填词、依谱用字变成了按词填词、依句用字,逐步远离词之本初原态。曲乐的活跃与曲体的兴盛,又进一步将词推向文坛边缘。虽然如此,但词与生俱来的世俗性、合乐性、娱乐性等基因,在元明俗文学发达,尤其曲体兴盛的文化背景下,适时地探出头来,以此寻找自身发展的条件,而曲体在体制、功能等方面正与词之本体性极为相近,具有明显的共通性。词曲兼擅之人尤其是在创作上主曲次词的文士们,便尝试着以曲乐就文词,以曲法入词体,曲趣融词味。于是,词体曲化现象就发生了。

词体曲化现象发生在词体本体性渐失的时期,向流行曲乐的归附正是恢复词之音乐属性的一种大胆的尝试和变革,可以看作是人们将词拉回至其本初音乐文学形态的努力。同时,曲体技法与情趣的纳入迎合了时代的审美趋向,增强了词体的通俗性,一定程度上恢复了词体的社会娱乐功能,从而增加了词体的受众面,为词体的生存提供了更为多样的环境,促进了词体的创作活动。并且,词体曲化往往会形成词作中清新质朴、疏快俊爽的自然之风,有效地稀释了南宋以来词体诗化所带来的僵化状态,丰富了词体的艺术表现与审美情趣,形成了词坛百花争艳的创作风貌。另外,曲化之路的探索为清人提供了诗化之外的另一种创作思路,并通过创作实践成为清人在正反、利弊两方面的有力借鉴,促进清人对前代词作的反思,成为清词中兴的关键因素。

同诗化一样,词体曲化部分消减了词体本身的艺术特征。其以浅显白话率意为词的表现手法,直接导致了词体的俚俗化,最大程度上消解了南宋人对词体的雅化努力,使词重又走上世俗之路,其直露好尽的表达方式破坏了词体婉约柔媚之风致,减弱了词体含蓄委曲的留香余韵,损失了词体的独有美感,弱化了词体兴发感动的力量。尤其那种完全漠视词之文体性,将曲体各种因素强加于词的做法,可谓以词调写散曲,遂产生了大量词不像词、曲不像曲的作品,成为词史上的糟粕。

（三）名篇佳作与破体之关系

　　毫无疑问，"以诗为词"、词体曲化的创作方式具有利弊两端。要做到保利除弊，坚守与变革的和谐融汇，无论是"以诗为词"，还是词体曲化，必须以词"别是一家"为前提，在认同并尽力保持词的文体特质的情况下，对词体进行合理的有限度的变革。变革某些不会损害词体的本质特性的可变因素，掌握好词与诗、曲的分寸距离，适当突破词体的创作规范，却又不破坏词的体性规定性，将词体对自身文体规范的偏离控制在其本身所能承载的范畴之内。"对诗歌艺术因素的吸收、整合、变换等等，必须仍在以词体为本位的基础上，破体为文但不能摧毁其体，出位之思但不能完全脱离本位。"①词体的曲化亦当如此，正所谓"不失法度，用为得之"②。

　　刘尊明、王兆鹏二位先生曾通过多种数据进行统计，又经过各种接受因素的分析，得出宋词经典名篇 300 篇，按综合指数得分的多少排名，宋词"十大名篇"依次是：苏轼《念奴娇》（大江东去）、岳飞《满江红》（怒发冲冠）、李清照《声声慢》（寻寻觅觅）、苏轼《水调歌头》（明月几时有）、柳永《雨霖铃》（寒蝉凄切）、辛弃疾《永遇乐》（千古江山）、姜夔《扬州慢》（淮左名都）、陆游《钗头凤》（红酥手）、辛弃疾《摸鱼儿》（更能消几番风雨）、姜夔《暗香》（旧时月色）。在这十篇佳作中，苏轼的《念奴娇·赤壁怀古》在宋、明、清和现当代四个历史时期的排名均是第一位，可谓是影响力历久不衰的最经典之作。苏轼的另一首《水调歌头》中秋词，在历代的知名度也基本平衡，宋、明、清和现当代的排名，都在前十名左右。这两首词堪

---

　　① 王水照《宋代文学通论》，河南大学出版社，1997 年，第 75 页。
　　② 苏轼《论书》，引自《历代书法论文选》，上海书画出版社，1979 年。

称是词苑中的常青树，魅力永存。①

这两首词是苏轼词所谓豪放、清旷风格的代表作，被看作其"以诗为词"的作品类型，在语句、题材、意象、意境、风格等各方面都体现出诗化色彩。如《念奴娇·赤壁怀古》借古写今，构建了极为苍茫而久远的时空背景。波涛汹涌的长河大江、卓荦气概的风流人物、雄奇壮阔的赤壁景观、高插云霄的陡峭山崖，再加上壮志难酬的忧伤无奈、宇宙人生的哲理思考，历史悲凉、昂扬豪情与感慨超旷迭相递转、起伏激荡，营造了一个惊心动魄、宏大开阔的境界。气象磅礴，格调雄浑，笔力非凡，用词体表达重大的社会题材，具有强烈的艺术感染力。虽有乖律之讥，却因其既有题材开拓、意境阔大、风格豪放等诗化色彩，又不全失词之隽秀清雅、婉曲含蓄之风味，遂为千古绝唱。《水调歌头》中秋词化用李白《月下独酌》诗句，含蓄地表达复杂的内心意绪，低回沉郁且又疏朗明快的矛盾结合，体现了更为丰富的情感层面，更为厚重的内涵和更为开阔的人生境界，融入了浓厚的主体意识，具有强烈的诗骚精神，又在高亢悠扬的曼声长调中加入词体之凄清悲凉色调和婉转多姿风貌，成为后人写中秋词最常用的词牌，难怪宋人胡仔称："中秋词自东坡《水调歌头》一出，余词尽废。"②

宋词十佳作品大多被看作是词之变体，至少不完全归属于本色之作，如前所述的苏轼入围的两篇词作，即代表了其变调词的最高成就，其他如于豪迈雄奇中见精致秀雅的稼轩词，诗法入词、健笔柔情的白石词，赋笔入词、雅俗相兼的屯田词等，都是不同程度的诗化之词。这是一个很有意思的现象，正像钱钟书先生所言："名家名篇，往往破体，而文体亦因恢弘焉。"③张仲谋认为："在中

---

① 可参看刘尊明、王兆鹏《唐宋词定量分析研究》，北京大学出版社，2012 年，第186 页—188 页。

② 《苕溪渔隐词话》，《词话丛编》，第 174 页。

③ 《管锥编》，中华书局，1979 年，第 891 页。

国文学发展史上，文体擅变中的破体出位，乃是常见现象。如楚辞流为汉赋，汉赋又一变再变至唐宋而为文赋，即是显例之一。虽然历代文论中论诗文常常是先论体制后论工拙，然而那些体制不纯或曰两种诗文体杂交而成的名篇仍然备受称道，甚至正因为出格，才见其新颖别致，所谓格外好是也。"①

　　当然，这需要把握一个合适的限度。变体与破体是文学体裁的一种发展趋势，是文体发展的新动力，在词的发展过程中表现尤其明显。由于词体介于诗歌与曲体之间，且不断受到二者的浸染，故从其产生开始，变体或破体因素就未曾离开过。诚然，在历代文人尤其是具有词体诗化倾向的士人文集中，出现过许多诗词混淆难分的现象，但不能以之得出他们已然将诗词合流的结论，更不能以此去定义"以诗为词"。这些在诗词认定上处于模糊状态的作品，或者说过于偏离词体文体性的作品，应属"以诗为词"创作实践中的失败案例。然而，从古至今，广为传诵的经典词作，大量地存在于所谓的变体之中，往往产生于具有一定破体嫌疑的创作之中，说明成功之作常常是合适限度内的诗化之词，即保持词之文体规范，又符合主流文化的审美观念。文体发展不是孤立的，只有在保持文体本色同时，适时融汇多种文体之长，才能创造出既能引发情感共鸣，又具独特审美享受的千古传世之作。真正优秀、脍炙人口、流传广远、历久弥新的佳作，正是那些虽有别于本色之作，却依然在一定程度上承接着文体传统特质的作品。

　　与宋代诗化词一样，元明曲化词也并非都是面目不清的平庸之作。翻选大量的元明曲化词，我们会发现许多词作，能融会二者优长，将词之传统本色与曲之通俗风味相结合，轻快俊切，妙趣横生，自成一格。这些词都可看做是曲化之法所带来的上品，具有新颖本真的独特异质美感，是词史中不可忽略、应当留存的佳作，值

---

① 《明词史》，第18页。

得我们反复吟唱回味。

词体同所有文学体裁一样,在其发展过程中,随着内容题材的扩大、艺术表现手法的成熟等,形成了多样的风格面貌。不同的词家风格有差异,即便是同一个词人的作品也呈现出多样的色彩,这本是文学发展的自身规律和常态。词体诗化与曲化都是词体发展过程中求新求变的正常破体现象,是人们面对不同的文化背景及词坛态势,反复斟酌后才做出的较为一致的选择,皆以促进词体发展为最终目的,只是因作者素质、创作环境等诸多因素的不同,形成词之诗化与曲化创作的复杂面貌。词借取诗与曲的文体因素,形成与传统本色概念不太相同的作品,别有特色。诗化词与曲化词的大量出现,本身即说明了其产生的必要性和存在的价值,也证明了其在某一特定时段具有强大的生命力,它们与所谓的词之正体共同构建了丰富繁杂的词体发展史,营造了一个多姿多彩的词史进程。

只要立足于词体的特质,基于力主文体独立、提倡文体特性的立场,对诗、曲的借鉴和应用,不超越一定的限度,不破坏或丢失了词体的文体特质,无论是以诗为词还是以曲为词,都具有不可否定的词史价值。它们不断地为词提供着变革前进的空间,虽时有矫枉过正之嫌,却极大地丰富了词的文体色彩,使词体具有比任何其他文体都更为复杂多变、炫丽耀目的发展形态。当然,词体诗化或曲化的做法有意无意消弭前人经年摸索而后形成的词体独具的特性,打破诗、词、曲之间的文体畛域,从本质上讲,不利于词体的发展,偶一破体革旧尚可,但不应该把它们作为一种常规创作方式加以提倡。

结　　语

任何文体的艺术风格都不是单一的,除其主体风格外,还具有丰富多彩的其他格调韵味，诗、词、曲皆如此。诗、词、曲在表现同样的题材时，会呈现出不同的韵致，体现了此种文体的独特性。这与某种文体经过长期积淀所形成的惯常习用的语言、功能、表达方式以及作者、时代等诸多主客观因素都有关系，也与文体观念、文体发展程度和文体的本体结构因素密切相关。

每一种文体的形成发展都是一个动态的发展与演变的过程，而在一种文体发展演变的前期或末期，即处于尚不成熟或已然衰落的时期，人们对它的认知尚在模糊探索之时，此时期容易受它体的渗透或影响。即如词体而言，唐五代北宋初期，词处在一种承袭或建立体制的阶段，人们普遍认定其艳科特质，多持轻视态度，对词体的认识与创作亦带有好奇、模仿及享乐游戏心态，故尝试着用不同于传统诗体的样式和语言来表达情感，进行享乐，于是诗、词分界开始走向明显。北宋中后期至南宋，文人大量进入词体创作队伍之中，诗客与词家并行不悖，在表达渐已固定并日趋狭窄的词体题材时，始有意地介入烂熟于心的传统诗歌语言、内容和表现手法，出现了所谓"以诗为词"的现象。之后，随着词体的逐渐成熟和人们对词体认知的逐步全面，词体在吸取诗体经验的同时，也努力寻找和建立自身的文体特性，从而达到了它的发展高峰时期。

从元开始至明清，随着新兴诗体——曲的出现和兴盛，词又开始受到兴盛之体的渗入，其合乐可歌及娱乐功能的弱化使其常常居于曲体阴影之下。尤其明代，词乐的失传加快了词由音乐文学向案头文学的转换，迅速发展的曲体创作使曲学因素不可避免地转移至词体，词曲兼擅的文人们创作出众多的曲化词作。当然，词的诗化现象并未消失，还日渐呈现出趋强势头，在人们诗词同源一体的词体观念的引领下，人们以诗人的角度和态度审视和创作词体，诗歌的各种技法与内在精神越来越多地进入词体，在日益浓厚的诗化色调中逐渐走向没落。

作为一种文学体裁，词体具有其文本构成的规范形制，在发展成熟的过程中形成自身的文体特征，具有其他任何文体都无法取代的功能及审美效应。同时，词体形成的特殊性，使其在本体中即寓含了某些诗性与曲性因素，为诗体与曲体的渗透留下了空间。词要在文体渗透的运动过程中确保自己的生命本色，必须在延续文体特质的前提下，及时改良、适度转化自己的文体规范，适当吸取诗体和曲体中的既利于自身发展又不破坏文体独立性的因素，这应是词体面对诗化与曲化时的最佳选择。

第四章 词体诗化与曲化的批评解读

"以诗为词"和词体曲化是词体发展进程中的两大突出创作现象,亦是词学理论批评中绕不开的话题,甚至成为词学批评的中心问题。经过晚唐五代的诗歌借鉴,词体逐渐定型,为了充分开发词的抒情功能,宋人始有意以诗运词,词体诗化色彩渐浓,引起诸多关注,褒贬不一。至元明,在词体诗化的同时,又产生了曲化现象,清人对之严加批评,借着尊体理论,词体更加坚定地走回诗化的发展路径。词体诗化与曲化现象,自其生成之时,便引发多方讨论,肯定之论调颇多,否定的声音亦不弱,词体即在此起彼伏的争议声中不断地发展前行。人们往往是在雅俗之辩的基础上,对词体诗化与曲化进行评价,又自然延伸至正变、尊体等较为核心的词学问题上。通过对二者的探讨与争论,加深了对词体的认识,开阔了批评视野,极大地丰富了词学理论。

第一节 词体诗化的批评解读

"以诗为词"无疑是一种破体行为,却又是尊词途径的最佳选择。就词体而言,词体诗化是一把双刃剑。词体初起阶段,通过对民间乐调、传统诗体的借鉴,独立成体,渐开堂庑。诗歌对词体的渗透一直存在于词体创作之中,不仅促成了词体的定型,而且对词体表现功能及文体品质也起到一定的提升作用,成为人们所默许的创作方式。至苏轼时代,"以诗为词"现象从词体背后走至前端,表现范围、方法、程度都有了很大的拓展,一定程度上造成了词与"长短句诗"的模糊状态,对词的文体独立性形成冲击,引起一些文人的忧虑和不满,同时也获得不少文士的支持和理解。于是,词学界展开了对诗、词体性的辨析,大家针锋相对,各执一词,皆从各自的学术立场和文学角度提出看法,争论不休。从此以后,词体诗化成为词学上的热门话题,成为历代词学理论家们不可回避且又津津乐道的话题。

"以诗为词"的创作实践,从对诗歌字句的借鉴、诗歌婉媚风格的趋同,至对诗歌题材的吸取、诗歌功能的补充,再到对诗歌其他风格的尝试、诗歌精神内质的学习,不断地增强词体中的诗歌色彩。由此带来的批评论争,不仅涉及词体的创作方法,还关系到词体的文体性质,对词体观念的形成亦产生了重要影响,进而连带诸多词学命题的探讨,不断引导着词史进展的方向。

(一) 诗化与雅化

"以诗为词"实质上是文人介入词体创作后的一个惯常手法,它一方面使词逐渐摆脱酒席歌宴、娱乐侑欢的音乐唱词的束缚,另一方面又促成词体不断地贴近文人生活、趋向文雅化。五代赵崇祚编选《花间集》,本是为"西园英哲"、公子王孙们提供宴会酒席之上享受声色的歌词唱本,欧阳炯在为之所写的序中,用"镂玉雕琼"、"名高白雪"、"响遏行云"、"清绝之辞"等词语描述集中所选词作,并将它们称为"诗客曲子词",以与"莲舟之引"相区别,具有明显的以诗歌的雅致字句和清艳之气,代替民间曲词的粗浅语辞和浮靡之气,说明唐末五代之时,词坛即已开始了雅化势头。

由于文士多不重律,乐工歌妓又重音轻文,因此加速了词体在音律与字辞方面的分离。尤其，当文人诗客成为词体创作的主力军，往往侧重于词意的表达，甚至因意变律，只在字句推敲上下工夫，自觉不自觉地将熟习的诗歌字句和表达技法移用于词，造成词体中对诗歌语句的大量借用，并凭此改变词体的媚俗之气，以符合文人雅士们的审美情趣。如柳永词音调和谐，以赋法入词，促进了慢词的发展，也尝试以诗歌题材和气格入词，尤其在羁旅行役词中有明显的诗化表现，却因其创制的大量俗词被文人学者们排挤出主流文化群体。而苏轼词因句清气雅，受人推崇，即使其词有明显的违背词牌律调之处。如胡仔《苕溪渔隐丛话》言："子瞻佳词最多……谓以诗为词，是大不然。子瞻自言平生不善唱曲，故间有不入腔处，非尽如此。"认为陈氏所言"以诗为词"主要指苏词的不合音律，原因在于苏轼不善唱曲，并不是所有的苏词都如此，其中所言最多的佳词当指苏轼的那些诗化之词，或豪放、或清旷、或婉曲、或柔艳，皆具文人雅质。这说明，词之诗化并非仅指词中所具有的诗歌字面句法的特征，而是包含有题材内容、表现方式和风格意境等方面的特定内容，总体上呈现出雅化趋势。

　　产生自民间的词本是雅俗并融、文乐相合之体，一味的诗化和雅化无疑会淡化词体的音乐与世俗色彩。随着人们的以诗为词，甚而以赋为词、以文为词，词的文体特征日益变得模糊，文体的独立性受到威胁。针对词体此种生存境遇，南宋士大夫们开始着手从音律和句法等外在体制方面加以规范，使词回归至音乐文学的文体最初状态，并进一步剔除其中的粉泽淫靡之弊。词体雅化成为文坛主流风气，出现了众多以雅命名的词集，如《复雅歌词》《于湖先生雅词》等，并明确提出雅词理论，如汤衡《张紫微雅词序》中说："夫镂玉雕琼，裁花剪叶，唐末词人非不美也。然粉泽之工，反累正气。东坡虑其不幸而溺乎彼，故援而止之，惟恐不及。其后元祐诸公，嬉弄乐府，寓以诗人句法，无一毫浮靡之气，实自东坡发之也。于湖紫微张公之词，同一关键。……所谓骏发踔厉，寓以诗人

句法者也。"①认同张孝祥对苏轼诗化词的延续传承关系，指出"骏
发踔厉，寓以诗人句法"是使词"无一毫浮靡之气"的创作方法，实
际上是将"雅化"解读为诗化，把诗人句法的移用看做是词体雅化
的重要方式。词可藉此摆脱柔靡，以"萧散出尘之姿，自在如神之
笔，迈往凌云之气"②重塑词体正气。张镃评史达祖词："迥鞭温韦
之途，掉鞅李杜之域，跻攀风雅，一归于正。"③由词而诗，诗词同
评，词遂上升至风雅之正，这就将词体诗化从字面句法的外在进而
深入至风雅骚怨的内质。

　　之后，张炎在《词源》中多次强调词人要以本色语写本色词。
本着"尚雅"的词学审美理想，张炎对辛派词人最具代表性的主体
风格即豪放之词予以否定，却对辛弃疾《祝英台近》那样雅致深婉
的词作不吝赞美之词④，说明在张炎心中，坚持词体本色与提高词
之雅化程度的融合追求，故他们鼓励词人应多从前人诗句中寻求
字面。沈义父说："凡作词，当以清真为主。盖清真最为知音，且无
一点市井气。下字运意，皆有法度，往往自唐宋诸贤诗句中来，而
不用经史中生硬字面，此所以为冠绝也。"⑤可见，张炎、沈义父所
提倡的雅只是体现在诗歌对词的语言表达的改造上，诸如社会情
感与时世风云等传统诗歌题材的涌入，以及豪放旷达等诗歌风味
常被视为对词体的破坏，文学技法成为雅化的主攻方向。因此，他
们所说的唐宋诸贤诗句应是与词体的艳婉温雅的主流风格相近的
语句，如言："要求字面，当看温飞卿、李长吉、李商隐及唐人诸家诗

---

　　①《词集序跋萃编》，第213页。
　　② 陈应行《于湖先生雅词序》，《词集序跋萃编》，第213页。
　　③《梅溪词序》，《词集序跋萃编》，第264页。
　　④ 张炎《词源》言："作豪气词，非雅词也，于文章余瑕，戏弄笔墨为长短句之诗。"又
言："辛稼轩《祝英台近》（宝钗分）皆景中带情，而存骚雅。"《词话丛编》，第267页、
264页。
　　⑤《乐府指迷》，《词话丛编》，第277页。

句中字面好而不俗者,采摘用之。"同时,又认为:"作词与诗不同,纵是花卉之类,亦须略用情意,或要入闺房之意。然多流淫艳之语,当自斟酌。如只直咏花卉,而不着些艳语,又不似词家体例,所以为难。"①他们面临着南宋词体诗化程度的加强,又试图找回词体本色而不失雅正的本初,不免处于两难之中,雅化时而与诗化相合,时而又被划清界限。

　　面对此种词坛局势,人们在唐五代找到了温庭筠,在北宋找到了周邦彦,在南宋找到了姜夔,把他们的诗法入词看作是骚雅的最佳范式,被纳入词体的诗法既指诗歌字句,也包括表现手法。一直以来,骚雅被看做是传统诗教的温柔敦厚以及"思无邪"的最佳呈现方式,抑扬中乎节,缠绵中乎情,其形成与比兴寄托的表现手法密切相关。比兴与言志、诗教可谓相生相伴,不只是一种修辞手法,还与政治讽谕教化紧密相连。处于词体不同发展阶段的温庭筠、周邦彦、姜夔皆以诗法为词,自觉或不自觉地将词所专擅的缘情、体物向言志靠拢,使三者统一在一种艺术形式之中。温词开创了词体风调,以富艳绮丽的画面传达"美人"意蕴,周词丰富了慢词技法,以富丽雅致的语言营造艳婉意境,姜夔以江西诗法改造词体,以劲健之笔写柔婉之情。由温词的幽艳、周词的典雅、姜词的清空中皆可见比兴,借助于比兴寄托将艳情之作引向"好色而不淫"一路,缘情虽向言志靠拢,却尽力使因言志而趋于伉直的豪放词回到缘情本位,引向"怨悱而不乱"之途,形成骚雅的独特风貌,士大夫的"诗客曲子词"遂达至雅化高峰,实质上就是诗化的结果。

　　这是词体雅化的最佳途径,亦是由词向诗回归的必由之路,得到历代文人学者的认同和追捧。金元以至明清,人们对词体诗化的认识与评价更加深入全面,无论理论还是实践,无论肯定与否,大都在认定诗、词同源的基础上,追求雅正品格,以诗骚精神规范

---

①　沈义父《乐府指迷》,《词话丛编》,第 279 页、281 页。

词体,把艳词引向健康发展的道路,并将诗化做为词体摆脱俗艳,提升格调,达至风骚醇雅的法宝,诗化与雅化结合得更为密切。

正因如此,批评家们对白石的评价要比苏轼宽容得多。大概是因为苏轼词处于"以诗为词"的显意识的起步阶段,步伐迈得大了点,更多地发挥开拓了词的诗歌因素,虽有豪雅之风,却对词之本体质素有所忽视,如偶失音律、表达过于直白刚性,有损于词体柔媚婉约的本色情调。而白石词注重音律,以健笔写柔情,既坚持倚声性质,又退俗而求雅,且旁借于诗法,变苏轼之清雄为清空,并随屈意为骚雅,合乎传统诗教精神,已经远远突破形式与内容等表面因素,而在技法等方面有了更深层次的介入,词的本色情调也更多一些,虽有破体之为却适度行之,故能为后世词人所仿效尊崇。故而,从某种意义上来说,姜白石才是"以诗为词"的最成功之作者。

文人学者们之所以在词体创作中以典雅为审美追求,是基于他们的词体观念,即把词看作同诗歌一样的自我言志抒情的工具。而词乐的散佚,导致词体与音乐的逐渐疏离,进一步强化了词的诗体性质,必然促使词体对典雅情致的追求。因此,词体逐渐向诗歌靠拢的进程,也就是词体不断雅化的过程。正如谢桃坊所说:"自南宋以来,词坛一直存在着复雅的趋势,儒家的'诗教'说被引入词体观念里来,词人们重视词与现实社会生活的联系,词的创作逐渐地典雅化了。"[①]在儒家诗教观念的影响下,词的诗体性质要求词不断地向雅的方向发展,使之最终形成了一种以骚雅著称的诗体。

从本质上而言,"以诗为词"的创作目的是拓展词体的表现功能,核心部分应是文体的渗透和融合,雅俗问题只是其中所涉及的一个部分,词体诗化有助于其雅化,但并不等同于雅化,不必然会导致雅化,诗化只是雅化的一种呈现方式,是雅化得以实现的重要

---

① 《中国词学史》,巴蜀书社,2002 年,第 130 页。

途径。诗化与雅化有交集但不是完全重合的。① 稼轩的豪放词是
诗化词的重要代表,却难被人视之为雅词,正像上文所引张炎论辛
派词:"辛稼轩、刘改之作豪气词,非雅词也。于文章余暇,戏弄笔
墨,为长短句之诗耳。"李清照批评晏殊、欧阳修、苏轼等人所作词
皆"句读不葺之诗,"又提倡词应像南唐君臣那样"尚文雅",要有士
大夫的清高情趣与格调,都是把诗化与雅化分开而谈,说明诗化与
雅化并不是完全等同的。诗化也不一定会弃俗从雅,如北宋的俳
谐词派,若就功能而看,也可谓一种诗化,但却属于俗词。所以,雅
俗之变、诗化或是本色,最终还是取决于作者的创作方式。

　　自词进入文人手中,就逐渐朝着一种优雅风范的文体进展,其
自身所带的细腻幽隐、富丽艳婉的情调与文人雅气相配,引得众多
士人舍诗就之,尤其在以优雅生活著世的宋代文人手中,二者之和
谐体现得最为完美,这也是词体最终成为宋代文学代表的一个极
为重要的原因。后世文人虽也追求雅士风范,但失去了合适的文
化氛围,词体与文人的相适度就大打折扣了。不过,历代一以贯之
的以传统诗教为旨归的创作观念,必然将雅正视为诗化的重要内
容之一,成为文人们的共同追求。他们往往坚持诗、词有别之论,
却又主张词雅之径是去诗不远,认为"词不同乎诗而后佳,然词不
离乎诗方能雅。"②既重视词之本体特性,适当限制词之诗化程度,
又追求词体雅化,以合乎古老的诗歌传统,从而到达词体最高
境界。

　　综而观之,自宋至清对"以诗为词"的评价中,都会有趋雅的内
容,大致有两种含义:一是在词体的题材内容上,所抒情志要雅
正,一是在词体的艺术格调上,所呈现的风格要典雅。如果在将诗
法、诗旨带入词体的同时,又用雅言致语、典丽意境营造词体,词完

---

①　参看范松义《唐宋雅词理论的演进》,第八届宋代文学年会会议论文。
②　查礼《铜鼓书堂词话》,《词话丛编》,第 1482 页。

全可以称得上最精致优雅的诗体，这也正是千百年来文人雅士们的最终追求。

（二）诗化与尊体

词体的发展进程就是不断诗化的过程，这一过程从其大致定型时即已开始，同时也是不断推尊词体的过程。虽然特定历史时期的尊体方式有所不同，但就本质而言，尊体主要由辨体和破体两条途径实现。辨体通过辨析文体独特性性，彰显文体的独立性，从而实现尊体；破体则通过打破文体之间的隔离，借鉴他体以提升本体地位与格调，以达尊体之目的。二者或合或分，时而交叉，时而冲突，与词体诗化发生着密切的联系。

欧阳炯的《花间词序》是词学批评史上第一篇完整的论词专文，对唐五代曲子词做了第一次梳理，也可看作是第一次词学尊体行为，主要体现在对词体的形式、内容与风格的确立，及对"诗客曲子词"的认同。欧阳炯称集中所收作品为"诗客曲子词"，明确此集所选曲子词的作者的主体身份为诗人，说明当时的歌词创作队伍中已有大批文人的加入。诗人们抱着好奇的心态，不自觉地用新兴词体的形式进行诗歌的创作，正所谓以词写诗，从中唐时较为宽泛的题材、多样的格调到晚唐五代时较为集中的艳情内容、婉媚的主体风格，不仅与词的生存环境、社会功能等相适应，与中晚唐诗歌也保持着一致的审美倾向。他们用习见惯用的诗歌观念和技法改造词体，与民间乐调区别开来，以更好地迎合王子公孙、风流才子们在酒宴歌席上的声色享乐。

可见，欧氏眼中的曲子词尚非独立文体，是一种可以合乐歌唱的新兴娱乐载体，是音乐和诗歌的附带品。人们依然以诗歌的传统思维模式和表现方式（如即时名篇与以调为题等）写词，词境、词情及词中表现的各种意象皆保有诗歌的本质特点。此时的诗客们写词重在对词体本身即文体体制的建树，与初唐宫廷诗人对格律诗的定型极为相似。或者说人们在尝试着用词来表现初盛唐诗坛上刻意回避或者批评的情爱主题与绮艳风格，明显抱着一种将自民间而来的低俗冶艳之曲，改造成一种即有娱乐功能又兼具抒情作用的文学样式的想法，试图把词从一开始就引入传统的文人抒写轨道。他认为，正是经过李白、温庭筠等文人们的诗化改造之后，词体的文体形式和主体风格逐渐定型。此时的他始以辨体的角度提出了词体音律谐协、辞采绮丽、风格艳婉的文体特征。

　　虽然后人称李后主"变伶工之词而为士大夫之词"，但真正的士大夫之词还要从宋初范、晏、欧等新一代士大夫阶层的崛起开始。尤其苏轼带着诗文革新的眼光和精神，考察与反思已流行了近两百年的词体，将之视为诗歌同源之体，都是他们学术事务之外的雅趣、才能修养的体现及生活娱乐的方式，从而模糊了五代以来似乎已然界定的诗、词在功能与题材上的分工，并有意识地以传统诗歌去改造词体，涉及词的题材内容、表现方式、审美风格等各方面，自觉地"以诗为词"，进一步提升与拓展词体的表现功能与文学品格，以破体的姿态追求尊体的结果。

　　由于当时的人们对词体的认知尚不全面，词体内涵尚不明确，词体观念亦随时代文艺思潮而不断发生变化，甚至出现完全对立的词学观，在此基础上产生的对"以诗为词"尊体行为的评价也是褒贬不同，争议不断。总体而言，北宋文人虽大多认定苏轼的"以诗为词"的创作方式，但在具体评论中似乎并未因此否认苏词的高妙工致，如陈师道言其"以诗为词"，非本色之作，似为不满，却又称之为"极天下之工"；晁补之和张耒仅仅断定苏轼"小词如诗"，并未对此做是非评判，说明人们对"以诗为词"的态度仍处在模棱两可之间，对词体诗化的走势没有产生太多影响。苏轼"以诗为词"的初衷或许只是与柳永词争胜，以自成一家，或许是其诗文革新意识在词中的惯性延伸，或者是其个人性情自然展露的无意行为，并没有创建豪放一派的雄心,但其词表现出来的情感厚度、清旷雅趣,确实与唐五代以来所形成的艳婉软媚的传统词风判然有别,而与诗歌合拍中节。这样就将传统诗歌的审美情趣延伸至词体,遂引起了文士们的关注和共鸣,得以不同程度的效仿,从而造成了宋代词体诗化创作的普遍现象。这也引起了坚持词体独立性,坚守词之体格的人们的质疑和不满,除前述陈师道所言,李清照也提出"别是一家"的观点,以词应合律的基本立场,严分诗、词,维护词体独立性,表示了对苏轼"句读不葺之诗"的批评,亦是从辨体角度展开尊体。

南宋词话渐兴,对词体的认识越发全面深入,词体从单纯的创作状态慢慢走进了理论领域,尊体之势趋显。诗论家们对陈师道所评苏轼的"以诗为词",展开了多方讨论,并进行明确的反驳。胡仔在《苕溪渔隐丛话》称:"《后山诗话》谓:退之以文为诗,子瞻以诗为词,如教坊雷大使之舞,虽极天下之工,要非本色。余谓后山之言过矣。子瞻佳词最多⋯⋯谓以诗为词,是大不然。子瞻自言平生不善唱曲,故间有不入腔处,非尽如此。后山乃比之教坊雷大使舞,是何每况愈下,盖其谬也。"胡仔将本是涉及文学创作方式的"以诗为词"的破体问题,一下子转到了是否合乐可歌的音律问题上,并以苏词的"不善唱曲"、"间有不入腔处"为由,彻底否认陈氏对苏轼"以诗为词"的评价,部分消解了人们对于"以诗为词"的非难。但无论有意无意,胡仔的认识角度却是完全变更了陈师道的文体风格的观察视角。

与之相似,王灼认为:"东坡先生非心醉于音律者,偶尔作歌,指出向上一路,新天下耳目,弄笔者始知自振。今少年妄谓东坡移诗律作长短句,十有八九,不学柳耆卿,则学曹元宠。"[1]"妄谓"一词,明显是指他不同意人们所评苏轼的"以诗为词"。王灼亦认为

---

① 《碧鸡漫志》,《词话丛编》,第 85 页。

苏词有不合律之处,但这不影响其词的"新天下耳目",使"弄笔者始知自振"的功劳。他认为诗、词皆源于性情,"诗与乐府同出,岂当分异"①,苏词正是作者性情的自然流露,是人格超妙的个性体现。其肯定苏轼词的"向上一路",对"以诗为词"的评论置否定态度。

可以看出,胡、王等人都否认"以诗为词"的合理性,极力反驳前人对苏轼"以诗为词"评价,力图证明苏轼并未"以诗为词",说明在宋人心目中,"以诗为词"基本上就是"词不像词"的近义词,是一个充满贬义的词汇。但实际上,他们都看到了东坡词的诗化色彩,并将苏轼的所谓诗化之词,看作是对词体的变革与提升,是尊体的行为,视作苏轼对词史的贡献,这是一个颇值得玩味的词学现象。

随着词学的兴起,人们追溯词体的诗歌源头,寻找词体的诗体功用,并用儒家传统诗教观念评价词体,将已然独立的词体重又纳入诗学的评价体系中,向诗歌传统的回归大大提升了词体的地位。与此同时,词体在宋代一百多年的发展繁盛,又使他们不得不对词体的独特文体特质进行深入探寻,如语言、表现方式、风格情调等,努力保持与传统诗歌不同的质性。词学家们在实践中进行总结,在理论上将诗、词同源异体作为立论的前提,这样诗、词得到整合。词一方面保持了其在句式、音律等方面的文体特征,又融汇了诗歌的表现内容、功能与多种格调,至此词走上与诗歌一样的骚雅之路,词也达到了士大夫心目中的最高标准,和诗歌一样成为士大夫们自行度曲创制的即可演唱、更适阅读的文学样式。故而,南宋词家多对辛派豪放词风投去异样眼光,却对风雅词派做出了最高的评价,将白石词等视为填词典范。这说明,人们对于词体的诗化其实是持肯定态度的,但前提是保持辨体与破体的统一,不以破体尊词而损害词之独特体性。

---

① 《碧鸡漫志》,《词话丛编》,第83页。

　　苏学北行,苏轼诗词的洒脱自然、清豪壮雄深受金元文士喜欢,王若虚的《滹南诗话》说:"陈后山谓子瞻以诗为词,大是妄论,而世皆信之,独茅荆产辨其不然,谓公词为古今第一。今翰林赵公亦云此,与人意暗同。盖诗词只是一理,不容异观。"严斥"以诗为词"之说为"妄论"。此处的"诗词只是一理,不容异观",与南宋王灼的"诗与乐府同出,岂当分异。"可谓言异意同,却比王灼单纯从音律角度进行的反驳更进一层,明确将诗、词视为一体,正式开始了诗词合一的尊体之路。既然诗、词一理,那么诗歌的题材、风格、技法、特性以及品评标准,自然都可移用于词,词逐渐取得了与诗相近的文学功能和文坛地位,得到了与诗同等的批评观照,词学尊体向前进了一大步。

　　然而,在元明曲学大盛的阴影中,词体似乎一时间迷失了前进的方向,诗化与曲化皆有表现,元人一方面继承苏氏为代表的诗词一体的理论观念,坚持词体诗化的创作方式,力图以之保持词体的尊严,另一方面又难以抵挡新兴曲体的强势渗透,无奈看着词体向曲体的倾斜,尊体于此进入一个极为敏感的时期。

　　明人严辨诗、词,着重于诗、词之异,努力探寻词之本体,"词号称诗余,然而诗人不为也。何者,其婉娈而近情也,足以移情而夺嗜,其柔靡而近俗也,诗喷缓而就之,而不知其下也。""词须宛转绵丽,浅至儇俏,挟烟花于闺幨内奏之,一语之艳,令人魂绝,一字之工,令人色飞,乃为贵耳。"[1]他们以艳冶婉媚作为词之本色,又将音乐看作词之本体属性,认为:"词兴而乐府亡矣,曲兴而词亡矣,非乐府与词之亡,其调亡也。"[2]"词何以名诗余,诗亡然后词作,故曰余也,非诗亡,所以歌咏诗者亡也。词亡然后南北曲作,非词亡,

---

①　王世贞《艺苑卮言》,《词话丛编》,第385页。
②　同上。

所以歌咏词者亡也。谓诗余兴而乐府亡,南北曲兴而诗余亡者,否也。"①"词全以调为主,调全以字之音为主。……今人既不解歌,而词家染指,不过小令中调,尚多以律诗手为之,不知孰为音,孰为调,何怪乎词之亡。"②坚决反对"以诗为词",认为此种做法破坏了词的音韵美感,形成"之诗而词,非词也。之词而诗,非诗也"。③从诗、词之异的辨体角度,严格阻断了诗、词合体的道路。

可见,明人将诗化看做词体的退步,明确表现出向词体音乐性的倾斜,从而导致明词与曲体走得更近。明人对词体诗化的贬低可看作是对词体回归音乐性和娱乐性的回应。在明人眼里,词是香艳婉约的,与曲一样都是可歌娱人的,尤其音乐性是词的本体质性之一,而诗化正是对这一本质的破坏。如果从维护词之音乐文学的音乐属性来看的话,无疑明人是从辨体的角度进行尊体的,虽然他们在具体的执行中,又染上过度放大词体曲学因素的毛病,无意中造成明词严重的曲化现象,这又从另一个角度说明,明人依然忽视词体的独立性。

清代词学理论大盛,从初期阳羡词派到中后期的浙西词派、常州词派等,都大力推崇诗、词同源一体的观念,以"发乎性情"作为诗、词表达的契合点,选词评词皆从儒家政治内涵和诗歌教化功能出发,造成词坛诗化创作的普遍现象和诗化程度的日益加深,社会人生皆可入,各种风格皆可立。人们对词体诗化表现出极大的宽容,甚至提倡鼓励,又提出词"不可似诗",要保持词体的文体特点。于是,他们将诗歌传统的比兴寄托、风骚雅义放到了清代词学理论的核心地带,很好地解决了词体在表达重大社会主题时常造成的内容与形式上的矛盾,以词体的外在体制表现诗歌的传统精神。

---

① 俞彦《爰园词话》,《词话丛编》,第 399 页。
② 同上,第 400 页。
③ 王世贞《艺苑卮言》,《词话丛编》,第 385 页。

清人也正是凭借超越前人的诗化意识,强化词体的诗化色彩,从而将词拉进诗学队列,使词体始得以尊,很大程度上带来清词的复兴。

纵览词学发展史,不少词家从各个层面上坚守着诗、词辨体,提出诸如词别是一家、诗庄词媚、诗显词隐、诗之境阔、词之言长等观点,从词之创作、风格、鉴赏等不同角度分析诗、词之异,以独立特质展示尊体。与此同时,基于儒家诗教的强大力量,在文艺价值观上与之产生背离的词体,在发展进程中不断地被拉回诗体母胎,在题材内容、创作手法及审美风格诸方面染上诗歌色彩。人们致力于将诗、词二者融汇为异制同质之体,沿着词体诗化、词学向诗学的回归等破体途径,引领词学最终走向尊体,亦成为后世词学的主流趋势。

(三) 诗化与正变

正变是词学理论史上的一个重要话题,如果将历代正变观与词之诗化合而观之,会有较为清晰的呈现。人们往往认同诗旨与诗法对词的适当改造,但常设有一个大致的限度,限度之内能基本保持晚唐五代以来的传统婉约风调的词作,一般被视为本色,是正体,而一旦超出此限度,改变了词体定型期的形态,则被视为变体。

词体正变说始于北宋,是因苏轼的"以诗为词"而引起的话题。陈师道在《后山诗话》中说:"退之以文为诗,子瞻以诗为词,如教坊雷大使之舞,虽极天下之工,要非本色。"此处虽然没有出现正、变等字句,但实际已含有正变之意。陈氏肯定苏词的"极天下之工",应该专指其词语言的工整雅致、情感表达的充分和气格骨力的张扬,是以诗歌的标准来看待的,但从词体角度而言却不是传统意义上的当行之作,非正体。《后山诗话》中曾引黄庭坚语:"诗文各有体,韩以文为诗,杜以诗为文,故不工尔,"强调诗、文有各自的文体属性,认为以相邻文体的特性去变革本体的固有文体规范,是对文体特质的破坏。陈后山正是在这样一种坚守文体属性的观念指引下,对苏轼"以诗为词"的做法进行评价,认为是词之变调。晁补之和张耒也有类似评语,《王直方诗话》中载有一条:"东坡尝以所作小词示无咎、文潜,曰:'何如少游?'二人皆对云:'少游诗似小词,先生词似小诗。'"①虽未明言苏词之工拙正变,却认定了其词的诗化色彩。

　　大体上看,北宋人按乐填词,将词看作是乐调的附带品,他们认为苏轼不仅忽视词体合乐可歌的特征,还把诗歌的创作手法引入词中,增强词体文学性的同时,损害了词体的音乐性。苏词的高旷豪气虽然是其个体性情的真实流露,提升了词体的精神气格,却也破坏了词体柔媚艳婉的特质,故多对其"以诗为词"的创作方式持否定态度,将之放在正体之外,说明北宋人的词体观念虽然还处于摸索模糊阶段,但在文体功能和审美追求上与诗歌已有大致明确的分工。他们在音乐文学的定位中辨析词体,认为词主歌唱娱乐,诗主吟诵达意,形成诗言志、词缘情的观念,并占据着词坛的主流意识。即使到了北宋末年,李清照仍然认为:"至晏元献、欧阳永叔、苏子瞻,学际天人,作为小歌词,直如酌蠡水于大海,然皆句读不葺之诗尔。"②从音律与风格两方面批评词之诗化做法。

　　词是一种音乐文学,尤其在宋代,词之音乐属性保持相对较好,与抒情达意的文学功能相比,娱宾遣兴的应歌佐欢功能更为突出,并不适合加入过于庄重严肃的社会政治内容。苏轼"以诗为词"很大的一个变革就是表现内容的开拓,由此带来审美风格的改变。其词案头化与文学性得以加强的同时,一定程度上折损了词体的娱乐化与音乐性,与宋人心目中的词体产生了较大的距离。

---

①《王直方诗话》,胡仔撰、廖德明校点《苕溪渔隐丛话前集》卷四十二引,第284页。
②《词论》,《魏庆之词话》引,《词话丛编》,第203页。

与之相比，北宋末年的美成词在内容题材与表达手法上亦有以诗入词之嫌，但由于他在多方面汲取诗赋之语句与手法的同时，又运用多变婉曲的笔法表达羁旅愁绪、离别感怀，典雅精工，沉郁顿挫，依然保持了词的音乐属性和艳婉柔媚之气，将苏轼等人"以诗为词"的步伐放缓并适度转向，作了回归倚声的校正，遂为北宋集大成者。

那么，宋人心目中词之"本色"究竟指什么？李之仪在《跋吴思道小词》中说："长短句于遣词中最为难工，自有一种风格，稍不知格，便觉龃龉，大抵以《花间集》中所载为宗。"这段话体现了宋代本色论者的代表观点，即以《花间》艳词作为评词标准，婉约细腻、情思柔媚的花间词风即是词坛正体。北宋文人正是遵循这样一种评判标准和美学追求进行创作的，他们觉得东坡的某些诗化词与传统花间词之间，具有极大的差异，即使写得极为雄雅精炼，却难入本色之列。

从北宋中后期诸多词评词论中，或许可更多地看到对苏轼"以诗为词"做法的否定，多是人们从维护词之本体性出发而引发的评论。然而，时代诗文革新风气以及作者所具有的集官员、学者、文人的多重身份地位，使他们在实际的词体创作中，不自觉地采用自己早已惯常、熟悉的诗歌技法，在语言、表达方式、风格走向、题材选择等各方面呈现出诗化的特点，这不仅体现在从古至今已被认同的苏轼身上，在貌似反对和否认词体诗化的文人如秦观、柳永等人的作品中，也有明显的诗化色彩。这一方面说明传统诗教观念的强大统治力和常规创作规范，另一方面也说明了人们对词体独立性和文体性认知的不全面和模糊复杂。在不同词体观念碰撞交织而形成的混沌的诗、词融合的文坛背景下，词在试图展示自身独特个性的同时，并未能真正意义上从诗歌中走出来，依然笼罩在诗歌庞大的身影下，始终处于诗歌对它的渗透与变革之中。

南宋高宗绍兴年间，王灼开始为苏轼的"以诗为词"进行辩论，他说:"东坡先生以文章余事作诗,溢而作词曲,高处出神入天,平处尚临镜笑春,不顾侪辈。或曰长短句中诗也,为此论者,乃是遭柳永野狐涎之毒。诗与乐府同出,岂当分异。"又如前已引语:"东坡先生非心醉于音律者,偶尔作歌,指出向上一路,新天下耳目,弄笔者始知自振。今少年妄谓'东坡移诗律作长短句',十有八九不学柳耆卿,则学曹元宠,虽可笑,亦毋用笑也。"从这两段批评中亦可以看出,王灼虽从提高意格的角度极力维护苏轼,彰显苏词,肯定其对柳、曹等人俗艳之作的改造,但仍然否认对苏轼"以诗为词"的评价,其前提是诗、词当为一体的意识,既然诗、词同构,就不存在"以诗为词",苏词即不能算变体,实际上是肯定了"以诗为词"的创作方式。胡寅、陈亮、陆游、刘克庄等人皆肯定词的陶写情怀的社会功能,认同并延续发展了苏轼的"以诗为词"。之后,宋末张炎在《词源》中对之进行了适当的调整,否定豪气词,提出骚雅标准,将传统诗骚精神和雅正之旨并入词体。

　　因此,北宋黄庭坚将自己在诗学方面的体会融入词体,创作了大量"化诗为词"的作品。对此,晁补之言:"黄鲁直间作小词,固高妙,然不是当行家语,是著腔子唱好诗。"承认其词创作技法的娴熟高妙,但却是"着腔子唱好诗"的非本色体。南宋姜夔亦熔江西诗法于词,减软媚之气为清空之格,敛苏、辛之刚健豪放为清劲空灵,且音韵和谐,语言精工,深隐细腻,即有文人情志的比兴,又符合词体艳婉特质,遂被公认为词之正体,以雅词为后世所尊。这种现象说明,"无复词人之旨"(严沆《古今词选序》)的政治性和社会性题材的涌入,瘦硬刚性、豪放疏朗的诗歌格调的生成,多少疏远了词的音乐文学本质,偏离了柔媚婉约的词之审美,违背了宋人对词体创作规范的认定与坚守,导致他们对词法的过度改革的不满。

　　苏轼通过"以诗为词"的创作方式,建立了有别于传统婉约词的词体,在宋代遭人非议,却在崇尚豪逸慷慨之格的金元一代得以尊崇。金末元初,词乐和歌法的大量失传使得词体应歌功能逐渐弱化,文学抒情功能相对增强,苏、辛以词言志的做法受到青睐和广泛效法,"以诗为词"成为词人共识。然而,他们所尊崇效仿的苏、辛诗化词,一向被宋人定位于变体,始终未能进入主流观念中,即使大力维护苏词的人也多是从作品所呈现的人品气格与社会影响进行评判。在他们眼里,苏、辛豪放词依然是非本色的别调。那么,要使苏、辛的诗化词纳入词坛中心,就必然为之正名,重新建立词体价值序列。元好问以吟咏情性定义词体的基本功用,抓住了词与诗共同的体性基础,以此证明苏、辛词的诗体性质,是诗、词具有的共同属性所致,从而否认了"以诗为词"的破体性质。他认为,苏轼词之所以值得推尊,就是因为其词"情性之外,不知有文字。"在此基础上,他说:"乐府以来,东坡为第一,以后便到辛稼轩。"①其《新轩乐府引》又言:"自今观之,东坡圣处,非有意于文字之为工,不得不然之为工也。坡以来,山谷、晁无咎、陈去非、辛幼安诸公,俱以歌词取称,吟咏情性,留连光景,清壮顿挫,能起人妙思;亦有语意拙直,不自缘饰,因病成妍者。皆自坡发之。"从词体地位着眼立论,认定苏、辛的词坛引领作用和主导地位,改变了传统的词体评判标准,俨然将苏、辛词视为正统之体,为他们推尊苏、辛,继轨苏、辛,变革词坛风气扫清了障碍,使金元词呈现出浓浓的诗化色彩,被陈廷焯称"为别调,非正声也"②。

　　明代张綖首次将词之风格分为两大类型:婉约与豪放。稍后的徐师曾基本承袭了他的说法,亦承认婉约和豪放为词体不同的风格,却明确表示以词情蕴藉的婉约为词之正体。大部分的明人认同了这样的词体观,以艳丽柔婉者为正,气象恢弘者为变。如"词贵香而弱,雄放者次之。"③"词须婉转绵丽,浅至儇俏……乃为

　　① 《遗山乐府引》,《词集序跋萃编》,第 450 页。
　　② 《白雨斋词话》卷三,《词话丛编》,第 3822 页。
　　③ 沈际飞《草堂诗余四集》正集卷三评胡浩然《东风齐着力》。

贵耳。至于慷慨磊落,纵横豪爽,抑亦其次,不作可耳。"①皆站在正统立场上宣扬崇婉约、抑豪放的观点。与此相应,在正变问题上,王世贞说:"词号称诗余,然而诗人不为也。何者,其婉娈而近情也,足以移情而夺嗜。其柔靡而近俗也,诗啴缓而就之,而不知其下也。之诗而词,非词也。之词而诗,非诗也。言其业,李氏、晏氏父子、耆卿、子野、美成、少游、易安至矣,词之正宗也。温韦艳而促,黄九精而险,长公丽而壮,幼安辨而奇,又其次也,词之变体也。词兴而乐府亡矣,曲兴而词亡矣,非乐府与词之亡,其调亡也。"②他首先表达了卑词态度,又否认了词体的诗化,然后将词史之重要词家进行正变体之分,其将温庭筠划归为变体似乎是对传统观点的反拨,但实际上在他眼中的正宗词家依然是词体诗化进程中的小步改良者,而大踏步革新的黄、苏、辛等,理所应当地被放入变体之列。可见,在王氏心中,词体诗化的形式和限度是判断正变体的主要标准。此时,也出现了一些通达之论,如俞彦从胸襟气度着眼,对苏、辛词的赞扬,孟称舜以达情为标准对豪放和婉约两种风格一视同仁,不强分优劣,但就整体而言,诗化色彩的浓度依然是词体正变立论的重要参考。

清魏塘曹学士曾经极为形象地对诗、词进行了比较,言:"词之为体如美人,而诗则壮士也;如春华,而诗则秋实也;如夭桃繁杏,而诗则劲松贞柏也。"田同之认为这一"罕譬最为明快"③,并把苏轼、辛弃疾的词归入"壮士"一类,实际上正是将之视同为诗,认定其非词之本位。周大枢说:"词家两派,秦柳、苏辛而已。秦、柳婉媚,而苏、辛以宕激慷慨变之,近于诗矣。诗以风骨为主,苏分其诗才之余者也,辛则并其诗之才之力而专治其余。"④诗以风骨为主

① 王世贞《艺苑卮言》,《词话丛编》,第 385 页。
② 同上。
③ 《西圃词说》,《词话丛编》,第 1450 页。
④ 孙克强编著《唐宋人词话》,河南文艺出版社,1999 年,第 265 页。

格,词以婉媚为常调,苏、辛二人皆属于以诗才为词者,故当为词之变者。彭孙遹更明言:"词以艳丽为本色,要是体制使然。"①这些都说明,以婉约为正的词体观念牢固地存在于人们心中。

　　然而,清人在辨析诗、词之异,否定苏、辛诗化之词的正体的同时,仍然认同词寓诗心的创作观念与表现手法。如况周颐所说:"唐贤为词,往往丽而不流,与其诗不甚相远。刘梦得《忆江南》云:……流丽之笔,下开北宋子野、少游一派。唯其出自唐音,故能流而不靡。所谓'风流高格调',其在斯乎。"②正是因为与诗歌接近,唐词才获得了如此高的评价。陈廷焯亦言:"唐人皇甫子奇词,宏丽不及飞卿,而措词闲雅,犹存古诗遗意。"③从字面句法的角度,认可词中的诗之遗意。于是,他们大力倡导词体的诗化观念,诸如诗词同源一体、诗词异构同质等,并以之引导词坛创作,呈现出表达内容的无限扩张、语言形式的典雅庄重、表现手法的比兴寄托等,希望通过词之体制风调展示诗之内在本心,将词的外在风貌与诗心诗旨较好地结合在一起,即很大限度上保持了词之本色格调,又最大程度上开拓了词的诗性功能,即迎合了文人以词表情达志的要求,又满足了词家维护词之体性的要求,可谓两得,以正体藏变调,以本色隐异音,从而实现了清词的复兴。

　　词学家对词之本色的认定和词体诗化的评价并不一致,有时甚至截然相反,从中可以看出,本色与诗化并不是完全冲突,水火不相容的。在词体初步确立的晚唐五代,温庭筠、韦庄、冯延巳、李煜等人就已经将诸多诗歌技法纳入词体,其本色中已具诗之因素,故本色与变体的区别并不在于是否有诗性因素的介入,而常常取决于词体诗化的方式,很大程度上决定了作品与词体本初状态的

---

　　① 《金粟词话》,《词话丛编》,第 723 页。

　　② 《蕙风词话》卷二,《词话丛编》,第 4423 页。

　　③ 《白雨斋词话》卷七,《词话丛编》,第 3945 页。

距离,有所变化却依旧接近传统词风的继续被排在正体之列,有所革新而离词坛中心较远的则被纳入变体之中。

(四)"以诗为词"的词学意义

"以诗为词",或视词为诗,用儒家传统诗教来阐释、规范词体的属性和功能;或用写诗的方法来作词,促进词体的文学化和典雅化。词体诗化不仅是创作方法的更新,而且是词学观念和词学意识的改变,具有丰富的词学理论意义。余意认为:"'以诗为词'应该可以视为词学史上最具理论意义的话语,是它改变了词学理论思维的路径以及词创作的发展方向,成为词学批评理论形成的逻辑基本起点。"①

1. "以诗为词"概念的提出,促进了人们对词体本色的认识,有助于词体基本特征的确立。

陈师道最早提出苏轼"以诗为词"时,主要是从苏词的艺术风格和整体感受得出的结论,认为苏词"非本色",说明他对词体"本色"的认定,是基于晚唐五代花间词所奠定的柔艳婉媚、幽深细腻的传统风格的判断,而不仅仅关涉合乐可歌的音乐特征,与后世人们对婉约为正体的理解大体一致,表明了人们对词体本色的坚守和探寻。李清照评苏词为"句读不葺之诗",首先应指文学属性,即苏词在题材、表现手法、风格等各方面不符合词的文体要求,因此后面又加一句"又往往不协音律",在文学属性之外又对其词音乐属性进行批评。可见,在李清照的眼中,苏词不仅以诗法作词,又常忽视词体的音乐性,违背了词"别是一家"的独立性,偏离了词之本色。李清照是从诗、词的差异性着眼,试图突出词的独有特征,遂成为了人们辨别词体的重要指向。她在大力提倡协律的同时,

---

① 余意《论以诗为词的词学意义》,《阴山学刊》2005 年第 5 期。

还指出了诸如故实、情态、语言等传统文学因素，表现出对词的音乐文学的认定。

北宋中后期的人们，针对"以诗为词"创作现象的发生，开始思考词体的本原问题，多将诗歌看作是词体的渊源和归宿，并借鉴诗学经验探讨情趣、意境、风格和修辞等艺术问题，将诗歌的抒写内容和表达方式注入词体，使词在缘情的基础上，又获得诗歌的言志功能。随着词学观念的不断变化，人们对词体的认识也在逐渐深化。

南渡以后，面对国难家仇、民族危亡，以及词乐的散佚，人们对艳婉之词有了进一步的改造，"以诗为词"创作更为普遍和广泛。与之相应，词体诗化理论获得空前发展，更为深入地论述了词的本体特征、文体功能及风格类型等。人们进一步审视词体诗化，开始修正诗化可能带来的对词体特质的破坏，转而以诗骚雅正为创作与理论核心，尤其讲究词律和词艺，以求在词体诗化和坚守词之特性之间保持平衡，从而保证词体音乐性和文学性的完美统一。于是，音韵流畅、典雅精工、寄意深隐的美成词，和刚柔并济、蕴意无穷、骚雅清空的白石词被推举为词之正体代表，成为南宋人研习的典型范本。如沈义父认为："凡作词，当以清真为主。盖清真最为知音，且无一点市井气。下字运意，皆有法度，往往自唐宋诸贤诗句中来，而不用经史中生硬字面，此所以为冠绝也。"①张炎《词源》也说："美成负一代词名，所作之词，浑厚和雅，善于融化词句。而于音谱，且间有未协，可见其难矣。"②从这些对清真词的评论中，我们不难看出人们对词体的追求目标，即可歌性和文学性的统一，也就是说，宋代的主流词体观念是音乐和文学的双重属性的结合。只是，词体诗化理论得到发展，引导并促进了词向无意不可入、无

---

① 《乐府指迷》，《词话丛编》，第 277 页。
② 《词话丛编》，第 255 页。

格不可立的新诗体的最终演变。

处于北方文化发展中的金元两代,地域文化带来了审美风尚的变化,词学观念也被赋予新的内容,诗词同源、诗词一理观念深入人心,肯定情、志的协调与平衡,对以苏轼为代表的豪放风格与诗性品质的追求成为词坛主流。金人王若虚《滹南诗话》卷二言:"陈后山谓东坡以诗为词,大是妄论,而世皆信之。……盖诗词只是一理,不容异观。自世之末作习为纤艳柔脆,以投流俗之好,高人胜士,亦或以是相胜,而日趋于委靡,遂谓其体当然,而不知流弊之至此也。文伯起曰:'先生虑其不幸,而溺于彼,故援而止之,特立新意,寓以诗人句法。'是亦不然。公雄文大手,乐府乃其游戏,顾岂与流俗争胜哉!盖其天资不凡,辞气迈往,故落笔皆绝尘耳。"认为正是苏轼的异常天性禀赋造就了其词的别出一格,认同了词体与诗歌的一致性。

明清两代,词乐基本散佚,词体渐从音乐文学完全转为供人们阅读欣赏的案头文学,人们对词体的音乐性与文学性的认知度与关注度有了很大的差异。明人重视词体音乐属性,极力反对"以诗为词",却因对词乐的无知或错解,又将词引向曲体的发展方向,结果不能尽如人意。清人努力对之进行矫正,却又完全忽视了词的音乐属性,仅从文学性角度提倡词体诗化,以达尊体目的。但词毕竟是不同于诗歌的文学样式,它一方面会对最初生成面貌进行革新,以求发展,又不能完全沿旧体诗歌方向前进,必须找到一个适合自己的平衡点。于是,词学理论中产生了诗词虽同源却风格有别的观点,如"词之为体如美人,而诗则壮士也。如春华,而诗则秋实也。如夭桃繁杏,而诗则劲松贞柏也"①"词之为体,要眇宜修"②等不同于诗歌的美学特征。

---

① 《西圃词说》,《词话丛编》,第 1450 页。

② 王国维《人间词话》,第 106 页。

　　围绕着以诗为词，人们不仅分析了词体的双重属性，以示与诗歌的差异，更是不断展开对诗、词的辨析，涉及词之起源、题材、风格、艺术技法等各个方面。虽然在辨析过程中，有以词就诗之嫌，但终究还是完善了对词体的认识。

　　2. 通过对"以诗为词"的具体创作手法的探讨，将词体从单一的"男子作闺音"的创作方式中解脱出来，呈现出丰富多样的艺术技巧和风格面貌。

　　晚唐五代，以花间词为代表的词体正声，以歌妓传唱的娱乐侑酒为主要功能。文人们多采用适合于歌女演唱的软媚语词，并揣摩女子心态进行创作，作者的个性被泯灭，词作基本是"男子作闺音"的天下。南唐李煜将独特的生活经历赋予词体，故被王国维认定为从"伶工之词"到"士大夫之词"转变的关键人物。宋初晏殊、欧阳修、张先到柳永等，承南唐词余绪，用词表现或富贵闲雅、或沉沦下僚的个体情怀，进一步加强了作者的个人情绪，词人的主体意识得到加强，词作的普泛化情感逐渐个性化。到苏轼，更是明确地以性情的自然流露作为词体的抒写原则，不仅从创作上，更从理念上明确了诗词一理、"以诗为词"的创作方式，在题材内容、表现手法及艺术风格方面都极大的开拓和丰富了词体，虽然招致不同的评价声音，但从正反两方面促进了词体创作方式的发展。词中再也不是女性形象独霸的状态，男子堂而皇之地成为词体的抒情主人公，秦观、晏几道词寓诗人句法，"以身世之感打并入艳情"，艳婉清雅；周邦彦以赋笔写词，采唐诗字句入词，典雅精工；辛派词人"以诗为词"，甚而"以文为词"，豪放悲概；姜夔融江西诗法入词，清空骚雅；王沂孙等以比兴寄托手法吟咏事物，深隐幽艳，等等，丰富多彩的艺术风貌构成宋词的繁荣鼎盛的局面。

　　金元秉承苏轼"以诗为词"的理念，重视词体的言情赋志功能，借鉴诗歌表现技巧，以大胆明确的诗化追求形成清刚劲健之格调，为词坛带来新风貌。明词虽有曲化之势，理论上严分诗、词，辨体意识较强,但仍重词之情志的抒发,只是过多地将诗歌的含蓄优雅转换为直白发露,形成其独特的时代特点。清人在反思和变革明词的过程中,更是进一步开发词体的文学功能,在起源、题材、意境、风格等各方面都与诗歌看齐。在人们的心目中,词突破了艳科之名,可以像传统诗歌一样展示个体的社会情感,或以香草美人之态寄托不遇不达之幽隐情怀,或以志人雅士之面直接表达高襟阔怀。词真正进入了无体不成、无事不入的新诗体行列。

"以诗为词"通过诗、词渗透并举的方式,实现了词体的确立,即词既是诗体之一种,但又不能与诗歌尽同。因此,人们在词体内寓含诗歌句法、技法及精神内质,又尽力保持词体的文体体制,也就是以词的体式、诗歌的技法去承载诗人的情志气格,展示词体的主流风格。随着词体诗化理论的全面深入,词体创作亦发生相应的变化,社会文学功能不断增强,题材内容持续开拓,艺术技巧更加成熟,审美风格更加多样化。各种题材兼采,多重情志融合,多样风格互济,词体获得与诗歌同等的功能和效用,拥有与诗歌一样的艺术表现力,最终成为与诗歌并列的文体样式。

3. 通过对"以诗为词"的褒贬争议,大致形成了诗、词并行的批评方式,促进了词学批评方式与话语的诗学倾向。

"以诗为词"无疑是对词体本体的破坏,又成为历代推尊词体的最佳途径,因而招致历代文人的褒贬争议。如前所述,在词体尚未独立成熟之际,诗、词间的互融即已开始,或者准确地说应是诗的词化趋势。新兴曲词的超强生命力和影响力对旧体诗歌产生冲击,有选择地吸取诗歌质素入体并逐渐强化、突出、固定为自身特点。当然在这一过程中,诗人的创作习惯与固有观念,也会有意无意地将诗歌因素带入词中,这样,诗、词交融的创作现象自然就形成了。这种文体新兴时期的常见创作方式,在词体独立成熟过程中起了极大的促进作用,决定了人们对它的认同和肯定。这与后来苏轼"以诗为词"的有意而为显然不同。

北宋中期，人们就表现出对"以诗为词"的关注，产生一些相关的评语，如陈师道、李之仪等，多客观评述而少明确褒贬，至多有所微辞。但北宋后期至南宋，随着词体的繁荣与规范化，词学理论批评随之兴起，再加上时代思潮的变化，苏轼人格与词格的深远影响，人们更多地谈论词的诗化问题，并进而上升至尊体高度，于是"以诗为词"成为词学理论批评的常规命题，引发了诸多理论的生发，如确立诗、词同源一理的前提，将词的产生与诗言志、歌永言的传统学说联系在一起等。这种理论批评一方面促使词体具备了诗歌的社会功能与文学价值，提升了词体的地位，另一方面促使词学领域接受了诗学理念。此后，人们多以诗学取向和创作法则表达词学观念，从金元的元好问、刘将孙，至明代的王世贞、俞彦，再到清代的阳羡词派、浙派及常州词派，无一例外地采用诗学理念描述词作特征，评价具体词家作品。词学批评中包容了丰富的诗学内涵，表现在创作上即以诗法为词法，大量诗化之词应运而生。

纵观词体发展史，词体堂庑未开时，自然离不开对其他文体、尤其最为邻近的诗歌的借鉴，故"以诗为词"的创作方式，在词体初兴时期一直被默许着。然而，以苏轼为代表的某些词人，在广度和强度上两方面对"以诗为词"进行了开拓，新兴曲词与长短句诗之间的区别就又变得模糊起来，词体的独立特质受到冲击，从而引发一些坚守词体本色的文人学者们的担忧，诗、词辨析成为词学热点，词体诗化现象自然也成为人们热衷谈论的话题。人们多是在接受诗歌本质和美学情趣的基础上对词体进行变革整合，将诗歌技法加以借用和创新，以之做为词体发展的重要因素，并采用诗学观念与话语机制有效地建构起词学体系。

有着丰富诗学批评经验的文人学士们，自觉不自觉地将诗学概念及批评方式纳入词学批评之中，必然少不了与诗歌的对比，从"以诗为词"的观念生成到诗、词一理的渊源本一，从字面句法等创作技法的借鉴到对内在精神气质的雅正格高的吸取，词学批评中的诗学素质日益凸显，如"韵致""卒章显志""骚雅""沉郁"等诗学范畴大量出现在词学批评中。"可以这样说，词学的批评话语基本建立在诗学的基础，当然这之中的历史机缘无疑来自'以诗为词'的创作实践和理论意识。"①

在词学批评史上，"以诗为词"不断遭到了人们的非难，他们认定词体本色是以柔婉之笔、合律之文写绮艳之情，批判苏、辛等诗化词是"句读不葺之诗"，为别调变体，成为词学主流观念。当然，"以诗为词"也不乏支持者，他们处于不同的时代文化背景，理论上为其宣扬，实践上为其证明，努力增强词体的文学性、提高词体的艺术性、提升词体的文坛地位。正是通过这两种观念的分歧争议与交叉融汇，词学家们展开了各个方面的探讨，从而形成了丰富的词学批评理论。从这个角度而言，"以诗为词"确实可称为词学理论的核心观念。

遍检《词话丛编》，称赞苏词者代不乏人，多是从其人格魅力和社会影响着眼，却很少能看到真正从创作角度对其"以诗为词"的赞许。大致而言，大约清末才有了对"以诗为词"的褒义用法，当今学界更是普遍将之看作是对苏词的赞美之辞，是其拓展词体艺术和提升词体品质的重要举措，代表了苏轼对词史的突出贡献和重要成就。可见，"以诗为词"的当今解读显然与"以诗为词"的产生初时之义相去已远。

第二节　词体曲化的批评解读

随着市井文化的兴起，宋词在日益雅化的同时，本于民间乐曲的浅俗之气并未消失，至元明时期，随着曲学的兴盛发达，词与曲

---

① 余意《论以诗为词的词学意义》，《阴山学刊》2005 年第 5 期。

的关系愈发密切,界限愈发模糊,词自然沾染曲体因素,词体曲化成为词坛最普遍且被关注的创作现象,代表此期词体发展的主要走向。一般而言,"词之曲化"是词的散曲或剧曲化,或者说是人们用曲体的概念、风格、语言等因素移用于词体创作中,从而形成词在文体特征上对曲体的偏移。此种现象自一产生,便引起文人学者诸多的讨论与争议,显示出观点各异的词学理论观念,具有丰富的词学价值。

(一) 曲化与俗化

提到词之曲化,人们往往会直指元、明时期,尤其曲化几乎成了明词的代言词。实际上,宋金时期,词体就已具有诸多后世曲体的色彩。如柳永的俚俗词常常被看作是曲化的先声,被后人称为"曲祖",具有"上承敦煌曲,下开金元曲子"①的承前启后的重要作用。宋词中与柳永俗词相类似的作品并不少见,如曾在北宋后期风行一时的俳谐词,以俚俗语言、巧妙比喻、戏谑讥讽、透辟尖新等为特色,皆为后世曲体所继承和发扬,成为曲体的主导质素。曾为翰林学士的王观,雅诗与俗词并存,最有曲体色彩的当属其《红芍药》:

> 人生百岁,七十稀少。更除十年孩童小。又十年昏老。都来五十载,一半被、睡魔分了。那二十五载之中,宁无些个烦恼。　　仔细思量,好追欢及早。遇酒追朋笑傲。任玉山摧倒。沉醉且沉醉,人生似、露垂芳草。幸新来、有酒如渑,结千秋歌笑。

---

① 吴熊和《唐宋词通论》,浙江古籍出版社,1985年,第196页。

此词看破人生当尽欢的主题、疏放玩世的情感及浅显直露的表达方式,在元明散曲最为常见。

清李调元说:"山谷词酷似曲,如《归田乐》云:'对景还消受。被个人、把人调戏,我也心儿有……'。"①明确指出山谷词的俳谐俚俗之气,正与曲体相似。还有朱敦儒、辛弃疾等人的俗词,其中世俗驳杂的题材内容,参透人生、叹世归隐的主题倾向,浅显通俗的字辞语句,平铺直叙的抒写结构,直露透彻的表达方式,以及调侃戏谑、幽默诙谐的意趣,显示出浓厚的曲体味道,与富艳柔婉的雅词并行于世,实引导了曲体的体格走向。宋末元初的蒋捷词雅俗并陈,其中的世俗情趣、纤巧语式,以及疏朗轻快的整体节奏和情节叙述的结构方式,明显不同于南宋词所追求的清雅远致,呈现出曲体风味。王闿运评其代表作《虞美人·听雨》②:"此是小曲。"③正是看到了其词在语言组织和抒写结构上的曲体色彩。正如刘永济先生所言:"散曲由词衍变之迹,虽无可考,然北宋之末,词家如辛稼轩、刘改之诸家,已解放词体,辛则入于豪放之途,刘则工于侧艳之语。而元祐间王齐叟、政和间曹元宠,皆以滑稽语噪河朔,则又以嫚戏污贱为词,益与曲沆瀣矣。而其前则有耆卿柳氏,务敷衍丽情,驰誉一世。《乐章》一集,屡见称于散曲中,固已俨然为之开宗矣。余人如山谷、少游,皆喜以方言俚语入词。"④亦指出宋词中已为后世曲体开宗立派。

由于词体是伴随着燕乐而生的音乐文学,尤其在其发展早期,合乐可歌是其主导属性,基于此,人们往往认为词曲本一家。实际上,作为文体概念的"词",本来就是依曲谱填写的歌词,这在词体

---

① 《雨村词话》卷一,《词话丛编》,第 1400 页。

② "少年听雨歌楼上,红烛昏罗帐。壮年听雨客舟中,江阔云低,断雁叫西风。而今听雨僧庐下,鬓已星星也。悲欢离合总无情,一任阶前,点滴到天明。"

③ 王闿运《湘绮楼评词》,《词话丛编》,第 4294 页。

④ 《元人散曲选序》,上海古籍出版社,1981 年,第 1 页。

称谓上便可清晰地呈现出来,如"云谣杂曲子""淫词艳曲""诗客曲子词"等,词、曲二者往往难分彼此,此见彼出。张舜钦《画漫录》载,柳永以艳词触怒仁宗后,吏部不肯放官。于是,他谒见晏殊,希求一用。晏曰:"贤俊作曲子么?"三变曰:"只如相公亦作曲子。"公曰:"殊虽作曲子,不曾道'彩线慵拈伴伊坐'。"在这段对话中,二人都直接称词为"曲子",可见,二者在当时几近通用。当然,此处的曲子是指按乐曲调式进行填写的词体,并非宋金之后逐渐繁盛起来的曲体文学,不能混为一谈。但作为文体概念的曲体,同样也是依乐曲调式填写的歌词,只不过是依照与宋代词乐不尽相同的元明流行俗乐而已,却都是配合曲子可供演唱的歌辞而已。因此宋人把词称为"乐府",元明人亦称散曲为"乐府"。所以,如果从乐曲与歌词的关系来看,词、曲确实有着极为一致的体性特点,可谓同体,或称同源异流。正是二者所同属的音乐文学使它们趋于相似,并呈现出你中有我、我中有你的复杂态势。

俞平伯先生曾简要地论说了词与曲的同源分流的问题,他言:"最初之词、曲虽同为口语体,同趋于文,而后来雅俗之正变似相反也。换言之,即词的雅化甚早,而白话反成别体;曲之雅化较迟,固以渐趋繁褥,仍以白话为正格。""词虽出于北里,早入文人之手,其貌犹袭倡风,其衷已杂诗心。……曲则直至今日犹未脱歌场舞榭之生涯。"[①]指出二者本为同体,语体风格上多用口语,最终的分流主要是选择了雅俗不同的发展方向。词因诗化而不断趋雅,遂割断了词的本原,成为"诗之别体",导致衰败。曲则因一直保持着本初状态,继承了早期民间曲子词的口语化,故能活跃于社会各阶层之间,以大众化、世俗化获得蓬勃生机。

其实,词自产生起就杂诗心与曲心,在不同的时间发展阶段,适应不同的时代环境与文坛风气,词的诗心与曲心主动或被动地

---

① 《论诗词曲杂著》,上海古籍出版社,1983年,第696页。

放大加强,造成诗化与曲化色彩的呈现。所以,究其本因,词体的诗化或曲化是词体在发展过程中,为适应不同时代的文风要求,其内部因素的主动或被动选择,是文体本质要素的放大,并不完全取决于文体外在因素对其的强加或改造。词来源于民间,自其产生之日起,就一直是雅俗并行,随着文人越来越多地涉足词体,成为词体创作的主力军,便开始了从外在语言和内在气质两方面对词体的雅化,并日益成为词体显在的主流发展方向,最终形成富艳婉约的传统规范,雅俗对立局面渐成。词史上始终存在着雅、俗之辨,词的演进史就是雅、俗相争互竞的历史。总体而言,词体是远俗趋雅的,但在词史的不同发展阶段,也呈现雅、俗并存或错位的现象,即使在同一词人身上,往往也会创作雅、俗不同类型的作品,其中的俗词与曲体有着众多相近的质性。如北宋曾出现"凡有井水饮处,皆能歌柳词"的盛况,所歌的柳词更多的当指其俚俗之词,柳词也正是藉此被人称之为"曲祖",这说明俗词与曲之间是一脉相承的关系。实际上,词在产生之时即具有一定的曲体因素,如合乐可歌、通俗直白、娱乐消遣、情节叙事性等,所有这些内在体性在文人对词体的改造过程中被弱化或暂时隐身,或现于民间乐工歌妓之手,或存于文人们的俗词之中。这样的作品多被看作偏离传统规范的另类之作,难以获得词评家们的青睐,始终处于词史的边缘地带,却成为曲体文学发展的暗流和导引。

　　从正统的词学观来看,俚俗质朴的曲子词经过《花间集》诗客们的改造,和两宋数代词家的诗化与雅化,走上了脱俗就雅的规范之路,勉强达到了与古老诗歌平行并立的地位。这样得来不易的成果,自然会被传统儒士文人们努力维护,避免重蹈覆辙。然而,时代风习的转换,文艺思潮的变革,审美理想的重塑,文学体式的创新,又不断地给词体带来冲击,促使其冲破规制,建立新质。元词创作受北曲与南曲的双重影响,带来诗化与曲化的双向轨道,明词创作更是由于以戏曲主体的俗文学的带动,进一步向世俗气浓重的曲体倾斜,并和其他俗文学样式一起迅速发展起来,成为明词的独有特点。从这一点来看,词化曲化实质上是俗化的必然结果。

众所周知,明词中存有大量的曲化词,是明代词体创作最突出的现象。然而,明代尤其是晚明的主流词学观却是"以婉约为正宗",黜贬豪放词风的雅词观,在王世贞、陈子龙等人的一些词集序跋中都可找到明确的论述。这样的词学观自然会竭力反对词之俚俗,否定词体曲化。宋徵璧崇雅斥俗,其从雅俗角度论述词、曲之辨,认为当世曲化之词意趣浅近,语辞俚俗,当以比兴之笔改造曲化带来的弊病。可见,明人在创作和理论上存在着严重的矛盾,这点正与宋人视词为小道却又大力进行创作、阳抑柳词而阴学之相仿佛。此种现象说明,在文学发展过程中,作为实践落实与指导总结关系的创作与理论,不仅仅会产生错步异调,而且很多情况下还存在着相当大的矛盾冲突。这是因为经过历史积淀所形成的古老悠久的传统文学观念,会极大地制约着人们对事物的分析和判断,那些牢固地存绪于人们心中的文学观念,会引导他们在公开的文学批评、表述观念时较为保守,以对传统的坚守为基本原则。相对而言,当他们进行属于个体私下行为、较少约束的实践创作时,尤其是处于文学正统体系边缘的词、曲时,会有意无意地对传统观念进行突破,从而形成创作实践上的多样性和复杂化。因此,我们会看到文学理论虽在不断地丰富深化,却具有更强大的传承性,创作实践虽有一定的延续性,但在实际进程中创新性却更为突出,并以此促进文体的发展。

由俗化带来的词体曲化导致了词作艺术审美特征不够明朗,降低了词体本身的艺术审美性,产生了不少游戏和淫靡之作,不仅在当时受到质疑和批评,更是遭到清人的一致抨击。他们明确表示:"词虽小道,第一要辨雅、俗,结构天成。"①词、曲之辨基本上被

---

① 张祖望《掞天词序》,引自王又华《古今词论》,《词话丛编》,第 606 页。

转化为雅、俗之辨。王士禛批评明词曲化造成"趣浅",纯"为柳七一派滥觞"、"风斯下矣",并不是着眼于词的整体风格,更多是从雅、俗角度而论。阳羡、浙西两大词派更是主张弃俗从雅,努力摆脱词的曲化色彩,故沈曾植说:"词须上脱香奁,下不落元曲,乃称作手……不落元曲易耳,浙派固绝无此病。"①至此,词之曲化问题已成定论,似乎已无需进入后世词学的观照之中。清人不必再纠结于此,故可以避谈词、曲关系,直接面对诗、词之辨,重新将词体纳入诗学体系中来,词学观念得以再次转化,仍然回到词体诗化的核心上来。

虽然曲化与俗化关系密切,但曲化不等同俗化,正如第一章结语部分所言,词体自其产生之时就有雅俗两极,是一种雅俗共赏的音乐文学,后经雅化消解了一部分俗质,却未能将之完全割除掉,而这正与曲体的俚俗化相合。曲化与俗化互为交叉,词体曲化带来了一定程度上的俗化,但曲化并不必然带来俗化,正如散曲亦有工丽派与本色派之分,曲化有时也会因其主体对人生参透的意趣而呈现出清旷超迈之气象,说明曲化只是俗化的外在表现之一,更多时候会起到强化词体俚俗色彩的作用,但二者之间不能画等号,不能完全以雅、俗标准对词体曲化进行观照和判断。

(二) 曲化与音乐观念

词虽以俗文学面目初现文坛,但经文人染指后自然产生了文人化的趋势,由南唐君臣开始,历经北宋晏殊、欧阳修、秦观、苏轼、周邦彦,至南宋姜夔、辛弃疾、吴文英等,士大夫文人的胸襟气度与审美理想不断渗入词体,提升了精神气格和艺术美感,构建起以雅正为尊的词学规范。市井百姓的生活情趣完全为文人士大夫的人

---

① 《菌阁琐谈》,《词话丛编》,第 3606 页。

生情怀所代替,再加上词乐的逐渐散失,词体合乐应歌的音乐属性渐为抒情达意的文学性所掩蔽,娱乐遣兴的本初功能也随之收缩,以传统诗教为核心的骚雅观念成为词学理论的主流趋势,得到了文人词家的认可与尊奉。

不过,这一文人雅化过程在元明时代受到一定的质疑和冲击,此时依乐创作的又一音乐文学体式的曲体兴盛起来,与词体共存并行,被视为同源分流。在曲体成熟繁荣的过程中,逐渐替代了已被日益雅化了的词体原来所具有的演唱娱乐功能,占据了原本为词体所统领的民间歌场,词的合乐应歌性进一步受到冲击而不断弱化,词遂失去了音乐文学的体性特色,转而成为案头文学。音乐文艺的重心完全转移至曲体,原本与词配合的燕乐也受新兴乐曲的排挤更加冷落,词体创作渐呈衰势。面对此种创作现象,又受到新兴曲体的影响,人们重新开始关注同为合乐可歌的词体的音乐属性,对之做了进一步的阐释,并将之贯彻于创作实践中。

多数明人眼中的诗、词、曲的关系,是诗、词异体而词、曲同体,因而在创作上主张词可似曲,却绝不可为诗,所谓"填词耳,入曲则甚韵,入诗则伤格"①。在他们的心目中,词的本质就是合乐,与曲相同,而词与诗的区别正在于音乐的分野。无论词的风味格调如何,至少作为音乐文学的本性是不能随意改变的,能够合乐是词成为词的先决条件,否则就不能算作真正意义上的词。所以,明代词论往往从诗、词辨体的角度去分析造成词之音乐性渐失的原因,多将之归咎于填词者对合乐应调的忽视,如:"今人既不解歌,而词家染指不过小令、中调,尚多以律诗手为之,不知孰为音孰为调,何怪乎词之亡也!"②大呼词将亡矣,根本原因即在于人们漠视词之合乐性,完全以诗人之笔填词。因此,明代词家开始着手整理和制定

---

① 张慎言《万子馨填词序》。
② 俞彦《爱园词话》,《词话丛编》,第 400 页。

词谱，表现出恢复依调填词的努力，却未曾想到，词谱的创制及清人对它们的完善最终导致人们完全遵循文字格律进行创作，一定程度上推进了词体的诗化。

从这一角度而言，明人显示出对词之本体的尊重，重视合乐性也可看作是明人对词体音乐属性的认同，曲化亦是对词体本体的努力回归。相较于南宋雅词以及清代的诗化词，曲化之词更加接近于词的原本形态，更加符合词的本来面目，那么是否可以说，词体曲化的创作现象说明，明人虽然在理论上延续了"词为小道"的传统观念，其实在内心深处并不卑视词体，在一定程度上还体现了尊体的意识。只是，这种创作方式和潜隐意识与儒家传统文艺价值观念相冲突，难以得到理论上的支持，呈现创作上的延续性。因而至明末清初，曲化之路被完全截断，重被清人拉回至诗化途径，继续并进一步加强词体的文人雅化程度，词最终还是未能挽回音乐文学的本性，走上了纯文学化的道路。

所谓曲化，即以曲的声情填词，王世贞说："词兴而乐府亡矣，曲兴而词亡矣，非乐府与词之亡，其调亡也。"①刘熙载云："未有曲时，词即是曲，即有曲，曲可悟词。苟曲理未明，词亦恐难独善矣。"②皆指出了词、曲二者互为因果的密切关系，当以音乐为二者契合之本。俞彦言："词何以名诗余？诗亡然后词作，故曰余也。非诗亡，所以歌咏诗者亡也。词亡然后南北者作，非词亡，所以歌咏词者亡也。谓诗余兴而乐府亡，南北曲兴而诗余亡者，否也。"③不仅认定了词体的音乐本质，更从此点出发，认为中国古代诗歌形式的演变的主要原因即是不同时代特定音乐系统的变异兴衰。词之所以能够替代近代诗，成为合乐演唱的主体力量，即在于它唤醒

---

① 《艺苑卮言》，《词话丛编》，第 385 页。
② 邓云等《词曲概注译》，光明日报出版社 1991 年，第 191 页。
③ 《爰园词话》，《词话丛编》，第 399 页。

了诗歌的内在音乐因素,并以乐府杂言句式加以改造,再加上协韵的富于变化,与当时流行音乐——燕乐的宫调、节拍、旋律等外在音乐因素更为吻合,字声与乐声的配合更趋和谐。南北曲则是在词体基础上,适应新兴曲乐系统而产生的又一音乐文体。正是词、曲以音乐为本位的相似体性,为它们之间的互相承袭提供了方便和依据。

然而,词乐与曲乐虽属同一音乐系统,但在乐调方式等方面已有较大变革,加上词乐的散佚与新兴曲调的流行,促使一部分词的声腔向曲乐体系倾斜。人们尝试着以词乐曲唱的方式恢复词的应歌娱乐功能,在具体歌法、合乐方式等方面,对词进行改造。词、曲同被视为乐府文学,创作时常混杂不分,常常造成词与曲乐的错位配合,曲乐的节奏韵律势必相应带来词体向曲体的倾斜,不仅表现在乐调上,在文辞与风调方面也会有所变化,因而带来词体的曲化,成为清代以来人们一直在讨论的话题,并将之判定为元明词衰落的最为重要和直接的原因。

词学界对于词体曲化的诸多不满和批评,多是在将词体完全看做文学体裁的观点上生成的。人们用纯文学眼光考察本于音乐性的词体,用诗骚风雅的标准观照来自民间的雅俗相济的词体,以儒家诗教的原则审视最初即已偏离传统文艺价值观的词体,结果必然是否定的。显然,本不属于同一审美范畴的文体,却采用统一的唯一的判断标准,自然会产生向传统回归的趋势。然而,词毕竟是一种音乐文学,失去了音乐性,词也失去了其本真的一部分,文学性的提升固然会促进其表现功能的增强与精神格调的上扬,却也不再是完整意义上的词了,词最终以与诗歌的完全融合而走向衰败。

(三) 词体曲化的理论意义

1. "词体曲化"的讨论争议,促进了对词体本体特征的认识,极大完善了明清时期的词体观念。

　　金、元之后,诗、词、曲不分的现象越来越突出,到了明代,文人作词有的像诗,但更多像曲,浅俗直白、油滑尖新、违音失律之作常为时人所赏,并广为流传和效仿。在明人看来,词、曲同位俗文学之列,在文体地位、社会功能、体式特征等各方面,都极为相似,可视为一体,它们与具有悠久历史的雅正文学代表——诗歌当严格区分。因此,明人常热衷于严辨诗、词,而往往将词、曲混为一谈。然而,当词体创作渐失本原,与曲难分彼此时,明人的文体意识也转而对词、曲加以辨析。故对词之体性的考察与论析,成为明代词坛众多学者文人特别关注的一个问题。

　　如前所述,明人企图将已呈词乐分离之势的词体拉回至音乐本体,词体曲化即是其方式之一。词体的主要体式特征,如四声平仄、协押韵脚、句拍结构等,都是与所合燕乐曲调的旋律、节奏等密切相关。针对于此,明代词论家在分析词之特性时,一般都从词体与音乐的关系入手,特别注意音乐对词体的主导作用。如俞彦说:"词全以调为主,调合以字之音为主。"①有曲才有调,有调才有词,当词的音谱即曲调宫商失传以后,词调的音乐性便主要表现为字音即平仄四声的调配谐协了,而明人填词却往往不解音声,以至与曲相混。词体曲化最常见的就是以曲腔代替词调,从而改变了词体的婉媚而染曲体的尖新。对此,徐师曾在总结乐曲宫商旋律对词之体段、句度、声韵的规定后,将填词法则简要概括为:"然诗余谓之填词,则调有定格,字有定数,韵有定声。至于句之长短,虽可损益,然亦不当率意为之。"②明确表示词的以调为本的特性。当然,明人在坚持和强调词的音乐体性的同时,也会注意到其尚有灵活应变的一面。如吴讷说:"凡文辞之有韵者,皆可歌也。第时有

---

　　① 《爰园词话》,《词话丛编》,第 400 页。
　　② 《文体明辨序说》,人民出版社 1962 年,第 164 页。

升降,故言有雅俗,调有古今耳。"①指出时代社会文化条件的变异,往往会引起音乐系统及音律韵调的相应变化,因而在实际的词体创作中,应该允许有所灵活变通,如"音有平仄,多必不可移者,间有可移者。仄有上去入,多可移者,间有必不可移者。"②"句之长短,虽可损益,然亦不当率意而为之。"③此皆持类似论调。

词除了其音乐本性外,同时还具备着文学属性,尤其随着词、乐的逐渐分离,词体的音乐歌唱功能越发减弱,文学抒情功能却不断在加强,面对这样的词体演变趋势,明代词论家不能只一味地强调词的应歌合律。顺应新的思想文化要求,明代词论家纷纷把注意力投向词体主情的特性,认为词之为体,应为"婉娈而近情""柔靡而近俗"④。

因此,明人所认定和推崇的词作应具备两个基本条件,一是必须可以合乐而歌,虽然处于词乐失传的状况,在实际的创作中不一定能够实现,但理论上必须严格遵循此标准。二是主体风调上推崇婉丽流畅、香艳柔靡的本色。故而,《草堂诗余》风驰于明代词坛。何良俊为之作序,言:"乐府以曒劲扬厉为工,诗余以婉丽流畅为美;如周清真、张子野、秦少游、晏叔用诸人之作,柔情曼声,摹写殆尽,正辞家所谓当行、所谓本色也。"⑤由于《草堂诗余》的编选目的是为文人雅士和市井平民等社会各阶层提供唱本,更好实现应歌娱乐的功能,故集中没有稼轩词的英雄豪气,也没有白石词的清空骚雅,大多是北宋年间如周邦彦、秦观、柳永、李清照,还有少数苏轼的婉约词,以及流传于民间的大量无名作品。这些词既合乐可歌,又婉丽多姿,被明人认定为是最符合词体的特征的典型词

---

① 《文章辨体序说》,人民出版社 1962 年,第 59 页。
② 俞彦《爰园词话》,《词话丛编》,第 400 页。
③ 徐师曾《文体明辨序说》,人民出版社 1962 年,第 164 页。
④ 王世贞《艺苑卮言》,《词话丛编》,第 385 页。
⑤ 《草堂诗余序》,《词集序跋萃编》,第 670 页。

作。相似说法如沈际飞在《草堂诗余四集》正集中，云："词贵香而弱，雄放者次之。"王骥德《曲律》卷四言："词曲不尚雄劲险峻，只一味妩媚闲艳，便称合作。是故苏长公、辛幼安并置两庑，不得入室。"陈子龙《三子诗余序》言："其为境也婉媚，虽以警露取妍，实贵含蓄不尽，时在低回唱叹之际，则命篇难也。"此类观点的产生与明代特殊的思想文化背景有着极为重要的联系。他们肯定晚唐五代以来所建构起来的词的独特体性，认同词体长于言情的功能与婉丽幽艳的审美追求，既是对传统的维护，却也显示出其拘守传统的偏执，引起明代持较为通达正变观的学者们的批评，更带来清人对明代词体观念的不断修正和完善。

　　清人多否定词体曲化，如吴衡照说："盖明词无专门名家，一二才人如杨用修、王元美、汤义仍辈，皆以传奇手为主，宜乎词之不振。"①"词体曲化"被认为是词品的下降，明词的软艳媚俗是对文学品性的损害。朱彝尊《水村琴趣序》言："夫词自宋元以后，明三百年无擅长者。排之以硬语，多与调乖，窜之以新腔，难以谱合。"那么，怎样才能挽回颓势呢？朱彝尊《红盐词序》又云："词虽小技，昔者通儒巨公往往为之。盖有诗所难言者，委曲倚于声，其辞愈微而其旨愈远。善言词者，假闺房儿女之言，通之于《离骚》变《雅》之义，此尤不得志于时者所宜寄情焉耳。"针对明以来声情分离、忽视词的音律特征的做法，提出词要倚声而作，还要防止词体创作中的滥音杂调。并且认为，身为小技、末道的词体虽语辞婉转轻柔，但应做到言近旨远，因微见著，将忧生忧世均寄概于微婉的生活细节的描写上。要达到这样的要求，就必须通过比兴之义，寄托之法，以幽约要眇之音展示作者的社会理想和高尚品质，反映广阔的社会人生和家国时事。

　　同时，针对于明代轻靡浮艳或粗犷叫嚣的两种偏向，提倡清空

---

①《莲子居词话》卷三，《词话丛编》，第 2461 页。

醇雅,与常州词派创始人张惠言精神上并无二致。张氏在《词选序》的著名论调是:"缘情造端,兴于微言,以相感动,极命风谣里巷男女哀乐,以道贤人君子幽约怨悱不能自言之情,低徊要眇,以喻其致。盖诗之比兴变风之义,骚人之歌,则近之矣。"亦强调比兴,通过作者的主观感受批判现实,表现作者的理想和品格。之后,文人词家皆从比兴寄托为出发点,更加全面深入地加以阐释,如周济的"非寄托不入,专寄托不出"①、刘熙载的三品说、谢章铤的性情说、谭献的柔厚说、冯煦的浑成说、陈廷焯的沉郁说、况周颐的重拙大以及王国维的境界说,都未能脱离寄托之法。词也就被定性为以比兴寄托为基本表现手法,以艳婉之态和儿女之情为外在表现,含蓄隐晦地表现作者哀怨凄凉的身世之感和深广厚重的社会内容,是一种更为深隐地表现作者真实性情的诗体。至此,词体的曲化色彩基本被抹掉,重新被涂染上诗化色调,词体重新回归传统诗教序列,获得新生。学界由此得出词衰于元、亡于明的论调,一直影响至今。

　　2. 通过词体曲化方式的不断变化,丰富了词体的创作方法,为词体提供了又一条变革发展的途径。

　　词体曲化,主要是以曲体的声情作词,既包括曲乐之配合,更体现在曲化词所呈现出来的语言辞采、表达方式以及审美风格。词原是以婉约为正体,自花间词以来便形成了香艳柔媚、含蓄婉转的风调,常以细微之意象、闲静之意境、闲雅之情趣、细腻的描写,表现哀伤愁怨之情感,空灵雅致、温婉醇厚。曲体在总体情调上与词相反,其尚直露、浅俗,尖巧生新或粗豪生硬之语充斥其间,表现作者的玩世心态和避世精神。曲体的种种表现手法和美学情趣移植于词体,赋予词体更加多样的表现技巧,丰富了词体的风味格调。虽然曲化带来了对词体体性的破坏,但对面临词、乐分离状

----

① 《宋四家词选序论》,《词集序跋萃编》,第 802 页。

态、几为纯文学样式的词体来说,无疑是一种寻求变革的方式,说明词体仍然具有可以变革发展的空间。不论后世评价如何,曲化确是词体寻找更佳生存环境和方式的一种努力,不能完全看作是对词体的破坏和词体衰亡的理由。

3. 在诗学话语体系已然进入词学批评之后,"词体曲化"之争议又带来了词学批评中的曲学话语,为词学理论领域增添了新的评价视角。

明代曲体兴盛,词体遂为之所掩,流传范围与影响力度明显比曲体要小得多。于是,众多文士多将关注力由词转曲,故明人之于词,少专门名家,在论析词体时常常点到为止,缺乏学术视野和理论深度,给人以浮躁率意之感。然而,此种散漫不专之态,使他们以一种开放的视角去审视词体,并常常与曲体相较而论。同时,词论者们词曲兼擅的知识结构和双重身份,使他们能够自由出入于词、曲二体之间。像汤显祖、沈际飞、卓人月、徐士俊等人,在词集评点中常提及于曲,表现出明显的以曲论词的思维取向和批评方式。如王骥德对词的辨析即是基于曲本位的,为了说明"词之异于诗也,曲之异于词也,道迥不相侔也。诗人而以诗为曲也,文人而以词为曲也,误矣,必不可言曲也"①的观点,他说:"晋人言:丝不如竹,竹不如肉。以为渐近自然。吾谓:诗不如词,词不如曲,故是渐近人情。夫诗之限于律与绝也,即不尽于意,欲为一字之益,不可得也。词之限于调也,即不尽于吻,欲为一语之益,不可得也。若曲,则调可累用,字可衬增。诗与词,不得以谐语方言入,而曲则惟吾意之欲至,口之欲宣,纵横出入,无之而无不可也。故吾谓:快人情者,要毋过于曲也。"②在明代词集评点中,高频率出现的常用字眼有俊、隽、妖、娇、媚等,它们的特有内涵,和王世贞、徐渭、汤

---

① 《曲律》,第 205 页。
② 《曲律》,第 211 页。

显祖、董其昌等人的曲体批评范畴也有相通之处。这种批评方式在汤显祖评点《花间集》、钱允治《合刻类编笺释草堂诗余》三集以及茅暎《词的》等词集中已初见端倪,而在沈际飞《古香岑批点草堂诗余四集》、卓人月、徐士俊评《古今词统》等词集中成为突出特点。

　　词在晚唐五代时即多采用代言体形式,作者多化身为词中抒情主人公角色,揣摹其心态与声腔,表现一种特定情感,虽不以记叙为主,却往往有一定的故事情境,类似于戏曲中的叙事性。而戏曲中的悲欢离合、相思苦闷、慵倦无聊,以及兴奋与惘然、闲愁与伤感、甜蜜与忧郁等种种情绪与意趣,都可在词中找到相似的情境、心态与语辞。词、曲二体的本原与体性的相近,使明人的此种论词方式极易为人所接受,批评效果显著。所以,在具体的论析中,人们常有意无意地以他们所熟悉的曲体因素来阐释词的文本与意境,或作追溯源流式批评,探讨词与曲之间的递嬗关系,或作双向印证式批评,即以曲中情境来阐释词之意蕴,皆是以曲释词、以曲论词,甚或词曲互证,可以让读者借助曲体的审美记忆,更为生动真切地进入词的抒情境界。① 这样做既有利于把握欣赏原词,也有利于在词、曲比较中开拓思维与想象的空间,是明人惯用之法。以曲释词也成为明人词论一大特色,是明人对词学批评的一大贡献。

　　与词之诗化的褒贬相兼、以扬为主体趋势的命运不同,词之曲化从其出现那一天起,就遭到了世人的严厉批评,受到主流评论界的一致非难,虽然亦有人在合乐之角度为之辩护。清人更是严格雅俗界限,在为词尊体的前提下,认定“词亡于明”的罪魁祸首就是词的曲化。因而,词之曲化并未能如“以诗为词”一样成为词学理论的核心观念,除了较为一致的否定与贬斥外,人们对它的分析探

---

① 张仲谋《明代词集评点的价值与特色》,《江海学刊》2012 年第 1 期。

讨较为浅显，未能表现出足够的重视。然而，正如李康化先生所言："如果南宋人有权选择以雅为审美的法则，如果清代人有权选择接受南宋人的游戏规则，那么，明代中后期人为何无权选择以俗为自己的好尚？何况，向俗（包括曲化）并不是到明代才有的现象，而是词本身的民间文学性质所天然内蕴着的，也是从唐到宋一直存在的事实。"①不管承认与否，大量存在的曲化词本身即在彰显它独有的价值，既然具有某种区别于传统的价值，就要重新启动区别于传统的评价体系和审美标准。因而，词体曲化的研究领域还需要进一步的延伸，具有极为丰富的理论内蕴。学界应该结合词体原生状态与发展进程，重新对词体曲化进行批评阐释和价值判定。

第三节　词体诗化与曲化的批评走向解析

从历时的角度来看，词体是一个动态的、不断发展与演变的历史过程，贯穿了从唐至清的漫长时期。在这个历史演变的过程中，词体的内涵、形式结构以及审美观念等各种要素都发生了很大的变化。这种动态变化，是伴随着词体与诗、曲的互融互斥而产生的，遂出现了"以诗为词"和"词体曲化"两种重要创作现象，深刻地影响到对词体自身、词体意义以及价值的判断和认识，引起了不同时期词学观念的变化，从而形成词学研究中的争议，带来价值判断上的矛盾冲突。作为词学理论的两个常用术语概念，简而言之，"以诗为词"即指用诗歌的艺术手法去创作词，"以曲为词"即以曲的艺术手法进行词体创作。从语言学层面上来讲，二者都是对词体本色的部分否定，是对词体创作的一种变革，从中产生的作品自然不应看作是正宗的词，但在实际的创作活动中，却不尽然，从而

---

① 李康化《明代词论主潮辨述》，《华东师范大学学报（哲社版）》1999 年第 2 期。

造成历代词学家对词体定位的模糊和分歧,引发了学界的热烈讨论。

纵观宋代以来针对二者的批评话语,大致形成这样一种认识趋势,即"以诗为词"是对词的提升或雅化,是对词体文学的发展和促进,人们多对之持肯定态度;"以曲为词"则降低了词的品位格调,对词体文学的衰落负有不可推卸的责任,论家对此有不少贬语。究其原因,大略如下。

(一) 传统保守的文体观念

在中国古代的文学正统观念中,各种文体本有天生的地位差异,自来就有正变、雅俗、高下之分。一般而言,文以载道、诗以言志,地位最高,尤其诗歌有着风骚以来的儒学深厚的传统意蕴,既可缘情,更可言志,具兴、观、群、怨的社会价值,在古代文人心中具有尊崇的地位。与之相比,词配自民间俗曲与异域乐调,主攻言情娱人,体兼雅俗,偏离了社会政治的抒写方向,自产生之日起就被视为小道末技与诗之余事,曲更为词之余,二者的文坛地位明显居于下位。文人学者们对于诗、词、曲的文体级别的判定是有极深的渊源的。

除社会文学功能以外,中国古代文体的地位高低还与其产生的年代、艺术特性等有密切的关系,并常因某个特定历史阶段的文学审美规范的变化而有些微的调整。

中国人具有浓厚的历史存在感,常常对古老的东西心抱敬畏尊崇之意,古曲乐歌虽亦来自民间,但由于其更为悠久的传承显得高雅典重,品格尊贵,并由此建构起主宰数千年中国文坛的诗教传统,故唐人常以古诗尊而卑律诗。词体虽萌生于诗,为诗歌一支脉,但其以世俗乐调为主体,叙写男女之情,崇尚自由纤艳轻巧,既乏厚重之感,又无典雅之气,异于高古静穆、雄浑冲淡的传统审美理想,遂形成尊诗卑词的主流倾向,如魏泰《东轩笔录》曾记欧阳修对晏殊的评价,曰:"晏公小词最佳,诗次之,文又次于诗,其为人又次于文也。"明确表达了文、诗、词这一尊卑高低的序列。曲体出现更晚于词,尤其尖新世俗、直白浅露的艺术表现与审美追求,更是与传统诗教产生严重的悖逆,更异于古老诗歌的精神气格,虽亦有其展现独特性的时代环境,却招致文人学者们较为一致的贬低。前章所引述的《四库全书提要》,虽将词、曲同列论述,却直言词降一层次而变为曲,即是表达曲体较词体更为卑下的观点。所以,《四库全书》将部分词体文学的总集和别集纳入其中,而"同属文苑附庸"的曲体文学(散曲和剧曲)就只具有"存目"的资格了。

　　音乐变化与辞乐配合方式,也是判定诗、词、曲高下的标准之一。风诗配颂古老雅乐,乐府诗配吟清商乐调,在辞乐配合关系中,为"选词以配乐",文辞具有主导性作用,音乐为文辞之附属,文学功能突出,可应用于多种场合,被认定为是诗歌的正统创作方式。相较于诗歌,词、曲配合新兴流行曲调而起,并"以乐定辞",音乐性为主,文学性为辅,明显背离了"声依永,律合声"的诗教传统,不符合诗歌的创作规范,自然非正宗之体,地位高低显而易见。

　　一旦确立了诗、词、曲的等级序列,那么三者之间彼此的倾斜也就自然有了较为明显的升格与降品的性质。既然诗贵词卑,那么从理念上而言,"以诗为词"必然会扩充词体功能,恢复骚情雅趣,将卑下之体引向高贵之体,虽有消解词之文体特质、损失词之独立性的嫌疑,但其所造成的后果在大多数文人墨客们的心目中还是认可的,在他们的实际创作中也有着较为明显和普遍的反映。故自宋至清,历代文人恐招致混淆文体之罪名,多不承认"以诗为词"的做法,但在实际的评论中又从词之渊源、创作手法及内在精神等种种角度,不断地拉近与诗歌的距离,仅从词论家们对苏轼的评语中即可看出其中端倪。北宋文人虽称苏词极天下之工,却以非本色加以概括,隐含着一定的不满之意。然而,南渡以后,对苏词的评价发生了极为关键的转变,人们或从其人品立论,或从其词之政治寓意着眼,或从儒家礼义道德出发,或从诗教风骚入手,表现出主流文化对曲子词的重塑趋势,已然显露出要在词学领域中重建与诗教文化相一致的审美理想的要求。

　　文体定位,是词产生以来贯穿词史的永恒话题。其实诗、词、曲的文体地位自它们产生之日起似乎就已确立,虽然后世学者在理论批评上从各种角度尽量把词拉近与诗同等的地位,并将词努力与曲拉开距离,表现出强烈的词体定位意识,但在他们内心深处对三者文体地位的定位并没有大的改变。在这样的观念指导下,通常情况下,人们将诗词创作中的“以诗为词”现象看做是对词体品位的提升,而“以曲为词”则被认为是对词体品位的降低。这种认识即是以中国传统儒家诗教观念为支撑,即古典的、高雅的、自然的当然高于时俗的、繁杂的、华饰的艺术形式,成为千百年来文学理论家们对文体发展方向进行判定的一般准则。

　　从尊位到卑位的挪移,自然是不可取的,故对词体曲化的认识呈现出较为一致的否定态度。相对而言,“以诗为词”的判定则复杂一些,毁誉参半,无论哪种评论都表明人们已经认知到词体中所蕴含的诗性因素,延誉之人以此做为尊体之方式,诋毁之人以此做为损体之行为,其实都体现了他们自觉的辨体意识,皆为尊体之途径。如果运用词体定位的观念,就不难发现它们具有本质上的区别:否定“以诗为词”的做法,其尊体的角度是从辨体而来,他们认定词体的独立地位,尊重词的本体性,尽量防止他体的渗透,以保持其文体特质的纯粹性;提倡词体诗化,则是从破体的角度推尊词体,认定诗、词同理一体,将词向诗靠近乃至统一起来,使词体回归传统诗教之统系,词的文体性虽遭一定破坏,但文学功能与诗相等,文坛地位似乎就可与诗同日而语了。因而,诗、词、曲的等级序列决定了人们对“以诗为词”及词体曲化的态度,而不同时代的词坛走势及词学思想又造成词体定位的微妙变化,导致词体观的差异，从而形成特定时段对此种词坛创作现象的认识上的分歧。

（二）词学批评的诗体话语方式

诗、词、曲都属于广义的诗歌，在创作和接受两方面皆具有某些相似的地方，产生较早的诗歌鉴赏批评理论必然会对词体评论产生影响。诗学的神圣久远和彻底的文人化，使它已经深深地扎根于文人的心中，其中的风骚精神也被文人牢牢地坚守着，驱使他们不由自主地将诗教传统渗入不断兴起的文学体裁的批评中，以诗学的话语方式和主流观念对各种文体进行评判，并下意识地将它们引入诗学轨道上来。与此同时，繁荣期的曲体文学促进了曲学理论的发展，其必然会以主流文化体现者的身份涌进词学领域。

词体初兴，与诗歌之间的分界尚不明晰，人们无意识地以诗歌的技法和精神作词评词，此种现象的产生多由于诗、词二者的相近性。伴随着词体的逐渐成熟与定型，其在外在功能与内在气格方面都展现出与传统诗歌相异的特质，形成对儒家诗教的巨大冲击，文人开始有意识地以诗歌传统去规束和改造词体，移植诗法、诗格、诗境、诗意入词，诗、词渐趋融合。在这样的创作背景下，人们自觉地以诗评词、诗词并称，普遍认定诗、词的密切关联，以诗歌为旨归，用诗歌的评价标准和审美理想要求词体。他们以诗歌的传统规范为立论基点，破除诗、词之间的界限，在源流、立意、语言、技法、风格等各个方面加以融通，常常以诗歌为参照，在与诗歌的比对中判定词的优劣，如苏轼《与蔡景繁书》言："颁示新词，此古人长短句诗也。""世言柳耆卿曲俗，非也。如《八声甘州》云'霜风凄紧，关河冷落，残照当楼'，此语于诗句不减唐人高处。"黄庭坚《小山词序》谓晏幾道作词"寓以诗人句法，清壮顿挫，能动人心。"贺铸则"遍读唐人遗集，取其意以为词。"又"善于炼字面，多于李长吉、温庭筠诗中来。"周邦彦词亦"多和唐人诗语隐括入律，浑然天成。"皆以诗歌的评价标准来衡量词体的各个方面。各家之论所持角度虽然不同，却表现出较为相似的观念，即认同与诗歌的传统特性较为一致的词体因素，肯定词体向诗歌的靠拢与接近，体现了以儒家传统诗教来阐释和规范词体属性与功能的理论目的，最终实现词体向诗歌的回归。

　　尤其到了清代，以诗论词成为词论家们最为常见的词学批评手段之一，表现在词源、词旨、词人、词风、词境、词品、词史等词学诸多方面。如贺裳评毛泽民词"酒浓春入梦，窗破月寻人"，"此晚唐五律佳境也"①，以诗境拟之。刘熙载说："词品喻诸诗，东坡、稼轩，李杜也；耆卿，香山也。"以情、志表达的偏重对不同风格的诗词进行同类对应，又进而细言："东坡词颇似老杜诗，以其无意不可入，无事不可言也。若其豪放之致，则时与李白为近。"②以广泛的题材与豪放的气度将苏词与杜诗和太白作比。许昂霄说："词中之有白石，犹文中之有昌黎。"③宋翔凤言："词家之有姜石帚，犹诗家之有杜少陵。"④以早有定论的在诗、文领域中居崇高地位的韩愈、杜甫比拟白石词，明显有推崇之意，也是以诗评词的一个角度。陈廷焯说："两宋不可偏废。北宋词，诗中之风也。南宋词，诗中之雅也。不可偏废，世人亦何必妄为轩轾……以词较诗，唐犹汉魏，五代犹两晋六朝，两宋犹三唐，元明犹两宋，国朝词亦犹国朝之诗也……词之体格如诗，小令，诗之五言也，长调，诗之七言也。"⑤王国维云："近体诗体制，以五七言绝句为最尊，律诗次之，排律最下。盖此体于寄兴言情，两无所当，殆有均之骈体文耳。词中小令如绝

---

① 《邹水轩词筌》，《词话丛编》，第 697 页。
② 《词概》，《词话丛编》，第 3696 页、3690 页。
③ 《词综偶评》，《词话丛编》，第 1576 页。
④ 《乐府余论》，《词话丛编》，第 2503 页。
⑤ 《词坛丛话》，《词话丛编》，第 3720 页。

句,长调似律诗,若长调之百字、沁园春等,则近于排律矣。"①《四库全书总目提要》说:"词自晚唐、五代以来,以清切婉丽为宗。至柳永而一变,如诗家之有白居易;至轼而又一变,如诗家之有韩愈,遂开南宋辛弃疾等一派。寻源溯流,不能不谓之别格,然谓之不工则不可。故今日,尚与花间一派并行,而不能偏废。"以诗歌的历史进程对应词体的发展阶段,以体现对各个时段词体的价值评判,皆是以诗论词之典型代表,表现了向中国传统诗学批评的深刻回归。在此类词学理论的指引下,清代的词体完全以徒诗化形式呈现,成为一种特殊的格律化抒情诗,使词体外在的绮靡柔曼与内在的比兴寄托得到很好的契合,显示出清代词体的个性风采。所谓的清词复兴正是在这样的词学理论思想的指引下得以完成。

"以诗道论词"的批评方式,在较大程度上将词拉向诗歌,进而回归诗歌,实现诗、词的融合统一,通过这样的批评方式所构建起来的词学理论体系,自然具有浓厚的诗学色彩,其目的正是希望藉此提高词体地位,从而实现词体诗化,最终完成尊体的目的。

从词学理论产生之日起,人们就常常以诗学研究的思维和话语方式对词体文学进行探求,往往无意识中忽略了词体的本体性和异质性,在词家词作的鉴赏、分析及评价等诸多方面,更多的采用了诗学的话语体系和评判原则,而缺少词学本身的特征。词体的审美追求也慢慢地从合乐可歌、柔艳轻婉向合乎礼义、庄雅典正转移,正式进入"乐而不淫,哀而不伤,一出于诗人礼义之正"②的文学体系。由此可见,儒家诗教对词体异质的解构,消解了词体的独立性,限制了词体的自主发展,使之依然作为诗歌的附属品存在着,却又被赋予了与诗歌一样的展现社会人生、宣扬道德教化的文学功能,尤其以清代常州词派为代表的对词意的阐释最为明显。

---

① 《人间词话》,第93页。

② 林景熙《胡汲古乐府序》,《霁山文集》卷五,文渊阁四库全书本。

所以,从唐代曲子词至清词的中兴,词体的发展轨迹虽有起伏曲直,却始终有一个大致方向,即向诗歌的倾斜,这种发展趋势无疑是受到儒家诗教文化对词体的接受方式的影响,体现出诗学批评理论对词体文学的强大规束力量。

从汉儒说诗开始,所谓诗教渐渐形成,其最核心的内容就是儒家的政治道德意识。随着中国文学的不断发展与文学理论的逐渐成熟,儒家诗教走出诗歌领域,被泛化成为一切文艺样式的评判原则,尽可能地通过对其他文体的整合与改造,不断地擦除它们身上的异化色彩,直至将它们纳入自身文化结构中来。词由于与诗歌的密切关系,在这方面表现得尤为明显,不仅词体作品浸染了浓重的诗歌的精神气韵,词学批评也越来越向诗学靠拢,从而使其看上去更像是诗学而非词学。清代尤为突出,成为清人推尊词体的根基。此种意识一直延续至今,人们以自觉地理论意识将词提升和纳入士大夫主流文化之内,即将词重新纳入诗教统系,遂对词体诗化生出认同之意。

(三)诗、词、曲互融评价的根本原则

固守于传统的文体等级观念,古代文人对诗、词、曲的文学功能和文坛地位是有尊卑高下之分的,这也决定了他们对于各类文体间的融透关系有了大致统一的评判方向,即认同由高入低的渗入,否定由下入上的反渗。因而,在进行文学创作时,自然遵循自上而下的渗透方向,而极力避免由卑而尊的融入方式,即一定程度上支持并接受以品位高的文体去改造品位卑的文体,以提高它们的格调和品位,增强它们的社会功能和存在价值,却极力避免并斥责卑下之体对高贵之体的浸染。正如清代陈廷焯所言:"昔人谓诗中不可着一词语,词中亦不可着一诗语,其间界若鸿沟。余谓诗中不可作词语,信然。若词中偶作诗语,亦何害其为大雅"。"诗中不

可作词语,词中不妨有诗语,而断不可作一曲语。"①潘德舆亦说:"以诗为词,犹之以文为诗也。韩昌黎、苏眉山皆以文为诗,故诗笔健崛骏爽,而终非本色;以诗为词,则其功过亦若是已矣。虽然,天下犹有以诗为文、以词为诗者;以诗为文,六朝俪偶之文是也;以词为诗,晚唐、元人之诗是也。知以诗为文、以词为诗之失,则知矫之者为健笔矣,而所失究在于不如其分也。夫太白以古为律,律不工而超出等伦;温、李以律为古,古即工而半无真气。持此为例,则东坡之诗词,未能独占古今,而亦扫除凡近者与!"②二人皆认为,"以诗为词"虽然非"本色"语,还是可以进行尝试,而"以词为诗"、词参曲语却是万万行不得的,态度差异极为明显。

从古至今,学者们常常严谨地守护着这一原则,即下位文体不可插足于上位文体,而上位文体却可容许跻身于下位文体,"以高行卑的体位原则"③基本固化为文体互参中一贯遵循的美学原则。近人吴梅即认为:"曲欲其俗,诗欲其雅,词则介乎二者之间;诗语可以入词,词语可以入曲,而词语不可入诗,曲语不可入词。"④明确表示诗可入词、词可入曲,但词不可入诗、曲亦不可入词的融体方向。可见,"以诗为词"和"以曲为词"虽都属于对词体本色的破坏,然而,对后者的评定显然不可与前者相提并论。东坡诗化词和杨慎曲化词的历史评价多少说明了人们心中难以撼动的文体观念及互参法则。所以,按照一般规则,诗体词化与词体曲化是绝对禁止发生的文体互融现象。

然而,综合观察诗、词、曲的发展历程,我们会发现,在实际创作中,并非完全如此。尽管诗、词、曲在表现领域和艺术追求上各

---

①《白雨斋词话》卷五,《词话丛编》,第3904页。

② 吴宗海《养一斋诗话笺注》,江苏新天出版社,1993年,第72页。

③ 蒋寅《中国古代文体互参中"以高行卑"的体位定势》,《中国社会科学》2008年第5期。

④ 引自周本淳《诗词蒙语》,上海文艺出版社,2001年,第32页。

有偏重之处,但三者在抒情、娱乐、社交等社会功能方面亦时有交叉重合。一般而言,在表达传统文人题材,特别是政治情怀、人生感慨、亲朋情谊的时候,诗、词、曲的融合之势大多呈现出词向诗、曲向词的倾斜,明显地表现出卑体向尊体的靠拢。反过来,在传达个体私情、追求娱乐遣兴的时候,诗、词、曲的渗透之势却是诗更多地倾向于词,词更多地倾向于曲,表现出尊体向卑体的下移,这种现象的产生或许与文体所要表达的内容、所要体现的文学功能以及作者的创作心态有着密切的关联。所以,诗化之词大多是功能趋于抒情言志、以陈人生之思的庄严厚重之作,曲化之词则多是功能上趋于轻松消遣、以求意逸情趣的游戏调侃之作。故文学史上既有苏轼的词如诗、张小山的曲如词,也有秦观的诗如词、唐寅的词如曲。

　　元明时期之所以出现词体的曲化色彩,很大程度上得益于通俗文化发展的大背景及词、曲天然的相似性。同时,词居雅诗与俗曲之间,处于高卑接合处,在创作实践中具有雅俗相融、高下相渗的多种可能性。正如蒋寅先生所说:"文体互参中的体位和宜忌问题很大程度上取决于对文体的轻重感觉,而对文体的轻重感觉又常是与文体对应的题材以及功能属性联系在一起的。这决定了文体互参中体位问题的复杂性和以高行卑定势的非绝对性。"①故在中国历代文学理论中,虽然保持着对低位文体向高位文体靠拢的一致认可,但高位文体向低位文体进行挪移的现象并非少见。这也是中国古代文学发展进程中的一个重要现象,呈现出理论观念与创作实践上的突出矛盾,尤以明词曲化特别突出,这确是一个值得学者们特别关注和深入思考的课题。

　　如上所言,高位文体对低位文体的改造往往容易被接受,低位

---

　　① 蒋寅《中国古代文体互参中"以高行卑"的体位定势》,《中国社会科学》2008 年第 5 期。

文体对高位文体的反渗则难以得到认同,吴承学先生把它们称之作"破体通例"①。在中国古人的文体观念中,辨体意识是极为牢固的,破体的创作行为本就招致非议,尤其由低位向高位的破体方向更是为人所否定,引发众多批评。故而,相较于苏轼的"以诗为词",秦观的"女儿诗""诗似小词"及杨慎的曲化之词遂得到更加一致和严厉的抨击,只因他们在文体借鉴吸收方式上的差异。在中国古典文学的传统观念中,地位高的文体往往有一定的霸权地位,他们以对地位较低文体的改造与提升为由,可以大大方方地融汇于地位较低之文体,而低排位文体则无权参与高排位文体的创作,否则会被看作是对他体的破坏与侵蚀,是不可取的。因此,"以诗为词"与"词体曲化"虽然在本质上都一定程度上消解和抹煞了词的本色特性,但一被视作升格,一被看成降品,自然评价不同,褒贬各异。不过,在古代大多数文学理论家的心目中,文体的独立特质是最重要的,能够代表一种文体的艺术特征和审美理想的,当然还是那些本色当行之作。

　　依照诗教传统观念和诗、词、曲的固有等级观念,"以诗为词"得以肯定,然同时拘限了词体的发展,使其无法摆脱庙堂文学或贵族文学的影响,从自然走向雕琢,从富有生气的音乐文学走向庄重严肃的案头文学,于是衰落成为自然。而随着曲乐的兴盛,词被渗入曲乐之音调与情趣,顺应了白话韵文向长短句发展的大趋势,不再拘限于体制与语言等限制,是词体的一种适时变化,或者说是词体面对衰落趋势时的一种挽救措施,是在特定文学发展态势下对前代某种风格倾向的选择并强化,对此应给予一定的肯定。这即是词曲演变的一个背景原因,也是词体得以延续其音乐体性的一种无奈之举,却招致了无情的批驳。这说明,在中国传统文学乃至

_____

① 参见吴承学《中国古代文体形态研究》第七章,人民出版社,2011年。

文化结构系统中,儒家诗教的核心地位是牢不可破的,其对话语权的掌控严格规定了文学必定从对主流文化背离的边缘地带回归正统文化中心的发展走向。不管一种文学样式的源头起势、生成背景、创作方式以及审美风格是何种面貌,最终都会被整束规范至中国文学乃至文化的正常序列之中。

第四节　清代词学"尊体"辨

无论是以诗为词,还是词体曲化,都是对词学本体的偏离,在历代对二者的批评声中,主要围绕着雅俗与正变,最终目的都是要探寻词体之文体特质,至清代,随着词学理论的兴盛,在诗化与曲化问题上的长期争议得以调和。清人创立了新的词体观,尊体成为核心,于是词体始尊并呈复兴之势。

(一)清代词学的尊体途径

现存少量宋代词论多肯定词体的独立性,如晏殊对柳永的批评并非针对词体而是贬斥俗艳之气,陈师道称苏轼"以诗为词"非本色,晁补之言黄山谷"着腔子唱好诗",黄庭坚评晏幾道作词"寓以诗人句法",李清照提出"词别是一家"等,都认同词的文体特质。宋人处于词体逐渐成熟和尝试变革的时代,诗词创作互化的色彩尚浅,诸如语言雅化、题材扩大、境界开拓等变化,皆在一定的限度内展开,这个"限度"就是词的文体特性,指词独具的风味韵致。随着词体的不断发展,宋人对词的体认渐趋全面,始从本色与诗化、言志与缘情、浅俗与雅化等多方面展开讨论,虽以维护词体特性为主导,但将词向诗纳进的角度已然打开。

元代词体观未有太大改观,却显示出与前代词学的不同,北宗词崇苏辛,将诗词的文学功能相提并论,南宗词宗姜张,依然强调词的格婉律谐言雅之致。人们注重辨体，却难以建立圆融的理论，又由于散曲的兴盛及南北地域的文化差异，词体创作表现出诗化和曲化两种流向。明人重诗轻词，辨体时偏于诗词之别，少及词曲之异。由于词与曲在外在形式、音乐体制和娱乐功能的接近，辨体的偏离导致明词染上更强的曲化色彩，遂有词衰之象。相较而言，在曲学盛行之时，词体曲化尤显突出，常为人提及和诟病，诗化现象却未受到时人的特别关注，遂影响不大，但元明人在辨体的双向走势上为清人尊体做了引导，元明词学理论的缺失也留给清人大量的讨论和生成空间。

于是，清人认真体察词与诗、曲的交叉，刻意摒弃了元明词的曲化，接受并发展了诗化的创作倾向并在理论上努力探究。带着具有强烈倾向性的辨体视角，清初浙派首先从音乐入手，把词拉入古老的诗教礼乐的行列①，将诗词列为同源之体，其理论虽然凭臆无据，但从起源上把诗词联一的做法不失为提升词体的一种有效方式。在此基础上，他们探讨词的艺术法则、寄托功能及表现风格②，得到了后世学者热烈的回应。这种以词本体论入手的尊体主张，较大程度上维护了词独具的艺术魅力与审美价值，对清初词体的繁荣起着积极引导的作用，然其在"词为小道，词虽小技"③前提条件下的醇雅核心理论，在很大程度上切断了词体与深广的社会生活的联系，文学职能必然受到限制，未将词完全纳入诗教精神与言志传统中来，难以达到词凭诗贵的尊体目的。

---

①　如汪森《词综序》："自有诗而长短句即寓焉，《南风》之操，《五子》之歌是已。……谓非词之源乎？"。

②　如朱彝尊《红盐词序》："善言词者，假闺房儿女之子之言，通之于《离骚》、变雅之义，此尤不得志于时者所宜寄情焉耳。"汪森《词综序》"言情者或失之俚，使事者或失之伉，鄱阳姜夔出，句琢字炼，归于醇雅。"。

③　如朱彝尊《静惕堂词序》："倚声虽小道，当其为之，必崇尔雅，斥淫哇。"王昶《赵升之昙华阁词序》："词小技尔，然非覃生平之才与力，则不克以工。"。

　　自宋以来，人们不断加强对词的文体特性的分析，也注重辨析词的不同风格，至明张綖更将词划分为"婉约"与"豪放"两大类型，并明确将婉约做为词之正格，于是清切婉丽之作就被约定俗成地定义为词之本色当行①。这种貌似外在体调上的划分自然涉及词的表现内容与品格形态，而常被视为变体因素的深刻广远的社会内容、清雅敦厚的诗教精神和高旷雄奇的胸襟展示正是提升词体的最重要方面。这样，正体与变格的地位差异成为尊体路上的一道坎。针对于此，王士禛提出"词家绮丽、豪放二派，往往分左右祖。予谓：第当分正变，不当论优劣"②，认为正变体是词体不同风格的展现，皆是本色呈现，故词之诗化、寄托、雅化等都是当行词格。这种明正变但不分优劣、将正变体平行看待的词体观，把二者都纳入了词之本体论，从而为诗词合一、辨体与破体并行的尊体论提供了合理的前提。稍后的刘熙载则从时代环境对词学的思想性格和词品的影响来解释正变，"太白《忆秦娥》声情悲壮，晚唐、五代惟趋婉丽，至东坡始能复古。后世论词者，或转以东坡为变调，不知晚唐、五代乃变调也"③，确定了凡广阔反映社会现实，表现作家伟大理想和崇高品格的词都是正体，颠覆了传统的词体价值评定的序列，将题材内容的广泛抒写和个人情怀的高扬而不是婉约绮丽的体制形态作为词品的最高评价标准，更是为后人以词就诗的尊体之路扫清了障碍。

　　常州词派为使尊体进行得更加彻底，首先否定了浙派"词为小道"的前提条件，其次努力找寻"比兴寄托"在词体特有的抒写内容和表现形式中的存在，以求实现词体向诗体的进一步靠拢。张惠

---

①　如纪昀《四库全书总目提要》卷198："词自晚唐、五代以来，以清切婉丽为宗，至柳永而一变，如诗家之有白居易，至轼又一变，如诗家之有韩愈，遂开南宋辛弃疾等一派，寻源溯流，不能不谓之变格。"

②　《倚声初集序》，《续修四库全书》1729册，上海古籍出版社，2003，第438页。

③　《词概》，第3690页。

言称:"(词)极命风谣里巷男女哀乐,以道贤人君子幽约怨悱不能
自言之情,低徊要眇,以喻其致。"①确是把握住了词重抒个体性情
的主题倾向。但他沿"(词近)比兴、变风之义,骚人之歌"的尊体之
论,对前代词作进行牵强附会的分析,招致学界诸多不满。于是,
词派后人便不断地从有无寄托、审美接受、意蕴深厚等角度对之进
行挽救和弥补。张氏为词论张本的释词确有强拉硬靠之嫌,但周
济等人对词意的家国沧桑与时代盛衰等社会和历史内容的阐释,
则有意扩大词的言志功能,显然超越了传统词体的比兴寄托之范
围,却很大程度上起到了提升词格的作用。如刘熙载的寄托说、谢
章铤的上通六义、谭献的读者接受、陈廷焯的温厚沉郁、况周颐的
重拙大等,走的都是同一路径,皆从建构自己的词学理论的目的出
发,依照自己的审美理想以读诗的方法来看词,把词体寄托个人幽
微之思上升为国难家仇之政治内蕴,无非是确认词同样具有诗歌
广泛的言志功能,强调带有社会内涵的词外寄托,为词体复归儒学
传统这个轴心而服务。

　　他们借辨体之外壳,走破体之路数,直接以论诗之旨来论词,
不只把寄托看作是诗词共用的表现手法,更将其提到了词体创作
原则的层面上,扩大和加强了词体本来就具有的香草美人的表现
方式,强调词同诗一样应寓含深远淳厚之意旨。这样,诗词不仅源
流从一,精神内涵亦趋同,从而给词体地位的提升增加了有力的资
本。有了这一基本前提或保障,他们吸取前代破体尊词的失败教
训,肯定词体独具的迷离深静的词境、真率缠绵的词笔以及情深意
真的词骨,一定程度上认同了词的文体特征和艺术本质。这种以
双重标准来认定词体的做法,使清代学人对词体有了较为宽容的
态度,很大程度上开拓和深化了词境,给词以更大的生存空间。同
时,词学的理论探讨也更为活跃、深入和系统,词体遂在较为宽松

---

　　① 《词选序》,第 1617 页。

的环境中得以兴盛。

　　清代词论家们努力强调辨体，与元明人相反，他们把关注点更多的投注到词曲之别和诗词之同上，努力将词与曲拉开距离，倾向于词向诗的回归，彰显破体之格，并以比兴寄托之意将二者融汇，最终将词拉回传统诗教的轨道上来。由于辨体给人的印象是维护词体的文体特点，部分掩饰了将词体依附于诗歌的破体做法，于是，清人以辨体为起点，以破体为目的的尊体途径，使其理论批评显得自然许多，亦适应时代文学的需要，故具有强大的说服力和影响力。这样，以诗词皆有的比兴寄托手法为媒介，词体展现出温柔敦厚的诗教精神和古典幽美的形式特质的结合，被人们抬到了前所未有的高度，似乎一下子从明代恢复了生机，呈现出中兴局面，尊体目的也就达到了。

（二）清代词学尊体的实际效果

　　宋代词论尚不成熟，缺乏全面性，造成词体观的两向分离，在他们眼中，非本色当行，即"句读不葺之诗"，诗词明辨是维护词之本体，"以诗为词"则为大家一致否定。① 元明时期曲体风行一时，人们对前代文体的关注力与重视程度有所下降，受诗歌与曲体的强烈冲击，词体创作缺乏正确引领与文体制约，呈现出不同程度上的诗化与曲化现象，造成元明词衰败之象。清人适时改变，把前代词论中分离的辨体与破体内容进行对接和融合，在肯定词体的外在体貌、表现手法及主体风格的同时，将词纳入源远流长的古老诗歌的行列中，深化扩展了词与生俱来的比兴之意，更大程度地使之偏向于与社会政治有关的思想内容的寄托，词的言志功能被无限

---

　　① 众多宋代词论皆否认以诗为词的做法，即便推崇苏轼之人亦不认同他是以诗为词。

扩大。

　　辨体重在遵守既定文体规范,建立本色范式,在特定范畴内允许文体的新变,最大限度地保持文体的相对稳定性,破体则意在变革现行文体规范,打破传统范式,较大程度上寻求文体的革新,往往破坏文体的常规状态。二者既相冲突又相依托,任何文体的发展演变都是处于辨体与破体的不断对峙与转化中,从而形成文体发展的动态稳定,词体亦然。维护本色与变革正体在清人这里成功合一,长期以来分歧的词体观逐渐达到妥协,满足了不同词家对词体的理解,形成极为宽容的新型词体观念。然而,文学理论的形成与发展都应建立在文体观念确立的基础之上,清代貌似开放通达,实则模棱两可、有失偏颇的词体观却是围绕尊体这一核心搭建起来的,颠倒了二者之逻辑关系。正是这种与词体自身有所偏差的词体观,迎合了尊体的理论构建,符合时代文学的要求,在一定程度上推进了词体创作的繁荣,故受到时人及后人的关注。清代词家词作达到惊人的数量,学界评价也日益趋高,反之,清词的繁盛状况也成为人们论析清词尊体成功的一个重要支撑点。

　　那么,当我们反观清词创作时,却常常对其丰富的作品产生疑惑。如前所述,清代词学辨体的倾向性与破体的选择性的目的明显是为了尊体,而尊体的最终目标形成了清人太过宽泛的词体观,从而使词体创作走向偏离。词体的产生是对传统诗歌与音乐的变革,丰富了诗歌的体裁样式和风味情调,自有其存在的合理性和必要性,而把词纳入传统儒学诗教的范围,过度提升文体地位的道德意识的以词就诗的做法,有同化词体之嫌,一定程度上弱化或消解了词的文体特性。某些看似词源理论的论述①,只是在尊体的目的下,把文艺本源的观念强行或被迫移植所形成的,这种密切的甚至一体化的诗词关系,在尊体的成功背后,正是词源理论的妄知与

――――――――――

　　① 如王奕清《历代词话》:"词起于唐人,而六代已滥觞矣。"《词话丛编》,第 1082 页。

词体观念的虚空,进而形成对词作解析的随意附会和比兴寄托的强附。这种纯从主观意愿出发的词源理论和作品解读自然混乱无据,失去了词体真正的存在意义与美学旨趣,无疑是对词体文体特征的漠视。词体最活跃最本真的因素被丢弃,自由发展受到抑制,甚至可以说清词所谓中兴亦预示了词体的衰亡。

所以,清人并未在真正意义上完成推尊词体的任务,大量的词貌诗体就是这种理论的实际展现,被看作尊体功臣的常州词派等晚近词人的创作已呈衰势。他们将词与经史诗文合一,使词体地位上升、得以始尊的同时,也淡化了其音乐娱乐及抒发个人情性等文体特质,从而形成创作与理论的矛盾。严迪昌先生曾言:"文学与学术毕竟是两个范畴的事。加之张惠言等既没有专力于诗词韵文,而在学术思想上又未脱出援古论今以至复古的轨道,所以在文艺观、审美观上严重地表现出封建诗教的执拗。""道光以后清词数量越趋浩繁……但是,平心论之,真堪称大家者固寥寥,无愧名家之称的也已不多了。"①当前代作品已不能完全符合他们的词学观点,不再符合他们的评价标准时,清代出现了大量的当代词选,更有众多选家将个人词作纳入选本中,做为词论的具体体现和创作示范,这是以自身理论为标准的选择,带有更多自我标榜的意味②。

宋元人的词体观的形成是建立在音乐与文学的双重属性上,清人则是单纯从文学本位论述。然而,词虽与音乐脱离了,但其植入文体内部不容改变的声乐韵律基因,长短参差的体态结构,既可缠绵柔密、回环曲折,亦能激奋跳跃、悲壮悯怀的多样风格,形成了其极宜于悲歌欢唱的独特魅力。清词多为学人之词,带有更多的

---

① 严迪昌《清词史》,第 467、468 页。
② 如《倚声初集》选邹祗谟和王士祯 199 首和 112 首,分居第一和第三位;谭献在《箧中词》中单录自己的《复堂词》一卷。

意志宣扬和时代风云等社会政治因素，借之展示学人心态及精神品格，当我们阅读依然婉约绮丽、柔媚伤感的清词时，却很难再能找到品读唐宋词的那种意境和共鸣了。我们常常批评元明词的曲化使词味削减，漠视元明人对词体回归音乐的努力尝试，却往往忽略了清词强烈的诗化色彩一样也在很大程度上削弱了词之特有风韵。于是，词体被清人合力从词、曲、民歌等诸多岔路拉回诗之独径，小心翼翼地行走，规规矩矩地顺应，不敢彰显个性，逐渐融汇进诗之行进队伍中，慢慢地迷失了自己。清词理论上的尊体成功正是建立在丧失词本体的代价之上，故创作日盛而词味益薄，除外在形式上，在题材、功能、表现手法、语言运用、格调风味等方面上与诗歌基本上没有什么不同了，词真正地最终走向衰落。这应算做是清人的功劳还是罪过呢。

　　无论清人如何努力，词在中国传统文体尊卑体系中始终未能真正进入到尊贵之列，其文坛地位也从来没有真正做到与诗歌并肩而立。而当词之体性在清代尊体过程中被很大程度上异化掉，丧失了作为一种独立文体的特色与存在，这种尊体的意义与价值又有多大呢。当然，正如严迪昌先生所言："清词的'中兴'，按其实质乃是词的抒情功能的再次得到充分发挥的一次复兴，是词重又获得生气活力的一次新繁荣。'中兴'不是消极的程式的恢复，不是沿原有轨迹或渠道的回归。因而，简单化地以宋词作为绳衡标尺来论评清词，显然不是一种可取的科学的态度。清词只能是一个特定历史时期的文学现象的指称，它是那个特定时空中运动着的一种抒情文体。"①我们不能用前世标尺看待清词，亦不能用清人标准来评价前代作品，更不能为了展示清词尊体的功劳，而刻意夸大清词的成就。

---

① 《清词史》，第 4 页。

（三）清代词学尊体的实质内涵

　　词产生之时，轻词意识即已存在，宋元明清一以贯之，《四库全书总目》卷一九八总结："词曲二体，在文章、技艺之间，厥品颇卑。"轻词与尊体共存于词体发展史，并不能说元明词坛轻词故词衰，清代尊词故中兴，而简单地把轻词与尊词作为词体创作衰落与兴盛的主要因素。事实上，所谓"尊体"并没能改变中国传统文体观念上的诗尊词卑的观念，只是在特定的文学发展背景中，尊体理论所起的作用与意义不同而已。

　　宋代词论尚未成型，但处于词体成熟上升时期，维护并展现新兴文体特性的自觉意识促进了词的繁盛，虽处于诗文之夹缝，亦有变体之争议①，但无论苏轼"以诗为词"的尝试，还是秦观对词之领域的坚守，亦或姜夔创作方式的变化，仍能够保持着诗词创作上的分疆，人们大多遵循着各自的文体特性进行创作，词与诗并行不悖，这种观念有助于词体摆脱诗歌的影响而独立发展，遂成一代之大观，正是通过辨体赢得了尊重和发展。有意思的是，处于词体发展进程中的宋人辨体即本位尊体的意识与努力得到时人充分的认识，却招至后人的错解，被认为是妨碍词体发展的保守做法，而破体即"以诗为词"的错位尊体的做法虽未能在当时词坛上得到认同，却赢得了后世的承继和赞誉。

　　总览词学发展进程，维护坚持的辨体与改造创新的破体两条道路，时而平行，时而交叉，至清代融合为一，至此尊体理论大成，尊体遂成清代词论之核心观点，引导其向广远与纵深各个方向延

---

　　① 如《魏庆之词话》："后山诗话谓……子瞻以诗为词，如教坊雷大使之舞，虽极天下之工，要非本色。余谓后山之言过矣。子瞻佳词最多，其间杰出者，……真造古人不到处，真可使人一唱而叹矣。若谓以诗为词，是大不然。"《词话丛编》，第203页。

伸,形成词体理论的兴盛期。然而,清人强行把词上溯到诗,努力展现与诗一样的高贵出身和抒写功能,貌似提高词体的地位,实质上是轻词的潜意识在作祟。由此,清代推尊词体者的高调呼声与社会主流意识中对词体的卑视,正说明了一些词论家对词体身份处境的矛盾与焦虑。宋人虽常有小词之称谓,创作和理论上却肯定词体的文体独立性,是言语的不敬、心理的尊重和创作的坚持,清人虽将词并称于诗,却是理论的尊体、心理的歧视和创作的变革,从而形成创作与理论上的矛盾,其本身推尊词体的行动正基于心中的不尊观念。换言之,清词尊体只是词体发展演变过程中的一种推动力,并非完全从根本上改变了文人的小词观念。无论何时,尊体都没能真正使词占据传统文体的中心地位。

　　学界认定,清词从辨体与破体双重角度融汇,从而达到了词体的真正独尊。更有学者指出:“他们的词学观经历着较明显的由辨体向尊体的理论批评转向过程。这一转向不仅促成了清代词学的成熟,同时也是清代词创作繁盛的一个不可忽视的重要原因。”①将辨体与尊体相对而言,这一转向确实是清词中兴的要因,但我们不能把它放置于尊体之上。辨体是尊体的基石,离开了辨体,也就没有真正意义上的尊体。清词辨体只在形式上掩人耳目而已,破体才是其实质性目的,清人的破体尊词的路径即变文体之本原以适应尊体的目的,以传统儒家诗学精神去迁就形式,是对词体文体内质的否定。一种文体的独立表现最重要的应该体现在其内在精神和独特韵味上,而清人却只提倡以词体外在的表现形式、显在内容和表层风貌来展现传统儒家志之所在,是对词体的一种破坏,是在新的时代文化条件下对词体的利用,不应视为彻底的尊体。

　　正是由于清人尊体常以破坏词体的原有特性为结果,所以中兴后的清词只保存了词的外在形式特点,内在意蕴的深层文体特

质已然丧失,清词的复兴表现为创作数量的丰富、作品的整理及理论的总结,而就词体本身而言,清词已不完全符合词体的本体特性,全然不再是纯粹的词。或许可言,清词的尊体是一把双刃剑,带来了词体的中兴,也把词体推到了死亡的边缘,预示着词的最终衰微。这是否与清人原有的尊体目的和期望值有所偏失呢,应是他们所未能预想到的结果。从这一角度而言,所谓清人以辨体与破体的结合,达到尊体的最高程度,完成尊体的过程的提法是不妥当的,它只是清人推尊词体的一种回旋法则,也可谓是无奈之举吧。

就元明清词的大体发展态势而言,并没有实质性的不同,都是在诗、曲的双重影响下不断地进行双向驱动,清人尊体给人以成功感受的最重要的因素,应是中国文学与生俱来的偏执的文体品位观及以高行卑的运行体制。这种牢固地存在于中国文人心中的文体尊卑观念,使清词的辨体呈现一定的偏向性,借高位之诗提升卑微之词的做法为大多数人所接受,最终实现了词向诗的上移即所谓的破体尊词。清代词家的辨体辨的是词的外在因素,是在文体发展过程中可以被适度变革、发展的因素。破体破的却是词的内在精神,是文体独立性的决定因素。清人所尊的并不在词本身,而是在言志明道的诗教上,一旦词具有了这种特点,自然似乎就尊了,这其实是对词体自身价值的歪曲与践踏。

尊体,常认定为提高某种文学体式的价值与地位,然而,更重要的还应包括对这种文体的尊重和认可。所谓尊体,只能是也必须是致力于建立并严格遵守和尊重一种文体所独具的与其他文体不同的诸种特性,一切变革都应以此为前提。正如王水照先生所言:"'以诗为词'在艺术上能否成功,关键仍在一个度字,即是否保持词的婉曲多折的审美特性。苏辛一派,乃至姜张一派,其成功之作,大抵是词的适度范围内的诗化,但绝不是与诗同化或合流。对诗歌艺术因素的吸收、整合、变换等必须仍在以词体为本位的基础上,破体为文但不能摧毁其体,出位之思但不能完全脱离本位。"①只有当词像诗文一样建立起专属于自己的表现方式、创作手法和风味情调,并真正得以遵守和实行,才能获得合理的文体地位,并以独立身份与其他文体比肩同行。从这一标准出发,清人所谓尊体实际正是歧视词体的表现,因为他们无视词体长期以来定格下来的文体特质,应主观理论的意旨随意变革词体的传统创作范式和内在品质,词的独特性必定在与诗歌的合流中逐渐被淹没,重又回到诗之附庸那里去了。

言小道小词不一定是轻词,或许只是一种说法而已,谈大道言志也不一定就是尊词,也许内心潜隐着卑词心态,我们今天看待词的发展进程及理论批评时,多从清人词论中找依据,实际上是从清人的角度来看待清前词体,势必染上清人的理论色调,故而表现出对清词及理论价值的过高评判。我们应该还原词体发生发展阶段的实际状态,然后从即时状态中去理解体认,才能更靠近词体发展的实际情况,更准确地展示尊体理论在词学发展中的双向作用与价值所在。

结　　语

对于一种理论主张,一种创作倾向,文学观和文学史观不同的人,从各自的角度和各具的立场出发,会作出互有差异乃至迥不相同的评价,这在文学史研究中实属常见。我们常说"文各有体",即指每一种文体都有其自身独特的体式和风格。然而,一旦一种文体成熟定型之后,往往走入模式化,停止发展的脚步,从而走入僵化和衰败。要想求得发展,就不得不从其他文体中吸取营养,增加新的活力,从而实现蜕变,延续生命。故在批评史上,"文各

---

① 王水照《宋代文学通论》,河南大学出版社,1997年,第75页。

有体"却又常被指责为保守和拘泥,于是文学创作常常会有破体现象,亦随之产生了相应的理论观点,反过来对破体创作加以总结和引导。

破体,往往是一种创造,不同文体的相互影响和交融,时时给文体带来新的生命元素。钱钟书先生云:"名家名篇,往往破体,而文体亦因以恢弘焉。"①古人常常以破体来改造旧文体。他们喜欢打破文体的严格界线,把一种文体的艺术特征移植到另一文体之上,从而给传统的文体带来新的韵味。如以文为诗、以诗为词、以曲为词等,都为不同的文体带来异质和奇趣,极大地丰富了文学艺术园地。

词之诗化与曲化同属破体范畴,对词体的发展进程中都起过极为重要的影响,是词体自我选择与时代文人的主动迎合的融汇。通览中国文学批评史,二者却遭到了完全不同的对待。在中国传统文体观念的观照下,"以诗为词"被看作是对词体的提升、尊体的途径,较为一致地得到认同,尤其在清代成为词学复兴的重要支撑。词体曲化则被看作是词品的堕落,成为元明词体衰亡的首要罪证。其实,无论是"以诗为词",还是以曲为词,都是词体发展过程中寻找新变的方式,都有其可取之处,亦有可弃之点,一定要以辩证的观点客观地去面对。无论哪种形式的破体,都需要维持在一定的限度内。只有在保持文体个性的前提下,适当地加以变化和改造,才有利于形成艺术样式和风格的多样化。

可以说,从词学理论产生之日起,人们就常常以诗学研究的思维和话语方式对词体文学进行探求,在曲学兴盛之后又常常以曲学研究的思维和话语方式应用于词体研究,缺少词学本身的特征,尤其是清代词学越来越向诗学靠拢。而从唐曲子到清词的演进过程来看,词也是不时地出现或向诗、或向曲的离合现象,从而淡化

---

① 《管锥编》,中华书局 1979 年,第 891 页。

或消减了词体的本体特征。这其中自然有词体本身发展规律的因素，但与其说是词本身的发展逻辑决定了它的前进轨迹，不如说是中国传统的诗教文化及固有的文体尊卑价值观念对词体的接受方式，引导并规范了词最终对曲的背离和向诗的靠拢，从而被纳入正统诗歌文化的序列之中。

主要参考书目

《敦煌歌辞总编》,任半塘,上海古籍出版社,1987 年

《全唐五代词》,张璋、黄畬,上海古籍出版社,1986 年

《全唐五代词》,王兆鹏、刘尊明等,中华书局,1999 年

《温韦冯词新校》,曾昭岷,上海古籍出版社,1988 年

《全宋词》,唐圭璋,中华书局,1980 年

《增订注释全宋词》,朱德才,文化艺术出版社,1997 年

《东坡词编年笺注》,石声淮、唐玲玲,华东师范大学出版社,1990 年

《全金元词》,唐圭璋,中华书局,1979 年

《明词汇刊》,赵尊岳辑,上海古籍出版社,1992 年

《杨慎词曲集》,王文才,四川人民出版社,1984 年

《清名家词》,陈乃乾,上海书店出版社,1982 年

《全清词钞》,叶恭绰,中华书局,1982 年

《词学通论》,吴梅,华东师范大学出版社,1996 年

《词曲史》,王易,江苏教育出版社,2005 年

《词曲概论》,龙榆生,上海古籍出版社,1980 年

《词史》,刘毓盘,上海书店出版社,1985 年

《隋唐五代燕乐杂言歌辞研究》,王昆吾,中华书局,1996 年

《唐五代词史论稿》,刘尊明,文化艺术出版社,2000 年

《元白诗笺证稿》,陈寅恪,上海古籍出版社,1978 年

《东坡词研究》,崔海正,山东大学出版社,1992 年

《苏轼词研究》,刘石,台北文津出版社,1992 年

《姜白石词编年笺校》,夏承焘,上海古籍出版社,1981 年

《稼轩词编年笺注》邓广铭,上海古籍出版社,1978 年

《唐五代北宋前期词之研究——以诗词互动为中心》,董希平,北京
　昆仑出版社,2006

《唐宋词通论》,吴熊和,浙江古籍出版社,1985 年

《唐宋词史》,杨海明,江苏古籍出版社,1987 年

《唐宋词流派史》,刘扬忠,福建人民出版社,1999 年

《唐宋词与歌妓制度》,李剑亮,浙江人民出版社,2006 年

《唐宋词定量分析研究》,刘尊明、王兆鹏,北京大学出版社,
　2012 年

《唐宋词艺术发展史》,邓乔彬,河北人民出版社,2010 年

《宋词的文化定位》,沈家庄,湖南人民出版社,2005 年

《宋词文化学研究》,蔡镇楚,湖南人民出版社,1999 年

《金元词论稿》,赵维江,中国社会科学出版社,2000 年

《金元词通论》,陶然,上海古籍出版社,2001 年

《明词史》,张仲谋,人民文学出版社,2002 年

《清词史》,严迪昌,江苏古籍出版社,1999 年

《中国古代散曲史》,李昌集,华东师范大学出版社,1996 年

《词学概论》,宛敏灏,上海古籍出版社,1987 年

《词林新话》,吴世昌,北京出版社,2000 年

《中国词学批评史》,方智范等,中国社会科学出版社,1994 年

《词籍序跋萃编》,施蛰存,中国社会科学出版社,1994 年

《词话丛编》,唐圭璋,中华书局,1986 年

《中国词学史》,谢桃坊,巴蜀书社,2002 年

《人间词话》,王国维著、滕咸惠译评,吉林文史出版社,1999 年

《诗词散论》,缪钺,上海古籍出版社,1982 年

《灵谿词话》,缪钺、叶嘉莹,上海古籍出版社,1993 年

《论诗词曲杂著》,俞平伯,上海古籍出版社,1983 年

《诗词曲论稿》,赵山林,中华书局,2006 年

《唐宋人词话》,孙克强,河南文艺出版社,1999 年

《唐宋词史论》,王兆鹏,人民文学出版社,2000 年

《唐宋词美学》,杨海明,江苏教育出版社,1998 年

《唐宋词体通论》,苗菁,中州古籍出版社,1998 年

《唐宋词的审美观照》,吴惠娟,学林出版社,1999 年

《金元词学研究》,丁放,中国社会科学出版社,2002 年

《清代前中期词学思想研究》,陈水云,武汉大学出版社,1999 年

《清代词学的建构》,张宏生,江苏古籍出版社,1998 年

《朱彝尊之词与词学研究》,苏淑芬,台北文史哲出版社,1986 年

《清代词体学论稿》,鲍恒,人民文学出版社,2007 年

《唐五代词纪事会评》,史双元,黄山书社,1995 年

《金元词纪事会评》,钟陵,黄山书社,1995 年

《明词纪事会评》,尤振中,黄山书社,1995 年

《清词纪事会评》,尤振中、尤以丁,黄山书社,1995 年

《宋词纪事》,唐圭璋,上海古籍出版社,1982 年

《文体与文体的创造》,童庆炳,云南人民出版社,2000 年

《中国古代文体形态研究》,吴承学,人民出版社,2011 年

《宋代文学通论》,王水照,河南大学出版社,1997 年

《文体明辨序说》,(明)徐师曾,人民文学出版社,1962 年

《曲律》,(明)王骥德著,陈多、叶长海注释,湖南人民出版社,1983 年

《栩庄漫记》,李冰若,中国文联出版社,2009 年

《宋型文化与宋代美学精神》,刘方,巴蜀书社,2004 年

《美的历程》,李泽厚,安徽文艺出版社,1994 年

后　记

　　对于诗、词、曲关系的关注由来已久。2001年，我有幸进入华东师范大学赵山林先生的门下，攻读词学专业的博士学位。赵先生为我们上的第一门专业课就是《诗、词、曲艺术》。赵先生对不同诗体的细致深入的辨析与阐释，引起了我对诗、词、曲三种文体之间关系的浓厚兴趣，也正是由此开始了对三者互动关系的观察，最终完成的博士论文《〈花间集〉的接受史研究》中已有一些诗词关系方面的探讨。

　　毕业后，回到曲阜师范大学，进入繁忙的教学与科研工作之中。在工作初期的适应阶段，曾一度失去了对此一问题的持续关注。然而，一旦较好地把握了教学工作的节奏之后，在读书上课的间隙，在与教研室同事们的日常交流中，此问题又不断反复地出现在脑海中。通过阅读大量有关的文献资料，经过艰难认真的思考，逐渐将一些片断的想法合成几篇小文，得以发表，并有幸于2011年申请到了教育部社科基金，希望能从词体与诗体、曲体的互动的角度重新探寻词史进程，终于下决心对诗、词、曲三者的互动关系进行一个较为完整的梳理。

　　2015年初，我把近几年的思考转换成文字，完成了对这一课题的结项任务。这部书稿是对自己近几年读书思考的总结与验证。鉴于本人学识浅薄，涉猎较窄，且理论素养不足，对这样一个关涉众多领域的课题必难以全盘准确地加以把握。借此机会予以出版，也是希望更多的学者专家能不吝赐教，助我纠偏正误。本书稿参阅并借鉴了众多前辈时贤的研究成果，在此一并谢过。

这部书稿的形成，离不开周围老师们的提点与帮助。一直以来，虽然离开了华师校门，却无论大事小情，总是习惯性地向赵山林先生咨询，老师每次都会及时地给予详细的回复，一直让我心存感激。我所在的曲阜师范大学古代文学教研室的老师们也无私地与我分享他们的观点与资料，这部书稿的出版还得到了曲阜师范大学古代文学重点学科的大力资助，感谢文学院和老师们的支持。同时，也要感谢上海古籍出版社田松青先生和闵捷编辑为拙著的出版所付出的辛勤劳动。

这本小书，虽微不足道，却渗透着许多人的汗水与付出，家人的体贴与宽容，朋友的支持与安慰，同仁的指导与点拨，正是诸多力量督促着我这个一惯懒散的人不断前行。在此对所有家人朋友、老师同仁表示衷心的感谢。

今年，我应邀来到安东大学中文系任教一年。作为韩国精神文化的中心，安东空气清爽，景色优美，民风淳朴，安静详和，生活与教学环境都很好。然孤身一人在异国他乡，语言不通，习惯不同，常常感到孤独无助，思乡之情时时袭来。幸而有这部书稿，能陪我一起度过单调的每一天，也正是在少了诸多杂事、置身如此简单平和之时，我才能静下心来认真地思考与审视书稿，仔细地斟酌字词，校对文句。书稿的出版应该是这次异国教书体验的最好纪念。

李冬红　于韩国安东

2016 年 10 月